KB234081

오모리 후지노
FUJINO OMORI
일러스트 카카게
'KAKAGE
캐릭터 원안 야스다 스즈히토
SUZUHITO YASUDA
김민재 옮김
"피나, 마법을 쏠 때만 눈빛 달라지지 않아?
「마력바보」처럼. 흐헤헤 하면서."
아르고노트
피나
"그런 소리 한 적 없어요!"
아르고노트
전장 광대 행진
ARGONAUT
던전에서 만남을 추구하면 안 되는 걸까
영웅담
© Kakage

Is It Wrong to Try to Pick Up
Girls in a Dungeon?

ARGONAUT

CONTENTS

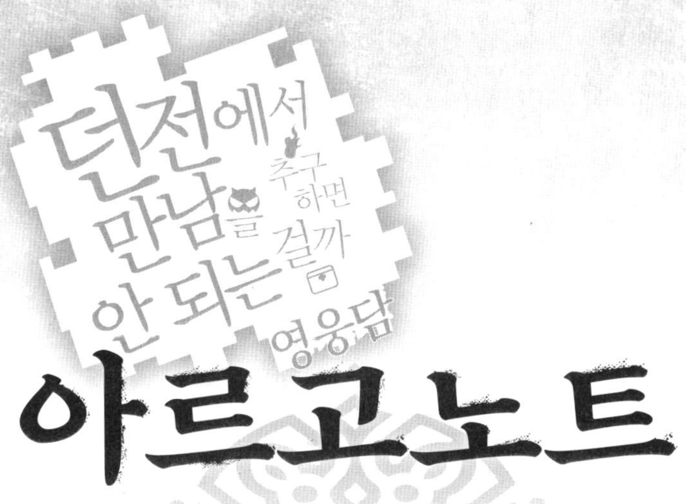

아르고노트

전장 광대 행진

ARGONAUT

오모리 후지노
FUJINO OMORI

일러스트 카카게
KAKAGE

캐릭터 원안 야스다 스즈히토
SUZUHITO YASUDA

김민재 옮김

Characters

피나

하프엘프 마도사이며 아르고노트의 여동생.
16세.

『그녀는 누구보다도 광대의 감시자였으며,
그리고 누구보다도 그의 수호자였다.』

아르고노트

평인 청년이며 광대.
17세.

『그는 춤을 좋아하고, 노래를 사랑했으며,
무엇보다도 우스꽝스럽고자 했다.』

가름스

『영웅선정』 의식에 참가한 굴강한 드워프.
18세.

『전사가 주먹을 휘두르면 사람이 운다.
그가 주먹을 휘두르면 대지가 진동한다.』

유리

냉철하고 침착하며 의리 있는
웨어울프 청년. 20세.

『긍지가 무엇이냐고 묻는다면 누구나
대답할 것이다. "그것은 그 『늑대』다"라고.』

아리아드네

왕도 라크리오스에서 아르고노트가
만난 금발벽안의 소녀. 15세.

『운명을 저주할 자격이 있다고 한다면,
그것은 그녀의 것이다.』

류루

하프를 연주하는 엘프 음유시인.
87세.

『총명한 현자는 세상의 끝을 알고 있었다.
활달한 가수는 희망의 이름을 알고 있었다.』

엘미나

『영웅선정』 의식에 참가한 아마조네스
암살자. 24세.

『어둠에는 주의하라.
밤이 찾아왔다면, 그만 포기하라.』

오르나

라크리오스 왕국의 빈객이며 점술사 소녀.
17세.

『염세주의자이며 숙명론자.
이 정도쯤 되면 이길 수가 없다.』

Characters

커버, 삽화 일러스트 | **카카게**   캐릭터 원안 | **야스다 스즈히토**

『아르고노트』.

『신의 은혜』따위 존재하지 않았던, 고대 초기를 무대로 한 이야기.

동화, 희곡, 풍자.

지금도 수많은 설화로 전해져 내려오는, 한 남자의 영웅담.

역대의 영웅 중에서도 압도적으로 약하고 시원찮았던 영웅.

실존했는지도 확실치 않으며『광대』등으로 불리기도 한다.

하지만 이상하게도, 그를『시작의 영웅』이라고, 그렇게 부르는 자도 있다.

시대적 관점에서 보자면『시작』이라는 호칭은 어울리지 않는다.

실제로 그가 세상에 나타나기 전에도 영웅은 존재했다.

그러면 왜 아르고노트는『시작의 영웅』이라 불리는 것인가?

애석하게도 이야기꾼은 나 같은 신이 아니다.

어울리는 인물이 있다.

부디 가르쳐다오.

그의 궤적을.

숨김없는 그의 진짜 이야기를.

아르고

전장 광대

노트

행진

이것은 어느 우스꽝스러운 남자의 이야기.

어울리지도 않는 선망을 품고, 수많은 의도에 희롱당하며, 그리고도 어리석은 자를 관철했던 한 광대의 이야기.

부디 기대해주기를.

여기에 엮은 이야기는 분명 당신이 바라는 것은 아니리라.

그리고 부디 누구에게도 전하지 말아주기를.

여기에 있는 것은 자기만족, 이야기꾼의 변덕.

그저 누군가가 기억해주었으면 하는, 나의 이기심에 지나지 않으니.

자, 『희극』을 시작해볼까.

PROLOGUE

프롤로그

희극의 개막

하늘은 붉게 물들어 있었다.

멀리 보이는 준엄한 산맥 너머, 하늘과 대지의 경계선은 섬뜩할 정도로 아름다워서 마치 이야기에 나오는 마계의 입구 같았다.

이 세계는 천천히 멸망의 길을 걷고 있다.

아무도 이를 부정하지 않는다.

종말을 이끄는 황혼의 하늘이 이를 부정하게 두지 않는다.

그러므로, 만일.

저 석양의 광채로부터 마물의 파도가 넘쳐난다면, 이 한적하고 조그만 마을 따위는 너무나도 손쉽게 휩쓸리고 말 것이다.

그는 말했다. 『그렇기에』.

그런 저녁놀의 침략을, 사내는 혼자, 가로막고 서 있는 것이다.

"——바람이 울고 있다."

그것은 단 한 명의 청년이었다.

겨우 소년 시절을 넘긴 용모. 그러나 아직 약간의 앳됨이 남아 중성적인 인상에 한몫했다.

조용히 우는 바람에 흔들리는 머리카락의 색은 흰색.

노인을 방불케 하는 쇠퇴의 상징이 아니라, 때 묻지 않은 순백의 머리.

숫제 고귀해 보이는, 혹은 이야기 속의 주민과도 같은, 혹은 신비의 대리인과도 같은 고결함을 풍겼다.

그러나 감긴 눈이 한번 뜨이자, 타오르는 듯한 심홍색의 눈동자가 웅혼함을 뿜어냈다.

청년의 옆얼굴은 진지하고 늠름했다.

"느껴진다. 다가오는 파괴의 발소리가. 들려온다. 무서운 마물의 포효가!"

날카로운 두 눈이 노려보는 곳 너머, 사람은 도저히 낼 수 없는 으르렁거리는 목소리가 울려 퍼지고 있었다.

청년의 눈에 비친 것은 거대한 그림자.

한번 앞으로 몸을 기울이기만 해도 청년을 너무나 쉽게 압살해버릴 수 있는, 까마득히 올려다봐야 할 정도의 거구다.

"나타났구나, 거대한 마물이여! 오겠느냐, 긴 팔을 가진 거악의 거인이여!"

사내의 두 손이 들고 있는 것은 너무나도 빈약한 무기.

단순한 나무 막대기와도 같은 목검은 용의 비늘은 고사하고 거인의 태산 같은 몸집을 베기도 어렵다.

그러나 우습게 보아서는 안 된다.

그 눈빛은 『결의』를 담고 있다. 대담하게 치켜 올라간 입가는 비극 따위 거부한다.

그가 든 무기는 목검에 불과하다.

그러나 움츠러들 이유 따위는 되지 않는다.

왜냐하면 청년은 『영웅』을 자칭하는 자였으므로.

그의 결연한 눈빛에 호응하듯, 땅 밑바닥에서부터 울려

오는 듯한 포효가 그림자를 두른 거구에서 터져 나왔다.

"그 포효는 이곳에서 사라질 줄 알아라! 마을의 평화는—— 나 아르고노트가 지킨다!"

청년, 아르고노트는, 한 자루의 검을 하늘 높이 들었다.

"신들이여 지켜보소서! 영웅에 이르고자 하는 나의 용감한 모습을! 간다아아아!!"

가녀린 다리가 땅을 박찬다.

그 몸놀림은 재빨라 마치 토끼와도 같았다.

까마득히 올려다봐야 하는 『거인』의 표면을 박차고는 3M 정도 뛰어올라, 그가 말하는 『긴 팔』을 난타해댄다.

순식간에 몇 차례나 내달리는 검광.

울려 퍼지는 "쵸앗~!" "끼욧~!!" 하는 기합성.

그리고 10분 후.

격전 끝에 쓰러진 『거인』은 침묵하고, 승자인 청년은 검을 드높이 쳐들었다.

"거대한 마물의 목, 이 아르고노트가 베었노라! 흐하하하하하하하하하하하! 어떠냐, 봤느냐——!!"

그 직후였다.

"——이 바보 오빠————!!"

"커흐억?!"

고속으로 날아든 분노의 철권이 청년의 뺨에 꽂힌 것은.

"뭐가 거대한 마물이에요! 그런 게 어디 있다고요!"

얻어맞고 날아가, 회전하고, 흙먼지를 피우며 지면에 나뒹군 아르고노트를 내려보는 것은 아름다운 소녀였다.

한데 묶어 어깨까지 늘어뜨린 선황색 머리카락이 소녀의 노기를 말해주듯 좌우로 찰랑거렸다. 숲의 색을 방불케 하는 가련하고 동그란 눈도 지금은 눈썹과 함께 급격한 각도로 치켜 올라가 있었다.

머리카락 틈에서 튀어나온 가늘고 긴 귀는 요정의 것보다는 짧아, 그녀가 평인과 엘프의『혼혈』임을 말해주었다.

요정의 피를 이어받은 미모가 분노로 물들어 새빨갛게 달아오른 소녀는, 뭍에 올라온 생선처럼 꿈틀꿈틀 경련하는 청년을 내려다보며, 그 손가락을『거인』에게 향했다.

"저건 풍차라고요!"

파편이 된 목재, 찢겨나간 천.

아르고노트가 격전을 벌인 탓에 완전히 너덜너덜해진 풍차 날개는 소녀의 말대로 틀림없는『풍차』였다.

『긴 팔을 가진 거인』의 정체는 다시 말해 그것이었으며, 아르고노트는 우스꽝스러운『광대』처럼 싸웠던 것이다.

결국, 저녁놀의 침략이니 종말이니 하는 소리는 청년의 낯부끄러운 망상이었으며, 그들이 사는 마을은 오늘도 마물에게 유린당하지 않을 만큼은 평화로웠다.

"오, 오오…… 내 사랑하는 동생 피나…… 너의 애정표현은 기쁘다만…… 좀 세지 않니?"

"애정 아니거든요! 벌이거든요! 어떡할 거냐고요, 이런 짓을 해놓고!"

느릿느릿 일어나는 평인 오빠에게 여동생의 격렬한 추궁은 멈추질 않았다.

주먹이 꽂혔던 뺨을 문지르며 비틀거리는 아르고노트는, 그래도 여전히 웃음을 머금고 있었다.

"하하하하! 그렇군, 그래. 마물의 포효라고 생각했더니 그건 바람 소리였고, 거인의 팔인 줄 알았던 건 풍차의 날개였단 말이지! 정말 나답고, 나만이 가능한 결말이다!"

그리고 꺼낸 것은 깃털 펜과 한 권의 책.

"그렇다면 오늘도 엮어주마! 이『영웅일지』에!"

잉크가 담긴 병을 요령 좋게 손가락 사이에 끼우며 깃털 펜을 놀린다.

『마물인 줄 알았더니 정체는 풍차!

아르고노트는 참패했다! 주로 여동생의 손에!』

잉크를 말리고, 탁 소리와 함께 책을 덮은 아르고노트는 큰일을 하나 마쳤다는 듯 후련한 표정으로 이마를 닦았다.

"이로써 또 새로운 한 페이지가 새겨졌군…… 웃음과 눈물의 내 활약은 후세에 전해지겠지! 예이☆"

"비싼 책에 무슨 쓸데없는 낙서를 하는 거예요, 바보 오빠—!"

“커흐어윽?!”

즉시 청년의 정수리에 내리꽂히는 엘프의 지팡이.

피나는 다시 지팡이를 쳐들고, 아르고노트는 머리를 두 손으로 감싸 쥐며 견디지 못하고 도망쳤다.

“또 저러고 있네, 저 남매는.”

“아르도 피나도 매일 지겹지도 않나…… 나 참.”

“““*하하하하하!*”””

쫓고 쫓기고, 일방적인 싸움을 시작한 남매. 소동을 듣고 찾아온 마을 사람들에게서 웃음이 새어 나왔다.

석양을 받는, 한적해야 할 시골 마을은 오늘도 유쾌한 웃음소리에 싸여 있었다.

이리저리 뛰어다니는 남매의 그림자가 길게 늘어났다. 마을 사람들의 그림자도 늘어났다.

민가의 그림자가, 풍차의 그림자가, 거목의 그림자가, 온갖 그림자가 늘어나고, 늘어나고, 늘어나고, 늘어난 곳에 이어지던 험준한 산맥 저편에서, **오늘도 또 하나의 마을이 멸망했다.**

어지러이 흩어진 시체의 바다에서 이형의 존재들이 고개를 들고, 피와 살의 연회에 목을 떨었다.

삶을 빼앗긴 주검의 눈에서, 나이도 차지 않은 소녀였던 것에서, 붉은 물방울이 흘러 떨어졌다.

다음 비극의 극장은 어디가 될지도 모른 채.

참극의 순서는 바로 앞까지 다가와 있다는 것도 모른 채.

하지만, 그래도—— 오늘도 청년이 노래하고 춤추는 마을은 목소리를 높이고, 눈물을 닦으며, 희극처럼 웃는 것이었다.

대륙 끄트머리에 존재하는 『구멍』에서 『마물』이 넘쳐나, 세계는 확실히 멸망으로 치닫고 있었다.
　세계를 구할 신들 따위는 존재하지 않고.
　『영웅』도 나타나지 않고.
　『정령』의 존재만을 믿고 있던 그런 어둠의 시대.

　어리석은 사내는 그곳에 있었다.

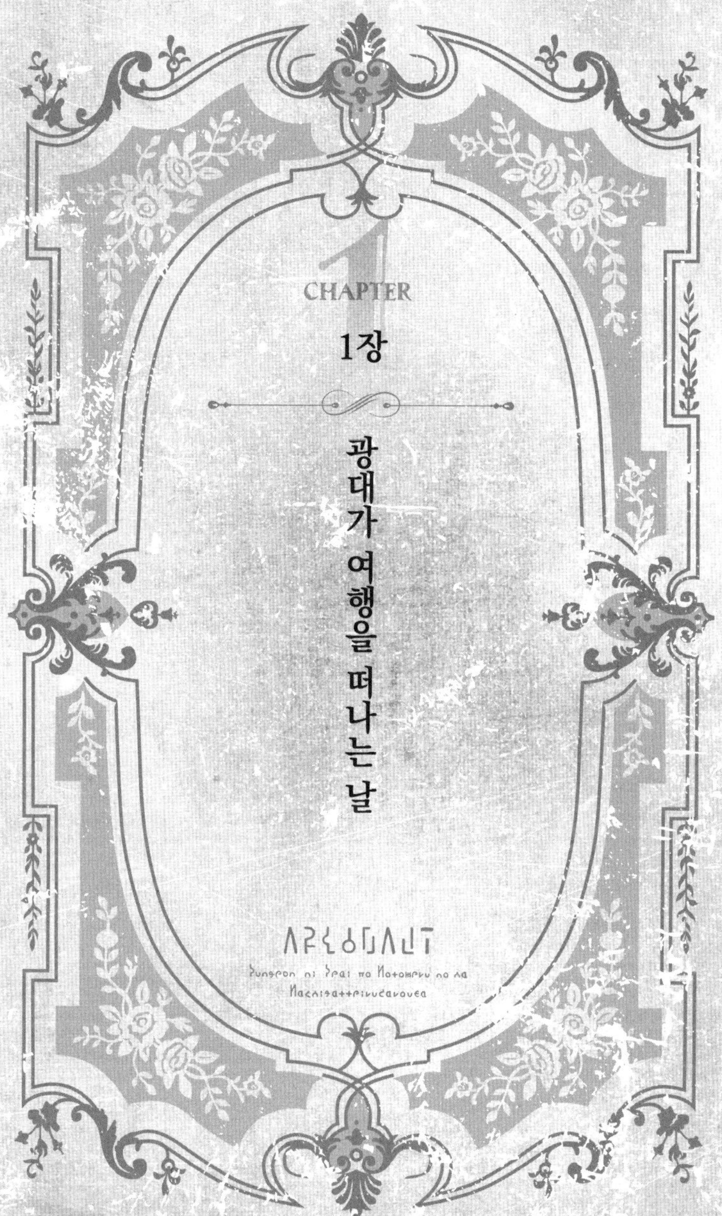

CHAPTER
1장
광대가 여행을 떠나는 날

꼭두서니색 바람을 맞아 풍차가 나직하게, 천천히 소리를 내고 있었다.

다가오는 바람은 서풍. 마을이 잘 아는 평소의 풍향.

제분용 풍차는 방향타 조작도 필요 없었고, 날개는 느긋하게, 그리고 어딘가 달관한 듯이 회전하고 있었다. 그것은 일상의 연장이었으며, 그것이 이날도 이어졌다는 것을, 밭일에서 돌아온 마을 사람들은 귀중하게 생각했다. 멀리서 마물이 우는 소리도 오늘은 들려오지 않았다.

젊은이가 별로 없고 쇠퇴한 마을에서, 그 풍차들은 훌륭한 재산이었으며, 모종의 자긍심이었다.

풍차 날개 소리가 끊어지고 풍차가 사라져버리는 날은 이 마을이 진정한 의미에서 죽을 때일 것이다.

이름 없는 마을의 주민들은 그렇게 생각했다.

그리고 그런 소중한 마을의 상징을, 피나는 피곤에 찌든 채 올려다보고 있었다.

"하아~…… 겨우 풍차 수리가 끝났네요……."

소녀의 지친 눈이 올려다보는 곳은, 바보 오빠가 어제, 그야말로 멋들어지게 날개를 엉망으로 만들어놓았던 그 풍차였다.

꼬박 하루를 허비해 고친 풍차는 보기 좋게 부활하기는 했지만, 부조리하게 양산된 소녀의 불만과 분노는 어디로 가야 좋을지.

"망가뜨린 본인은 고치지도 않고! 여동생인 내가 수습해야 하고! 게다가 촌장님한테 혼나는 것도 내 일이고! 진짜, 바보 오빠아~!”

키익~!

당장이라도 발을 동동 구를 기세로, 피나는 저녁 하늘에 분노의 목소리를 터뜨렸다.

요정의 전통의상을 본떠 만든, 주황색을 기조로 한 옷이 한숨을 쉬듯 찰랑거렸다.

아름다운 언동으로 알려진 엘프에게서는 생각할 수 없는 모습이지만, “저는 하프니까요!”라는 이론무장으로 피나는 한동안 불평불만을 쏟아냈다.

“여어, 피나. 어제는 고생 많았어.”

“아, 여러분…… 안녕하세요.”

일을 마치고 돌아오는 사내들이 나타나자, 새삼스레 수치심을 자각한 피나는 뺨을 살짝 붉게 물들였다.

이 마을에서도 완전히 『고생바가지』로 인식된 하프엘프 소녀에게, 마을 사내들은 역시 웃음을 지었다.

“아르 녀석…… 설마 풍차를 상대로 싸울 줄은.”

“그 전에는 마물의 대군이라면서 양떼에 돌격했고, 그 전의 전에는 바다의 주인을 낚겠다느니 하면서 강에 빠졌지?”

“아아, 그거 진짜 웃겼지! 마을의 영웅인지 뭔지 모르겠지만, 그 녀석은 싫증도 안 나나?”

생각났다는 듯 웃는 마을 사람들에게서는 오빠의 온갖 추문이 나오고 또 나왔다.

피나 본인이 더 수치스러워하며 얼굴을 새빨갛게 물들인 채, 아르고노트를 다시 한 방 때려줘야겠다고 마음속으로 결심했다.

그놈의 말도 안 되는 오빠에게 벌을 주어야만 한다.

"……여러분이 재미있어하니까 아르 오빠가 기고만장하는 면도 있을 거예요. 전에 있던 마을에선 다들 엄격하니까 그나마 얌전히 있었는데."

마을에서 공인『아르고노트 뒷수습 담당』이 된 피나는 살짝 비난하듯 입술을 내밀었다.

본인들도 자각은 있는지, 남자들은 쓴웃음을 지었다.

그와 동시에, 이렇게도 말했다.

"하지만 망가진 잔해를 치웠던 친구 미켈로 말로는……그 풍차 날개, 상당히 낡았었다고 하더라고."

"……."

알고 있다.

조금 전까지 풍차를 수리했던 것은 피나 자신이다.

아르고노트가 낸 흠집과 그렇지 않은 다른 손상 정도는 금방 알아보았다.

"결국 늦든 이르든 풍차는 수리해야 했어."

"맞아. 게다가 그 노랑이 촌장이라면 낡았다고 하소연해봤자『아직 쓸 수 있어!』하면서 퇴짜 놨을걸? 진짜로 사고 날 때까지 방치해두지 않았을까?"

피나가 입을 꾹 다문 것도 모른 채 남자들은 입을 모아 말했다.

이 마을에서 지금도 계속 돌아가는 풍차는 그들의 긍지다.

여기에 무슨 일이 생긴다면 그들의 표정은 흐려지고 웃음은 사라질 것이다.

"아르가 저지른 바보짓 덕에 큰일이 나지 않았던 거야. 그 정도면 됐잖아?"

피나는 오빠의『이런 면』이 싫었다.

뭐든지 다 우스꽝스러운『희극』으로 만들려 하는 자세가.

제대로 얼굴을 마주하고 설명해주면 이해해줄 수 있는데.

그렇다면 어제의 체벌도 조금, 정말로 아주 조금 살살 해줄 수 있었는데.

쾌활하게 껄껄 웃는 평인 남성들 앞에서, 피나는 그렇게 생각했다.

그리고 탄식했다.

"……동생인 제가 이런 말을 하는 것도 그렇지만, 여러분은 괜찮나요? 우리 오빠, 이상한 짓만 하고, 민폐만 끼치고……."

"그런 바보가 하나쯤 있어도 되지 않을까? 뭐, 민폐이긴 하지만."

"그래. 지루할 틈이 없잖아. 뭐, 민폐이긴 하지만."

"역시 민폐이긴 했네요……."

오빠에 대해 물어본 피나는 남자들의 대답에 진저리를 치고 싶었다.

"게다가…… 요즘 세상에 『웃을』 수 있다는 건 행복한 일이라고 생각해."

"!"

진저리를 치고 싶었으나, 이어진 말에 흠칫했다.

"언제 마물이 쳐들어와서 이 마을째 삼켜버릴지 모르잖아. 그럼 내일 몫까지 웃어놔야지."

"너희가 이 마을에 온 후로 꽤나 떠들썩해졌다고. 처음에는 이상한 꼬맹이들이라고 생각했지만……."

"여러분……."

조금 전과는 달리 어딘가 그늘이 느껴지는 웃음에는 애절함과 체념이 있었다.

그것은 이 가혹한 세계에서 살아가는 자들의 공통인식이었으며, 동일한 『절망』이었다.

이쪽에게 웃음을 건네는 마을 사람들에게, 외부인이었던 피나는 아무 대답도 못 한 채 눈을 내리깔 수밖에 없었다.

"……그러고 보니 피나, 들었어? 그 『왕도』에서 무슨 『영웅』을 모집하고 있다던데."

"네?"

저녁놀 어스름으로 빨려 들어갈 것 같은 분위기가 싫었는지, 마을 사람 하나가 환기를 시키듯 화제를 바꾸었다.

그리고 흘려들을 수 없는 『영웅』이라는 단어에, 피나는 고개를 번쩍 들었다.

"『힘 있는 전사, 총명한 현자, 최후의 낙원으로 모여라. 선택받은 자에게는 마땅한 포상과 진정한 영웅의 칭호를 수여하노라!』……라는 거야. 마을에 왔던 행상이 그랬어."

"네……에에에에에?! 『영웅』을 모집해요? 진정한 칭호? 그, 그거, 오빠한테도 말했나요?!"

""당연히!""

"여러분 바보—!!"

정확하게는, 불길한 예감밖에 들지 않는 『영웅』과 『바보 오빠』의 조합에, 자기도 모르게 튀어오르는 듯한 두통을 느꼈다.

활짝 웃으며 엄지를 척! 내미는 마을 사람들에게 등을 돌리고, 하프엘프 소녀는 황급히 달려나갔다.

✦

그곳은 전망이 좋은 낭떠러지 위였다.

높이는 조금 높다 싶은 언덕 정도밖에 안 되지만, 어떤 남매가 신세를 지고 있는 마을이 잘 보이는 곳이었다. 우거진 초목이 깎아지른 암반과 함께 저녁놀을 받고 있었다.

그런 낭떠러지에, 아르고노트는 혼자 서 있었다.

"……『영웅』의 유치."

작은 목소리로 중얼거린다.

눈을 감고, 자신이 들었던 단어를 입술에 실어 곱씹었다.

"『왕도』에서 공적을 세운 사람을 진정한『영웅』으로 인정한다……."

눈을 감은 청년의 앞머리가 찰랑거렸다.

조그만 바람이 백발을 빗어 넘겨주었다.

마음의 연못에 잠기듯, 묵고의 시간에 몸을 맡겼다.

"오빠~~~~~~~~~!!"

그때 피나가 나타났다.

오랫동안 함께 해왔던 오빠가 있을 곳 정도는 훤히 꿰고 있는지, 당황한 목소리와 함께 그에게 달려왔다.

눈을 뜨고 돌아본 아르고노트의 얼굴에는 익살스러운 웃음이 돌아와 있었다.

"오오, 사랑스러운 내 동생! 그렇게 당황하다니 무슨 일이지? 콧물까지 흘리면서!"

"안 흘렸거든요?! 그런 것보다도,『왕도』에 가실 생각은 아니겠죠?!"

"물론 가고말고! 세계가 이 잠든 사자 아르고노트를 원하고 있는데!"

"아아아아……!"

한순간 주먹을 날리려 했던 여동생은 간신히 자신의 오른손을 붙들고, 다가가서, 으스대는 오빠의 대답에 머리를 감싸쥐었다.

두통에 온 힘을 다해 저항하며 설득을 시도해보았다.

"그만두세요, 바보 같은 짓은 하지 마세요! 약해빠진 오빠가 영웅이 될 리가 없잖아요!"

"——피나."

"왜, 왜요? 갑자기, 정색을 하고……."

불현듯 진지한 표정을 지은 오빠에게, 여동생은 자기도 모르게 압도당했다.

당장 고백이라도 할 것 같은 표정에 갈팡질팡하고 있으려니,

"물론 나는 실력은 최약이고, 무지몽매하고 큰소리나 치고, 늘 몽상 같은 말이나 하는 데다 여동생에게 뒷수습을 떠넘기는 쓰레기일지도 몰라."

"자각은 있었네요……."

"하지만, 영웅에 대한 이 마음만은 누구에게도 지지 않는다고 자부해! 다시 말해—— 나는『영웅』이 될 수 있어!"

"순식간에 도약해버렸는데요?!"

"게다가 피나도 운동 부족 때문에 군살이 늘어지는 걸 신경 쓸 때잖아! 나하고 여행하면 체형도 원래대로 돌아올 거야!"

역시 억누를 수 없었던 요정권이 오빠의 옆구리에 꽂혔다.

"커푸욱?!"

"화낼 거예요."

"때렸어, 때렸다고……! 화를 넘어서서 때렸다고요, 피나 씨……!"

영하의 눈빛을 보내는 피나에게, 배를 두 손으로 움켜쥔

아르고노트는 비지땀을 흘리며 뒷걸음질쳤다.

슬금슬금, 왠지 모르게 간격의 견제가 발생하고, 메마른 바람이 어이없다는 듯 남매의 머리카락을 찰랑이고 있으려니, 갑자기.

아르고노트가 자세를 바로 잡았다.

"피나. 나는 『영웅』이 되고 싶어."

"……알아요. 옛날부터, 계속 했던 말이잖아요."

"맞아. 나는 항상 『영웅』을 추구했어. 아니, 이 세계야말로 『영웅』을 추구하고 있어!"

오빠의 분위기가 표변한 것을 알아차렸는지, 피나는 탄식 대신 눈을 내리깔았다.

하다못해 반항이라도 하려는 듯 입술을 비죽거렸지만, 아르고노트의 입은 멈추질 않았다.

"소문 들었어? 서쪽 나라 오를랜드가 함락당했대! 남쪽의 오아시스도 용의 숨결에 말라버렸어! 영봉은 불타고, 요정들은 산에서 내려올 수밖에 없게 됐다고 들었어! 피나, 네 몸에 흐르는 절반의 피가 지금도 울부짖고 있어!"

"……웃."

"대지는 유린당하고, 바다는 더럽혀지고, 하늘마저 석권당했어! 무서운 마물들에게 세계가 지배당하려 해!"

마치 배우처럼 연극적인 몸짓에 손짓, 발짓, 표정이며 목소리까지 동원해 멈추지 않는 비극을 호소했다.

모든 것이 사실이었다.

대륙 한끝에서 태어나는 『무한한 마물』에 의해 인류의 생존권은 지금도 여전히 침식당하고, 축소되어, 세상은 확실하게 멸망으로 다가가고 있다.

그가 말하는 세계의 참상에, 피나는 얼굴을 슬픔으로 물들였다.

그런 그녀에게 웃음을 주고 싶다는 듯, 아르고노트는 새의 날개처럼 두 팔을 벌리며 입가를 틀어 올렸다.

"그러니까 『영웅』이 필요한 거야! 이 세계를 비추는 한 줄기 희망이!"

저녁놀을 등진 청년의 모습은 눈부셨다.

그가 하는 말은 맹세를 바치는 것과도 같았다.

지금만은 우스꽝스러운 분위기가 자취를 감추어, 아무것도 모르면 정말로 『영웅』인 것처럼 보였을지도 모른다.

하지만 피나는 오빠를 누구보다도 걱정하기에 그 결의에 찬물을 끼얹었다.

"……약해빠진 오빠가 영웅이 될 필요는 없잖아요."

"그럴지도 모르지! 하지만 그건 그거대로 『왕도』에 모여든 『영웅 후보』들의 얼굴을 보러 가는 것도 의미가 있어!"

그 정론에 아르고노트는 반론하지 않았다.

그는 자신의 발언에 책임을 지지 않는다.

조금 전까지의 눈부신 모습 따위 내팽개치고, 어린아이 같은 웃음을 머금으며 너스레를 떨듯 수란을 피웠다

"게다가 『왕도』 근처에는 『정령의 사당』이 있다는 전설을

들었거든! 그쪽에도 꼭 가보고 싶어!”

“……그냥 관광이잖아요, 그건…….”

피나는 마침내, 그에게 이끌리듯 쿡쿡 웃음을 흘리고 말았다.

기묘한 행동만 하는 오빠의 계획대로란 것을 알면서도 웃을 수밖에 없었다.

그런 그녀에게 활짝 웃음을 지으며, 아르고노트는 오른손을 머리 위로 들었다.

“동생아, 지금이 바로 여행을 떠날 날이다! 마물에게서 도망쳐 늙어가기만 하는 하루하루를 보내는 건 관두자!”

“!!”

“우리의 고향에 맹세하는 거야! 영예로운 미래를 포기하지 않겠다고!”

검지가 가리키는 꼭두서니색 하늘이 남매의 의식을 고향으로 이끌었다.

과거의 행복을 포기해서는 안 된다고, 오빠의 목소리가 동생의 마음을 흔들었다.

놀란 표정을 짓던 피나는 두 손으로 지팡이를 꼭 쥔 후, 환한 표정을 지었다.

“말만 번듯한 오빠. 그렇게 말하면서 언제나 저를 휘두르죠.”

“마음 착한 내 동생. 그렇게 말하면서 언제나 날 도와주지.”

청년과 소녀는 웃었다.

오빠와 동생은 웃음을 나누었다.

그러므로 이제 말은 필요 없었다.

“——자아 신들이여, 지켜봐다오! 이 아르고노트의 여행을! 미래의 영웅이 내딛는 위대한 첫걸음을! 흐하하하하!”

무서운 것 따위 이제는 하나도 없다는 양, 느닷없이 기고만장한 아르고노트.

깔깔 웃기 시작한 평인 청년은 춤을 추는 듯한 스텝을 밟으며 하늘을 우러러 빙글빙글 돌았다.

빙글빙글 너무 돌다가 덤불에 가려져 보이지 않던 단차에 걸려—— 미끌! 하고.

요란하게 발이 미끄러져, 깎아지른 낭떠러지로 몸이 빨려 들어갔다.

“어라? 으아아아아아아아아아아아아아아아아아아아?!”

몸에 걸친 망토가 허무하게 펄럭이며 절벽 아래로 모습을 감추었다.

기세등등하던 사내의 결말에, 피나는 ‘거 봐요, 내가 뭐랬어요’라고 하듯 탄식했다.

우스꽝스러운 광대의 행동을 다음과 같은 말로 평가했다.

“⋯⋯⋯⋯위대한 첫걸음을 삐끗했네요.”

피나 씨~ 도와줘요~ 하고 절벽에 매달린 물체에서 들려오는 목소리를 무시하며, 소녀는 집으로 돌아갔다.

이틀 후.

결정하면 즉각 행동하는 아르고노트가 신속하게 짐을 꾸려, 두 남매는 어이없을 정도로 선뜻 마을을 떠났다.

"마을과 감동의 작별도 마쳤다! 이제 미련 없이 출발할 수 있지!"

"마을 사람들, 그저 애들 심부름처럼 가볍게 배웅해줬지만요……."

저 먼 후방에서 이제는 조그맣게 보이는 마을에 피나는 헛웃음을 지었다.

반면 아르고노트는 제대로 정비되지도 않은 길 한복판에서 책 한 권과 깃털 펜을 꺼냈다.

"자아, 엮어주마 『영웅일지』! 이 아르고노트의 기념할 만한 첫 여행을!"

달려나가는 깃털 펜.

이어지는 문자.

쓸데없이 유려한 필적으로, 그 한 문장이 사내의 수기에 기록되었다.

『영웅 아르고노트는 새로운 전설이 되고자, 그날, 모험을 떠났던 것이었다!』

© kakage

"아직『영웅』은 안 됐잖아요……."

"사소한 데 신경 쓰지 말자! 동생아!"

꼬박꼬박 음독까지 해주는 오빠에게 피나가 어이없다는 시선을 보내는 가운데, 아르고노트는 망토로 펄럭 소리를 내며, 어디까지고 이어진 황야의 길을 다시 바라보았다.

"자아 가자꾸나, 위대한 여로로!"

『그 어느 때, 그 어떤 장소를 보더라도 마물이 나타나지 않는 안식의 땅이라고는 존재하지 않았다.』

이 시대를 상징하는 말이다.

대륙 한끝에서 쳐들어온 수많은 마물은 순식간에 인류의 영역을 잠식하고 끝없는 지옥을 만들어냈다.

한끝—— 서쪽에서 마물이 오는 한편, 사람들은 동쪽으로 도망쳤다.

그것으로도 부족해 계속 도망쳤다.

알브 산맥을 넘어, 더욱 동쪽으로.

그리고 대륙을 종단하는 준엄한 엘프 커튼으로부터 서쪽은 완전히 마물의 영토로 변하고, 인류의 생존권은 대륙 중앙까지 후퇴하게 된다.

그리고 그런 대륙 중앙 동쪽에서조차, 대지를 침범하고, 바다를 건너, 하늘을 잠식하는 마물들은 어디서든 출몰해,

수많은 나라와 마을을 초토화시켰다.

고향을 버린 이들은 마물의 침공이 미치지 않는 땅으로 도망치고, 숨을 죽인 채 몸을 움츠리고, 근근이 생활하게 되었다. 멀리 갈 것도 없이, 아르고노트 일행이 몸을 의탁했던 마을도 그랬다.

마물이 대군이 되어 밀려드는 일까지는 없었지만, 뿔뿔이 흩어진 마물의 무리는 늑대나 곰을 비롯한 짐승으로 바뀌어 사냥감을 발견하면 이빨을 드러내는 것이다.

『쿠오오오오오오오오오오오오오오오오오오!』

따라서.

아르고노트 일행이 아직 안전하리라 예상했던 여로에서, 무시무시한 이형의 괴물이 수없이 나타나는 것은 전혀 이상한 일이 아니었다.

"꾸헤에에에에에에엑?! 피, 피나아아아아! 살려줘~?!"

견두(犬頭)라고도 불리는 마물『코볼트』의 태클을 받아 아르고노트가 땅바닥을 데굴데굴 굴렀다.

그대로 파다다닥 바퀴벌레처럼 재빠르게 기어 도망치며 꼴사납게 자신의 이름을 부르는 오빠의 모습에 견딜 수 없이 싫다는 표정을 지은 피나는 금세 마음을 다잡았다.

"뭐 하는 거예요, 아르 오빠! 비키세요!"

적의 수는 일곱.

코볼트와 헬 하운드, 그리고 성가신 라이거 팽이 한 마리.

여느 때처럼 한심한 오빠가 당하는 포지션이 되어 알기 쉬울 정도로 적이 한 곳에 모여 있었다.

"【계약에 응하라 삼라의 바람이여. 나의 명에 따라 적대자를 휩쓸어라】."

즉시 영창이 이루어진다.

과거에도 미래에도 변하지 않는, 몸에 깃든 마력에 불을 지펴 세계에 혁명의 힘을 가져오는 영롱한 스펠 워드.

자신에게 흐르는 요정의 피를 연소시켜, 피나는 오른손에 든 지팡이를 내밀었다.

"【게일 블래스트】!"

그리고 펼쳐지는 녹색 바람의 포효.

『밀려 날아간』 것이 아니라 『베이고 짓눌린』 마물들은 단말마의 비명을 질렀으며, 바람의 울음소리에 가슴까지 잠긴 순간 기이할 정도로 무수한 『재』가 되어 사라졌다.

하지만 그런 재조차도 강풍의 진격은 막을 수 없다.

마물의 발톱과 이빨, 모피, 티끌까지도 남기지 않고 상공으로 날려버렸다.

대지에는 『바람이 지나간 길』이라 하기에는 너무나도 살벌하게 도려져 나간 흔적이 새겨졌다.

"오오, 엘프의 『마법』! 취득하기에는 뭔가 이래저래 어려운 비술을 하프엘프의 몸으로 사용하다니! 역시 피나야!"

"오빠가 너무 못난이라 익히지 못했을 뿐이잖아요—!! 그리고 설명이 너무 대충이에요!"

재빨리 동생의 곁으로 돌아온 아르고노트가 때를 놓칠세라 칭찬해댔지만, 뒷수습을 떠맡은 피나는 얼버무리지 말라는 양 노성을 질렀다.

눈꼬리를 세우고 오빠를 한바탕 노려본 후, 시선을 앞으로 되돌려보니, 동족의 포효와 사냥감의 냄새에 이끌려 모여들었던 마물이 피나의 마법에 완전히 겁을 먹고 있었다.

절망을 주기 위해 가세했건만, 이제는 희미하게 빛을 내는 지팡이의 먹이에 불과했다.

"저보다 앞으로 나가지 마세요! 전부 날려버릴 거니까!"

"네~!"

즉시 동생의 바로 뒤라는 이름의 정위치 겸 안전지대에 숨는 아르고노트를 내버려둔 채, 피나의 마법이 말 그대로 『불』을 뿜었다.

화염의 숨결이 태어나는가 싶더니, 다음으로는 얼음 기둥의 화살 다발이, 그 다음에는 번개의 비가.

거의 본능이 시키는 대로 공격을 가하는 마물들에게는 『영창을 방해한다』는 지성이 존재하지 않는다. 하물며 전의도 식욕도 내팽개치고 도망치려 하면 그 후에는 매직 유저의 독무대가 기다리고 있을 뿐이다.

겁을 먹고 이리저리 도망치는 마물들의 등을 향해 피나는 가차 없는 마법을 쏘아댔다.

순혈 엘프라 해도 눈을 크게 뜰 정도의 위력이 작렬하기를 몇 차례.

하늘로 빨려 올라간 포격음이 지진과도 같은 여운을 남기고, 마침내 주위에 정적이 돌아왔다.

아르고노트 일행의 시야에는 마물의 그림자 따위 한 마리도 남아있지 않았다.

"휴우…… 대충 정리됐네요."

"폭살, 동결, 감전사…… 피나, 마물을 쏠 때만 눈빛이 달라지는 거 아냐?『마력바보』처럼. 흐헤헤 하면서."

"그런 소리 한 적 없어요!"

과장된 몸짓으로 자신의 팔을 끌어안으며 전혀 비슷하지도 않은 흉내를 내는 아르고노트에게, 피나는 얼굴을 새빨갛게 물들이며 항의했다.

뭐, 다소 지나치긴 했다고, 모양이 **약간** 바뀌어버린 경치에 찔리는 구석이 없는 것은 아니었지만, 애초에 아무도 손대지 않아 거칠어질 대로 거칠어진 황야다. 여행자들이 왕래하며 다져놓은 교통로만 무사하다면 문제는 없을 거라고 마음속으로 변명했다. 그도 그럴 것이 이쪽은 마물에게 습격을 당하지 않았던가!

은근히『마력바보』란 말에 정신적으로 대미지를 입어 귓가를 발갛게 물들인 피나를 내버려 둔 채, 아르고노트는 광대처럼 비실비실 이쪽으로 갔다가 저쪽으로 갔다가.

지형을 파괴한 피나의 포격 흔적에, 아주 약간 남은 마물의『송곳니』며『발톱』을 재빨리 발견해선 품속에 휙휙 집어넣고는 아무 일도 없었다는 듯이 돌아왔다.

"좋겠다~ 피나는『마법』도 쓸 수 있어서~. 아아, 하늘에서 지켜보시는 신들께서 내게도『마법』을 내려주시지는 않을까!"

"그런 일이 있을 리 없잖아요. 그보다도……."

수상쩍은 연기와 함께 짐짓 탄식하는 오빠에게 한숨을 쉰 피나는, 새삼스레 주위를 둘러보았다.

"……마물이 이런 데까지 나타나다니. 전에는 이곳도 안전했는데."

마을을 떠난 지 아직 며칠 지나지 않았다.

마물의 출현 범위에서 벗어나 있었기에 그들은 이 주변의 마을에 몸을 의탁하고 있었던 것이다. 하지만 그 안전도 무너지려 하고 있었다.

확실하게 다가오는 괴물들의 마수에 하프엘프 소녀의 표정이 흐려졌다.

"어디나 다 마물의 지배가 다가오고 있어. 고릴라 같은 용병이라도 아니고선 마음 놓고 여행도 못 하겠네. ……피나처럼."

"저는 고릴라도 용병도 아니에요~! 적당히 안 하면 화낼 거예요!!"

"아, 잠깐! 폭력 반대~!"

두 눈을 감고 조용한 표정으로 놀려대는 아르고노트에게 피나는 연민 따위 내팽개치고 고함을 질렀다.

헛소리를 지껄이지 않으면 죽어버리는 병이라도 걸렸는

지, 『내 심각함 돌려줘요!』라고 지팡이를 들어 박살의 자세를 취하는 여동생에게 오빠는 머리 위로 두 팔을 교차시켜 세계평화를 호소했다.

"꺄아아아아아아아아아아아아아아아아아아악!"

"어……? 비명?!"

그때였다.

높다란 바위 언덕 너머에서 찢어지는 비명이 들린 것은.

"가자, 피나!"

"아, 네!"

아르고노트의 움직임은 신속했다.

이미 앞에서 달려가는 뒷모습을 피나도 한발 늦게 따라 갔다.

모래를 박차고 흙먼지를 피우며 얼른 바위 언덕을 우회 했다.

"오지 마……!"

『크르르르릉!』

비명의 주인은 아르고노트 일행이 있었던 곳과는 다른 마을의 아가씨.

그런 그녀를 에워싼 것은 흉악한 마물의 무리.

"여자?! 게다가 마물이 저렇게나?!"

그것은 공교롭게도 피나의 비관이 실제의 위기가 되어 나타난 순간이었다.

광주리를 옆에 떨어뜨린 여성은 약초를 따러 나왔던 것

일까. 하지만 전에는 안전했던 길도 마물들의 그림자가 발호하는 위험지대가 되고 말았던 것이다.

피나는 땅을 박찼다.

"오빠, 물러나서——."

"우오오오오오! 기다리십시오 아름다우신 분! 여성의 편, 이 아르고노트가 도와드리러 가겠습니다————!!"

"엑, 저기?! 혼자 뛰어들어서 어쩌자는 거예요———!!"

그리고 그런 여동생보다도 오빠가 더 빨랐다.

암토끼를 발견하고 눈을 빛내는 수토끼와도 같이 한 줄기 바람이 된 아르고노트에게는 피나의 딴죽도 닿지 않았다. 아니, 발이 너무 빨라서 따라잡을 수가 없었다.

그 후로는 완전 엉망진창이었다.

유일한 장점이라 해도 좋은 민첩성을 구사해 돌진하고, 여성에 대한 넘쳐나는 열정을 외쳐대는 아르고노트에게 마물들은 짜증 난다는 듯 돌아보고는 『귀찮구만』이라고 하듯 발톱이며 꼬리를 휘둘렀다.

"뿌개락?!"

그런 비명과 함께 날아가 버린 아르고노트. 그러나 망가진 장난감처럼 몇 번이나 일어나서는 두 번이고 세 번이고 돌격해 두 번이고 세 번이고 날아갔다. 한 번의 돌격이 실패할 때마다 유혈과 생채기가 늘어났다. 그리고 돌파구의 ㄷ 자도 만들 수 없었다. 광대였다.

이러저러하는 사이에 피나가 영창을 마치고, 마법으로

모든 것을 날려버렸다. 당연한 일이었다.

"괜찮으십니까, 아름다우신 분! 마물은 이 아르고노트가 쫓아냈습니다!"

"피, 피투성이로 웃고 있어…… 그리고 눈이 무서워……! 오, 오지 마!"

"겁먹게 만들어서 어쩌자는 거예요! 그리고 오빠는 미끼가 되었을 뿐이라고요! 쓰러뜨린 건 저예요!"

마물이 사라지자마자 촤좌좍—! 슬라이딩처럼 지면을 무릎으로 깎으며 아가씨의 손을 잡는 아르고노트. 쓸데없이 멋들어진 웃음과 목소리로 하얀 이를 빛내 보였지만, 그의 관자놀이에서 콸콸 흘러내리는 혈액에 진심으로 겁을 먹은 아가씨는 오물을 떨치듯 손을 쳐냈다.

등 뒤에서 꼬박꼬박 딴죽과 불평을 던져준 피나는 한숨을 쉬었다.

조금 전의 전투보다도 더 피로를 느끼면서, 일단은 오빠의 뒤통수에 징벌을 내려주고자 지팡이를 조준하고 그들에게 발을 향했다.

"나 원, 언제나 여성 앞에서는 멋을 부리려고 한………—————?! 오빠, 위험해요!"

하지만 발이 그들에게 닿기도 전에 하프엘프의 눈이 이변을 감지했다.

『쿠오오오오오오오오오오오오오오오오오오오오오오!!』

"?!"

짐승 머리에 인간의 몸을 가진 왜소한 몸.

코볼트와는 달리 늑대의 머리를 가진 흉악한 마물——
『루 가루』가 절벽 위에서 노성을 터뜨리더니 아르고노트
일행의 머리 위를 향해 도약하고 있었다.

수많은 마을을 멸망시킨 위험종은 근처의 마물을 이끄
는 우두머리였으며, 바로 이 주변 일대에 괴물들이 나타나
게 되었던 원인이었다.

절벽에서 『사냥감의 수확』을 바라보고 있었지만 부하들
이 당해가는 모습에 마침내 인내심이 한계에 달했던 것이
리라.

그 날카로운 발톱이 향한 곳에는 당연히 백발 청년이 있
었다.

"큭——!!"

"오빠아?!"

겨우 130C 정도의 체격이지만 우락부락한 근골을 가진
루 가루는 웬만큼 힘이 센 장정 따위는 학살해버린다. 피
나조차 애를 먹을 것이다. 광대인 아르고노트 따위는 말할
필요도 없다.

아르고노트가 아가씨의 앞으로 나왔다.

무기도 뽑지 않은 채 두 팔을 벌린다.

그것으로 끝.

밀려드는 다섯 개의 발톱에 청년의 얼굴이 갈라지고——.

『쿠갸아아아아아아아아아아아악?!』

아니, 그보다도 먼저 다른『발톱』이 마물의 안면을 갈라 버렸다.
"……에?"
"……!"
피나의 입술에서 중얼거리는 목소리가 툭 떨어지고, 아르고노트의 눈이 크게 뜨였다.
인간과 마물 사이에 끼어든 것은 하나의『그림자』였다.
안면이 갈라진 채 벌렁 나자빠져 괴로움에 몸부림치는 루 가루의 강철처럼 두꺼운 가슴팍을, 번쩍 치켜 올라간 부츠가 **밟아 짓이긴다.**
마물을 꿰뚫고 대지를 부숴버린 일격에 흉부의『핵』을 잃은 루 가루는 무수한 재가 되어 사라졌다.
"넌……."
『그림자』의 정체는『남자』였다.
하프엘프인 피나보다도 훨씬 준민하고, 평인인 아르고노트의 눈이 겨우 따라갈 만한,『짐승』의 윤곽을 가진 남자.
얼굴 옆에는 없는 귀가 머리 위에, 회색 머리카락 사이에서 엿보였다.
허리에서 늘어진 같은 색의 꼬리는 당당한『늑대』의 것이다.
몸에 걸친 것은 모피가 달린 엷은 색깔의 옷. 소매는 없었으며 앞이 트인 상의는 단련된 생생한 근육과 두 팔에 새겨진 문신을 드러냈다. 하반신에는 허리감개와 금속 같은 광석으로 만들어진 부츠가 보였다.

그리고 두 손에는 긴 『발톱』.

"여자를 버리지 않고 방패가 된 건 인정해주겠다만……허술해."

무장한 『짐승』의 전사는 아연실색한 아르고노트를 흘끔 보았다.

"내가 없었더라면 목숨 두 개가 대지로 돌아갔다. 무력함을 과시하지 마라, 평인. ……구역질 난다."

그 목소리는 조용하고도 싸늘했다.

약자를 싫어하는 강자의 눈빛이 백발 청년을 경멸했다.

"수인……? 웨어울프? 평인의 영역에서 만나다니………아니 그보다, 아까부터 뭐예요! 오빠를 모욕하고! 그야 오빠는 입만 살았고 허세만 부리고 여성에게는 칠칠맞고 도망치는 솜씨 말고는 특기 하나 없는 최약 중에서도 최약이지만, 생각 없는 행동이 가끔 좋은 방향으로 굴러갈 때도 있다고요!!"

"피나 씨?! 미묘하게 감싸주는 것 같으면서도 시체를 걸어차고 있는 네가 더 내 마음을 푹푹 썰어대고 있어!!"

생각지도 못한 만남에 아연실색했던 피나는 오빠를 깔보는 태도에 언성을 높였다.

그리고 그 반론은 장문이 되어 아르고노트를 두들겨 팼다.

오가는 노성과 비명에 수인 남자는 "흥……" 하고 시시하다는 듯 코웃음을 치더니 남매에게 등을 돌리려 했다.

"기다려!"

그를 불러 세운 것은 다름 아닌 아르고노트였다.

"내게 네 이름을 가르쳐줘!"

"알 의미가 없다. 네놈 같은 평인과는 더 이상 인연이 만날 일도 없을 테니까."

"아니, 의미는 있지! 나는 도와준 네게 감사를 하고 싶으니까! 진정한 감사를 하려면 그 사람의 이름을 알아야지!"

아르고노트와 남자의 시선이 교차했다.

웃음을 머금은 진홍색 눈동자는 멋이나 허세를 부리는 것이 아니라 진리를 꿰뚫어보고 있었다. 호박색의 두 눈은 가늘게 좁혀지며 진리를 받아들였다.

"……말 하나는 번드르르하군."

사내는 발을 멈추고는 아르고노트 일행을 돌아보았다.

"──유리다. 북방 땅의『늑대』부족, 족장 로우가의 첫째 아들. 네놈은?"

민족적인 의상을 출렁거리는 웨어울프 청년 유리에게, 아르고노트는 활짝 웃음을 지었다.

"나는 아르고노트!『영웅』이 될 사나이다!"

"『영웅』……? 그러면 네놈도『왕도』로 가는 자인가?"

"어…… 그럼, 설마 당신도?"

유리의 중얼거리는 목소리에 반응한 것은 피나.

모든 것이 이어진 듯한 표정을 짓고 되물으려 했지만, 이제까지 넋을 잃고 있었던 여성이 결심한 듯 일어났다.

"……저, 저기!"

"아차~! 죄송합니다, 아름다운 분이시여! 다치신 데는 없으신지요? 자, 제 손을!"

자신이 화려하게 구해준(그렇다고 생각하는) 마을 아가씨의 존재를 떠올리고 아르고노트는 쓸데없이 하얀 이를 다시 빛냈다.

우아하게 내민 손을—— 화려하게 무시하고, 마을 아가씨는 다짜고짜 유리에게 다가갔다.

"구, 구해주셔서 정말 고맙습니다! 부디 답례를……!"

"필요 없다. 싸우지도 못하는 여자는 우리 부족 내에서도 경시의 대상이다. 당장 굴로 돌아가. 거슬린다."

"그, 그럴 수가……."

"……하지만 지금 막 노자가 떨어졌다. 너를 마을까지 바래다주는 대신 식량과 교환하지. 상응하는 물물교환이다. 알았나?"

"네, 네엣! 감사합니다! 후와아아아……."

누가 봐도 한눈에 반해버린 아가씨는 웨어울프가 쌀쌀맞게 대해도 그 후의 애프터케어에 신속으로 다시 반해버렸다.

뺨을 붉히고 촉촉한 눈으로 그녀가 유리의 뒤를 따라가버린 후, 그 자리에 남은 것은 석상으로 변해버린 광대뿐이었다.

"………………………."

키가 크고, 짐승의 귀까지 달린 와일드한 미남자.

실력은 말할 것도 없고, 수컷으로서 아르고노트가 이길 수 있는 요소는 슬프게도 무엇 하나 존재하지 않았다.

여행은 만남, 그리고 세상은 무정.

뻣뻣해진 광대의 미소가 거친 산길에 잘 어울렸다.

"오빠…… 멋없어요."

구슬픈 여동생의 중얼거림이 허무하게 허공에 울려 퍼졌다.

중천에 접어들었던 태양이 서쪽으로 저물면 하늘을 덧없이 불태우는 저녁놀이 찾아오고, 동쪽에서부터 어둠이 밀려와, 이윽고 밤의 장막이 드리워진다.

상공이 어둠에 휩싸인 가운데 지상에서는 붉은 모닥불이 불똥과 함께 춤을 추고 있었다.

"아름다운 분도 마을까지 바래다 드렸으니! 이제 아무 걱정 없이 여행을 재개할 수 있겠군!"

일을 한바탕 마쳤다는 듯 이마를 닦는 아르고노트.

따뜻한 모닥불을 보물처럼 다루며 잡아 온 도마뱀 꼬치 구이 등 오늘 밤의 만찬을 제 것처럼 준비했다.

"……왜 당연하다는 듯이 내 야영지에 끼어드나?"

그런 사내를 노려보는 유리.

자신이 준비한 모닥불을 약삭빠르게 이용하는 멍청이를, 모멸과 분노의 중간에서 갈등하는 듯한 시선으로 쏘아본다.

"아직 고맙다는 인사도 못 했거든!"

"……빨리해. 그리고 당장 꺼져."

"아, 이 육포 먹어도 돼? 요즘 곡식밖에 못 먹어서~."

"사람 말 좀 들어……!!"

"괜찮아, 이 도마뱀이랑 교환하자!"

비난하는 시선에 겁을 먹기는커녕 식량을 뒤적거리는 모습을 보고 수인의 관자놀이에 시퍼런 핏줄이 솟았다. 그리고 귀중한 향신료를 써서 만든 육포와 대충 구운 도마뱀을 교환해선 수지가 맞지 않는다.

지금도 발차기가 날아올 것 같은 유리의 기척에 아르고노트는 겨우 자세를 바로 하고는, 꿇었던 무릎을 바로 하며 신에게 하듯 고개를 숙였다.

"여행은 길동무 세상은 정! 여기서 만난 것도 전생의 인연! 부디 우리만으로는 불안하니 동행하게해주세요부탁드립니다!"

"죄송해요, 오빠가 이런 성격이라……. 여기서 쫓아내도 계속 따라다닐 거예요……."

피나는 창피해하며 사죄했다.

눈을 감은 채, 허브를 섞은 건빵을 두 손으로 들고 냠냠
먹으면서.

그 모습에서는 누구보다도 깊은 체념이 배나왔다.

유리는 혀를 찼다.

"쯧…… 광대놈."

"하하, 자주 듣는 말이지."

주먹이 광대의 뺨에 날아와 꽂히기도 했지만, 각자 식사
를 마쳤다.

수인은 고기를, 하프엘프는 나무열매 같은 숲의 은총을,
평인은 도마뱀이며 건조 콩 등의 잡식을.

입에 담은 것도 다르고 문화도 다른 이종족의 밤은 참으
로 기묘했다.

유리가 정한 명백한 경계선으로 정적이 야영지를 지배
할 줄 알았더니, 아르고노트가 고기가 맛있다느니 낮에 만
난 아가씨가 귀여웠다느니 떠벌떠벌 떠들어대 활달하고
경쾌한 수다가 끊이질 않았다. 음유시인의 노래에는 크게
미치지 못하는 시와 노래는 대책 없이 밝기만 했다.

유리는 짜증을 내고 있었으나, 피나는 이렇게 될 줄 알
았다는 듯 쓴웃음을 지었다.

하늘 한복판에는 구름의 다리가 걸려 달이 보이지 않
았다.

그 대신 밤의 대하가 별빛을 드리운 채 지상에 피어난
모닥불과 함께 세 남녀를 비추고 있었다.

"저어…… 유리 씨는 왜 『왕도』에 가시나요?"

식사도 끝나, 이제는 자는 일만 남았을 무렵.

모닥불이 타닥 튀는 가운데, 피나는 조심스레 물었다.

"당신도 오빠처럼 『영웅』이 목표인가요?"

"……아무것도 모르나?"

"네?"

약간 어이없다는 감정이 담긴 시선이 그녀를 향했다.

어리둥절한 피나에게, 유리는 내뱉을 한숨도 아깝다는 듯 설명했다.

"『영웅』의 칭호 따위 그냥 이름뿐인 명예다. 진짜 미끼는 왕이 내건 포상 쪽이지."

"네? 미끼? 그리고, 포상……?"

"『선정의 의식』을 돌파해 왕의 부하가 된 자에게 주어지는 특권. 왕도에서는 그걸 약속하고 있다. 물론 공적과 맞바꾸게 되겠지만."

그것은 마을 사람들에게 전해 들은 말로 왕도의 포고를 알았던 피나가 파악하지 못했던 정보였다.

그러나 유리의 말을 들으니 납득이 가는 것도 사실이었다.

내일의 목숨을 약속할 수 없는 이 시대에, 많은 이가 원하는 것은 과시욕을 채워줄 명예가 아니라, 조금이라도 인생을 풍성하게 해줄 실리다.

크게 납득해버린 피나의 곁에서, 아르고노트는 아무 말

도 하지 않았다.

마치 이미 눈치를 채고 있었던 것처럼, 모닥불이 꺼지지 않도록 묵묵히 나뭇가지를 던져넣고만 있었다.

"자신이 바라는 것을 손에 넣는 것. 영웅 유치에 호응할 사람의 대부분은 그게 목적이지."

"왕의 포상이 진짜……라면, 당신은 뭘 원하나요?"

"왜 이제 막 만난 놈들에게 그런 걸 가르쳐줘야 하지?"

"앗…… 죄, 죄송해요…….”

의문의 해소와 동시에 새로운 흥미가 생겨난 피나가 자기도 모르게 묻자, 돌아온 것은 냉담한 반응이었다.

품에 파고드는 것을 명백히 꺼리는 유리에게 겸연쩍게 사과하자,

"내 궁지에 발을 들여놓지 마라,『반쪽』. 평인과 섞여 요정의 이지조차 잃어버렸나?"

"……!"

그『하프엘프의 멸칭』에 마음에 작은 균열이 일어났다.

소녀가 벗어날 수 없는 숙명 중 하나.

어중간하게 긴 귀가 모멸의 눈빛을 받았다.

피나가 상처를 입은 마음을 자기도 모르게 붙잡으려 했던 그때.

"——나는『영웅』이 되고 싶다!"

여동생이 괴로워하기도 전에, 더 큰 상처가 생겨나기 전에 아르고노트가 한껏 밝은 목소리로 외쳤다.

"그게 내가 『왕도』로 가는 이유! 설령 『덤』에 불과하다고 해도 사람들에게 인정받을 영광을 손에 넣고 싶다!"

"……?"

유리가 눈썹을 의아함의 형태로 일그러뜨리고, 피나조차 이상하다는 표정을 지었다.

물어보지도 않았는데 떠벌떠벌 자신의 이야기를 시작하는 아르고노트는 눈을 감고 입가에 웃음을 머금으며 자신의 전망을 들려주었다.

"하지만 그 이상으로 『영웅』처럼 되고 싶다! 나보다 강한 사람에게 굴복하지 않고, 소중한 것을 지킬 수 있는 존재가!"

그리고.

미래의 자신에게 맹세하듯.

사내의 목소리가 활달한 음색을 뒤집고 한 점의 냉기를 머금었다.

"피나의 귀는 인간과 요정이 서로에게 다가섰던 존엄한 증거다. ──취소해라, 조금 전의 모욕을."

다시 눈을 떴을 때, 그 심홍색 눈동자에 광대의 그림자는 없었다.

웃음도 사라졌다.

어떤 표정도 짓지 않은 얼굴은 그저 진노의 칼날을 수인에게 들이대고 있었다.

"오, 오빠…….."

아르고노트가 보인 적이 없었던『노기』에 피나까지도 아
연실색했다.

"……………………."

그리고 유리는, 청년의 표변에 눈을 크게 뜨고 있었다.

이내 눈을 내리깔았다.

불꽃의 소리가 나무라듯 울려 퍼지기를 한동안. 자성의
시간에서 벗어나, 피나에게 고개를 돌렸다.

"……피나라고 했나. 무례를 사과하겠다. 긍지를 짓밟았
던 건 나였나 보군."

"아, 아뇨! 무슨! 저는, 혼혈이니까요……. 차별당하는
건 익숙해요."

유리는 자긍심 강한 웨어울프다.

다른 이에게도, 그리고 자기에게도 긍지를 요구한다.

그렇기에 그는 아르고노트의 가책을 받아들이고, 과오
를 인정하고, 사죄할 수 있는 수인이었다.

"내가 짊어지게 한 상처를 치유할 수는 없겠지만, 대신
네가 바라던 것을 가르쳐주지."

그의 긍지란 자신의 신념에 따른 것.

그러므로 피나에게 새긴 상처의 대가로, 자신의『비원』
과『상처』를 드러냈다.

"내가 바라는 포상은…… 우리 부족이『왕도』로 이주하
는 거다."

"『왕도』로 이주한다고요……? 수인 부족이 전부……?"

"그래. 최근 들어 다시 마물 놈들의 움직임이 활발해졌지. 종족을 불문하고, 아인(亞人)들의 생존 영역이 계속해서 함락되고 있어."

"……!"

평인의 영역에 살던 자신들은 알 수 없었던 정보에 피나는 헛숨을 삼켰다.

역시 인간 세상은 종말로 다가가고 있는 거라고, 이제 겨우 열여섯인 소녀가 예견하고 말 정도로.

"최후의 『낙원』은 평인의 수도인 『왕도』 말고는 존재하지 않아. ……그게 곧 불타 없어지려 하는, 인류의 잔불이라 하더라도."

"우……."

"왕의 포상을 받아 수도로 이주할 권리를 요구할 거다. 아버지가…… 우리의 족장이 그걸 결정했다."

유리의 목소리도 비원에 사로잡혀 있었다.

그 옆얼굴에도 그늘이 드리워졌다.

그러나 그것도 한순간.

피나가 동정하지도 위로하지도 못하는 가운데, 다시 전사의 가면을 쓰고 책무와 의지를 고했다.

"그렇기에 부족 최고의 전사인 내가 온 거다. 이름뿐인 『영웅』이 되기 위해."

"……너는 그래도 괜찮겠어? 이야기를 들어보면 『늑대』의 부족은 자긍심 강한 전사들인 것 같은데."

“짐승의 긍지 따위 이미 버렸다. 하나뿐인 여동생도 지키지 못하고, 마물 놈들에게 잡아먹히게 했던 그때……."

잠자코 이야기를 듣던 아르고노트가 묻자, 유리는 시선을 자신의 오른손으로 떨구었다.

상처투성이 손이었다.

그리고 무력함의 낙인이 새겨진, 분노로 떨리는 주먹이었다.

풍화되지 않고 있는 원통함과 자책, 증오를 말 한마디 한마디에 내비치는 유리에게, 피나는 침통한 표정을 지을 수밖에 없었다.

“부족이 살아남기 위해서라면 나는 무엇이든 하겠어. 그야말로 평인의 허울 좋은 심부름이라 해도."

“……평인의 왕이 아인인 저희의 존재를 허락할까요? 요정은 물론이고, 인류는 아직까지 종족의 울타리를 넘지 못하고 있는걸요……."

“이번 유치는 그걸 전제로 한 거겠지. 마물에게 위협당하고 있는 것은 『왕도』도 예외가 아니야."

부족 전체의 운명을 짊어진 비장한 결의를 다 들은 후, 위팔을 붙들고 있던 피나가 겨우 의문을 입에 담았다.

이에 대한 유리의 답은 추측에 따른 확신과 경멸이었다.

“마물 이외에도 『왕도』는 다른 나라, 다른 종족의 침략을 받고 있다고 들었다. 유한한 자원을 서로 빼앗기 위해."

“그럴 수가……. 이런 때에도 인간끼리 싸움을 멈추지

않는다니…….”

그 어리석음이야말로 인류가 인류인 까닭이 아닐까.

유리는 그렇게 중얼거리는 목소리로 대답했다.

“『왕도』도 영토를 지키기 위한 전력이 필요해. 뒤집어 말하자면, 수단을 가릴 수 없는 상황에 빠져버렸다는 의미이기도 하지.”

“…………..”

“……인간 세상은 멸망할 거다. 신에게 버림받은 이 대지는, 언젠가, 반드시.”

세 사람의 대화는 거기서 끊어졌다.

예정된 종언을 확신해 맺으면서. 희망은 존재하지 않았다.

그것이 지금의 세계와 현실과 정세.

파멸로 다가가는 세계의 밤하늘은 차갑고 맑았으며, 어딘가 공허했다.

신음하듯 모닥불의 기세가 약해지고, 붉던 빛이 작아지는 가운데, 아르고노트만은 머리 위를 우러러보았다.

“……신에게 버림받은 대지, 라.”

그의 중얼거림에 대답하는 신은 없었다.

하지만 긍정도, 부정도 하지 않았다.

그렇기에 『광대』의 눈은 이곳이 아닌 어딘가를 바라보고만 있었다.

날이 밝고 해가 뜬다.

아무리 마물의 침략에 시달리더라도, 그 세계의 섭리만은 변함이 없다.

한 사람을 따라가는 두 사람의 여행은 그 후로도 이어졌다.

정강한 수인에게 도움을 받기를 17회.

그의 등 뒤에 숨어 위험을 면했던 것은 이제 셀 수도 없었으며.

피나의 강력한 마법에 말려든 일은 두 번 있었다.

여행 도중 유리의 짜증이 연민으로 바뀐 후로도, 기생의 화신인 아르고노트는 어딜 가도 아르고노트였으며, 피나의 한숨이 마를 날은 없었다.

산길에서 발이 미끄러져 필사적으로 낭떠러지에 매달려서는 도움을 청하는 광대를 내려다보며, 두 사람은 슬슬 무시하고 그냥 가야 하지 않을까 검토하기도 했다.

덤벼드는 마물, 특히 대군과의 싸움에서 확실한 존재감을 뿜어내는 것은 피나의 마법이었으며, 강력한 화력은 유리도 감탄할 정도였다. 그녀가 여행에 따라오지 않았다면 수인 전사는 진심으로 아르고노트를 저버렸을지도 모른다.

경치는 바뀌었다.

황야에서 마물에게 파먹힌 민둥산으로, 멸망한 마을로.

잔해 더미 정도라면 귀엽게 보이는 수준이었으며, 근처 일대에 사람의 뼈가 널브러진 황혼 녘의 들판에 도달했을 때, 피나는 저녁놀을 받는 옆얼굴을 슬픔으로 물들였다. 묘를 만들기 시작했다간 앞으로 몇 번이나 여행에 방해가 될지 알 수 없었다. 그러니 하다못해 어머니에게 전해 들은 엘프의 예법으로, 소녀는 죽은 이들의 명복을 빌었다. 평소에는 시끄러운 아르고노트도, 거추장스러운 짓을 싫어하는 유리도 이때만큼은 아무 말도 하지 않았다.

——인간 세상은 멸망할 거다.

——신에게 버림받은 이 대지는, 언젠가, 반드시.

웨어울프의 말을 암암리에 긍정하는 여행길을, 일행은 하염없이 나아갔다.

"하아, 하아~~……! 사랑하는 피나, 『왕도』는 아직도 멀었을까……!"

숨이 턱까지 찬 아르고노트는 몸을 질질 끌며 물었다.

어디선가 주워온 나뭇가지를 지팡이 대신 삼는 그 모습은 이제 겨우 열일곱 살이면서 노인처럼 처량했다.

앞에서 걷던 피나는 어이없어하며 돌아보았다.

"『왕도』에 가겠다고 신이 났던 오빠가 제일 먼저 지치면 어쩌자는 거예요……. 아직 한 달밖에 안 지났어요."

"젠장, 이 땀과 고통을 잊을까 보냐! 엮어주마 『영웅일지』!"

『아르고노트는 고난의 여정을 견디며 왕도로 향했다!』

지팡이에 몸을 기댄 채 요령 좋게 일지를 써나가는 오빠에게 한숨을 쉬며, 하프엘프 소녀는 경계를 겸해 주위를 둘러보았다.

장소는 이제까지의 여정 중에서 몇 번인가 보았던, 거칠어질 대로 거칠어진 황야.

세 사람은 그곳을 가로지르는 중이었다.

"똑바로 수도를 향해 나아가면 마물의 무리에게 당하고 말아요. 유리 씨가 알아봐준 덕에 안전한 길로 갈 수 있는 거예요. 유리 씨가 함께 가주지 않았더라면 지금쯤 어떻게 됐을지……."

그래도 오늘까지 마물에게 습격당한 횟수는 세 사람의 손가락을 모두 더해도 부족했다.

그것을 『안전한 길』이라 부를 정도로 피나의 마법은 뛰어났고, 유리의 전투기술은 보통이 아니었다. 짐짝인 아르고노트를 감안하더라도.

유리는 전투 면에서도 활약했지만, 특히 뛰어났던 것은 수인이라는 종족의 특색이라고도 할 수 있는 『오감』, 그 중에서도 『후각』이었다.

마물의 무리가 이동한다는 것을 냄새로 알아차리면, 유리는 예정했던 진로를 재빠르게 변경했다. 때로는 험한 길을 나아가기도 했지만 마물의 물량과 맞바꾼다고 생각하면 이 시대 사람들은 누구나 전자를 택할 것이다.

때로는 척후를 다녀와 최대한 적과의 조우를 줄여준 유리야말로 이 여행의 수훈자라 할 수 있었다. 아르고노트와 피나 남매는 그야말로 그에게 업혀 가는 셈이었다.

"나는 왜 유능한 마법종족이 저 쓸모없는 놈을 따라다니는지, 그게 더 이해가 안 된다만……."

피나보다도 훨씬 앞쪽, 선두에서 걷던 유리가 진저리를 치며 말했다.

그는 발을 멈추고 뒤를 흘끔 보았다.

"너희들 피를 나눈 남매는 아니지? 얼굴도 소질도 전혀 안 닮았는데."

"……!"

하얀 머리와 선황색 머리.

심홍색 눈동자와 숲색 두 눈.

언뜻 보기만 해도 두 남매에게 유사점은 많지 않았다. 아니, 없다고 해도 좋을 정도였다.

평인과 하프엘프니, 혈연관계는 어머니 혹은 아버지 어느 한 쪽뿐이라고 생각할 수 있다.

그런데 얼굴 생김새도 전혀 닮지 않았으니, 정말로 피가 섞였다고 판단하기는 무리가 아니겠는가.

"저, 저랑 오빠는……."

피나는 발을 멈추고 두 팔로 지팡이를 꼭 끌어안으며 어

물거렸지만,

"……캐물을 생각은 없어. 남의 사정 따위 알아봤자 번잡하기만 하지."

유리는 그 모습을 보고 순순히 시선을 앞으로 되돌리고는 다시 걸어 나갔다.

피나는 깜짝 놀라 멀어져가는 뒷모습을 보았다.

"……오빠, 오빠. 유리 씨는 쌀쌀맞지만 상냥하네요."

"응. 보기완 달리 뒷바라지도 잘 해주는 호청년인 것 같아. 든든한 엉아라고 부르자."

"암만 그래도 그건 실례잖아요! 하지만 정말로 배려를 잘 해주는 분이네요……. 얼굴은 무섭지만요."

걸음을 따라잡은 아르고노트에게 피나는 살짝 어깨를 붙였다.

지금의 대화만이 아니라, 이제까지 오는 길에서 겪은 그의 행동까지도 돌이켜보면서 남매가 작은 목소리로 이야기하고 있으려니,

"……다 들린다."

"엑?! 아, 그, 저기…… 귀가 좋으시네요?!"

"수인의 오감은 평인이나 엘프를 능가하니까. 비밀 이야기는 앞으로 나 없는 데서 해라. 너희 남매의 대화는 지독히 귀에 거슬려."

전방에서 어느샌가 발을 멈추었던 유리가, 이번에는 정말 험악한 눈초리로 피나와 아르고노트를 노려보고 있

었다.

어깨를 흠칫한 피나는 꼼꼼히 설명해주는 수인에게 삐질삐질 식은땀을 흘리고는, 화제를 바꾼다는 궁색한 해결책에 나섰다.

"마, 맞다, 계속 여쭤보고 싶었는데요!『왕도』는 어떻게 평화를 유지하고 있나요?! 이 시대에『낙원』이라고 불릴 정도라니!"

피나는 파닥파닥 종종걸음으로 유리를 따라잡고, 아르고노트도 헥헥거리며 그녀를 따라갔다.

유리의 변함없이 싸늘한 시선에 자신의 해결책이 별로였음을 깨달으면서도 끝까지 밀어붙였다.

"어, 그게 말이죠, 그러니까─…… 어, 어떻게 마물의 침공을 막고 있는 걸까~ 해서."

"……정말 아무것도 모르나, 너희는."

잠시 후, 유리에게서 돌아온 대답은 비아냥거리는 것도 욕하는 것도 아닌 탄식이었다.

"『왕도』가 온갖 침략을 막아내고 있는 건, 군사력은 물론이고 한 남자가 군림하고 있기 때문이다."

"한 남자……?"

"『상승장군(常勝將軍) 미노스』."

그가 말한 것은 한 걸물의 이름.

"『왕도』 최강의 사나이고, 그의 무용은 온 대륙을 뒤흔들지. 거대한 쇠사슬을 휘둘러서 인간도 마물도 날려버리는 광경은 그야말로 벼락과도 같다고 해. ……그래서 붙은 별명이 『뇌공(雷公)』.”

유리는 『늑대』 부족은 물론이고 다른 종족의 생존권에까지 떨치는 뇌명과 위업을 말해주었다.

압도적인 열세에 몰려 패퇴와 상실을 되풀이하던 인류 중에서도, 그 남자는 오직 혼자, 이름의 유래대로 **승리를 거듭해왔다.**

온갖 마물을 물리치고, 온갖 침략을 막아내고.

온갖 재앙으로부터 『왕도』를 지켜온 방패이자 쇠사슬.

그것이 『상승장군 미노스』.

그야말로 『영걸』이라 불리기에 어울리는 무용을 자랑하는 이.

“인간의 군세도 마물도 모조리 격퇴했던 왕의 충신이지. 그놈이 있는 한 『왕도』는 안전하다고 해.”

“그런 엄청난 무인이 『왕도』에 있었다니…….”

유리의 설명에 피나는 놀라움을 감추지 못했다.

그 정보가 꾸며낸 이야기나 과장된 선전이 아니라면, 무시무시한 공적이다.

이 시대에 그만큼 활약할 수 있는 사람이 대체 얼마나 될까. 하물며 전사단 같은 조직 단위가 아닌 단 한 사람이.

솔직히 피나는 그 말이 전부 진짜라고는 여겨지지 않았다.

이런 암흑의 시대이기에, 조그만 승리가 풍문이 되어 돌아다니는 과정에서 각색되고, 화려한 치장이 더해지고, 아무 것도 모르는 사람들 곁에 대승리라는 정보가 되어 도달하는 경우는 흔하다. 누구나 희망을 꿈꾸고 싶기에, 작은 거짓말을 덧붙여 낭보로 꾸며버리는 것이다. 피나와 아르고노트는 그런 연승의 이야기를 수없이 들었고, 그대로 멸망해간 나라와 도시의 잔해를 몇 번이나 보았다.

그렇기에 『상승장군』의 뇌명도 다소 과장된 것은 아닐까──.

피나는 그런 생각을 자기도 모르게 시선에 실어버렸지만, 유리는 이를 나무라지도 언짢아하지도 않았다.

그저──『가면 안다』고.

『왕도』가 어느 정도의 도시인지, 그것만 보면 『낙원의 수호자』도 증명될 거라고, 웨어울프는 눈으로 말했다.

그의 눈을 올려다보던 피나도 조용한 표정으로 고개를 끄덕였다.

"저요, 저요~! 『왕도』에는 무인 말고 미녀와 미소녀도 있을까?!"

그리고 그런 분위기를 망쳐버리는 한 명의 광대.

조금 쉬어 회복이 됐는지 기세 좋게 한쪽 팔을 드는 아르고노트에게, 유리가 쓰레기를 보는 눈빛을 보냈다.

"……하나뿐인 왕녀는 경국의 미희라고 들었다만."

"가슴이 뜨거워지는군!!"

"진짜~!! 오빠 바보!!"

"크허억—?!"

유리의 대답에 느닷없이 흥분하기 시작한 아르고노트에게 즉시 여동생의 통렬한 딴죽이 날아들었다.

지팡이로 얻어맞아 날아간 평인에게는 더 이상 신경도 쓰지 않고, 유리는 혼자서 발을 앞으로 옮겼다.

"시끄러운 놈들. …………이봐, 그보다 다 온 모양이다."

"'!'"

언덕을 오른 그의 말에 아르고노트와 피나는 흠칫 고개를 들었다.

서둘러 유리의 뒤를 쫓아 한달음에 언덕을 오르자——시야에 펼쳐진 광경에 남매는 하나같이 눈을 크게 떴다.

"오오……!"

"굉장해, 저게……!"

『녹음』이 보였다.

『도시』가 보였다.

이 긴 여정 속에서 눈으로 보았던 것은 황야와 산뿐. 하지만 그 경치에는 푸르디푸른 녹색 평원이 펼쳐져 있었다. 불어오는 바람에 실린 풀 향기. 어디선가 들려오는 작은 새들의 지저귐.

이 시대에도 죽지 않은 비옥한 대지에 싸인, 성벽과 견고한 문, 그리고 셀 수도 없는 건물들.

어엿한 『성하마을』이었다.

멀리서 봐도 알 수 있는 석조 건물이 영광을 상징하는

것처럼 빛났다.

그리고 그 번영의 경치 속에서도 한층 눈길을 끄는 것은, 언덕 위에 우뚝 솟은『왕성』.

대신전으로 착각할 만큼 거대한 성이 유유히 솟아 있었다.

"인류 최후의 낙원. 그리고 지금은『영웅』을 추구하는 나라…………『왕도 라크리오스』."

구름이 갈라지고 하늘이 개어 햇살을 받은 그 도시는 그야말로『낙원』이라는 이름이 잘 어울렸다.

유리가 중얼거리는 목소리를 들으며, 아르고노트와 피나에게서는 감탄성이 끊이질 않았다.

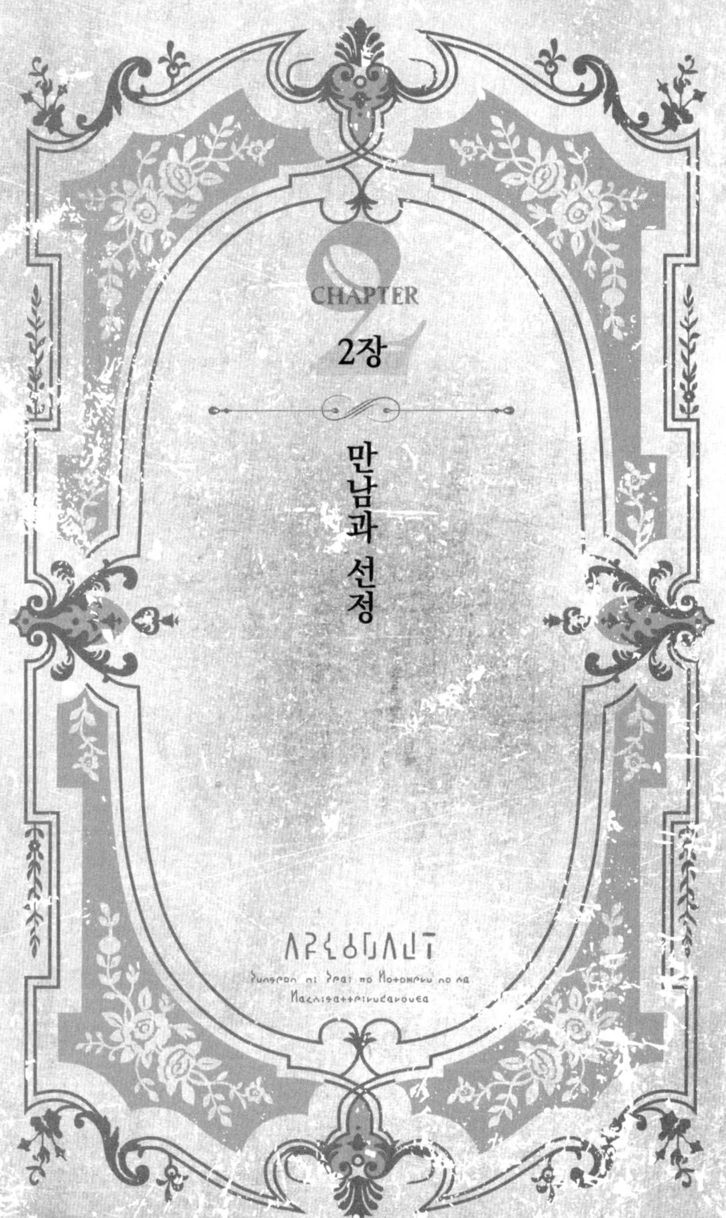

CHAPTER 2

2장

만남과 선정

육, 해, 공. 온갖 영역에서 마물이 활개를 치는 지금 이 시대, 여행자란 항상 죽음과 인접하고 있으며, 마을과 마을 사이를 나아가는 것만으로도 상응하는 대가가 필요했다.

그런 그들이 긴 여로 끝에 이 광경을 본 순간, 무슨 말을 할까.

여기까지 생각한 아르고노트는, 그것은 틀림없는 『이상향』이라는 말일 거라고, 『왕도 라크리오스』를 바라보며 납득했다.

"굉장하다. 저만한 도시는 본 적이 없어."

"아름다워……. 다른 대지는 마물에게 잠식당해서 거칠어졌는데……."

솔직한 감상을 말하는 아르고노트의 곁에서, 피나도 무의식중에 뺨을 흥분의 빛으로 물들이고 넋을 잃었다.

멀리 보이는 『왕도』의 아름다움, 장엄함은 이 가혹한 시대 속에서 그야말로 격이 달랐다. 부족의 운명을 짊어진 유리가 이곳으로 오려 하는 것도 이해가 갔다.

그만큼 시선 너머에 보이는 도시의 외견은 다른 세계의 것이라 해도 좋을 정도였다.

"마치 저기만 하늘에게 축복을 받고 있는 것 같아……."

회색 하늘이 아니라 투명할 정도의 창공에 싸인 그곳은, 탁기를 뿜어내는 마물이 애초에 도시 주변에 서식하지 않기 때문일까.

그렇게 중얼거린 피나는 가슴을 한 손으로 억누르며 자

연스럽게 웃음을 꽃피우고 있었다.

"여행도 이걸로 끝이다. 나머진 알아서들 해라. 나는 갈 테니."

"엇…… 자, 작별하는 건가요? 기왕 여기까지 왔으니까, 같이……."

한동안 눈길을 빼앗겼던 피나는 옆에서 들려온 목소리에 의식을 되돌려야만 했다.

평원에서 살아가는 수인 부족답게, 왕도를 보면서도 무력한 백성을 지키는『보루』이상의 의미를 두지 않는 유리는 태연히 여행이 끝났음을 밝혔다. 피나가 서운한 마음을 감추지 못하고 호소했지만 웨어울프는 우문이라는 양 귀를 기울이지 않았다.

"나도, 그 광대도 한정된 자리를 다투는『영웅 후보』다. 왕도에 도착한 지금은 더 이상 어울려줄 마음 없어."

호박색 눈이 향한 곳은 백발의 청년이었다.

시선을 마주한 아르고노트는 그야말로 가극 배우처럼 자신들의 운명을 탄식했다.

"그럴 수가, 우리는 싸울 운명이란 말인가! 벗이여!"

"누가 벗이야."

"너에게는 아직 감사 인사도 다 못했거늘!"

"그럼 지금 해. 신속히 해. 네가 달라붙을 구실을 당장 끊어버려."

"……음, 아까우니까 좀 더 미뤄볼까!"

“이 광대가!!”

“둘 다~! 싸우지 마세요~! 오빠가 일방적으로 죽어요!”

아르고노트의 멱살을 붙든 유리의 옷자락을 피나가 뒤에서 필사적으로 잡아당겼다.

같이 못 놀아주겠다는 양, 유리는 손을 놓고는 아르고노트와 피나에게 등을 돌렸다.

“쯧…… 시간 낭비야. 난 간다.”

“잘 가거라, 나의 맹우여! 하지만 우리는 다시 만날 것이다! 바로 운명이라는 끈에 서로 이끌려서!”

“목적지는 같으니까 당연히 만나겠지. ……진짜 못 말리는 광대놈.”

연극적인 아르고노트의 작별 인사에 흘끔 돌아본 수인 청년은 언덕을 내려갔다.

왕도를 향해 똑바로 나아가는 그림자가 완전히 작아졌을 무렵, 아르고노트는 여동생에게 웃음을 보냈다.

“그러면 우리도 갈까, 피나!”

“네!”

⊡

목적지를 시야에 담고, 그때까지의 피로를 잊어버린 것처럼 기운을 되찾은 아르고노트. 하지만 당연히 왕도에 금방 도착하는 것은 아니었다.

도시의 전모가 큰 만큼 착각하기 쉽지만, 언덕에서도 한참 멀리 떨어져 있었다.

그러므로 다시 헥헥거리는 오빠를 잡아당기는 여동생의 모습이 나타났다.

그렇지만 아르고노트의 표현을 빌자면『든든한 엉아』유리가 진로의 마물들을 모두 물리쳐주었으므로, 그 점에서는 편하다고 할 수 있었다. 재가 바람에 흩날려 얼굴을 팔로 가리며 나아가니, 이윽고 푸른 하늘의 축복이 기다리고 있었다.

녹색 들판을 가로지르자 이윽고 성벽 아래에 도착했다.

창이며 갑옷 등 삼엄한 장비를 갖춘 문지기는 아르고노트와 피나를 노골적으로 위압했으나, 영웅 유치에 응한 여행자라는 사실을 밝히자 귀찮은 수속——신분 확인은 물론이고 숙박할 여관 같은 것들까지 세세하게 지정해주었다——을 거치고, 덤으로 입도세도 뜯겼다.

이 시대에는 국가 사이의 교역이 끊어져 화폐 경제는 거의 돌아가지 않는다고 해도 과언이 아니었다.

그러므로 요금은 금은 등 눈에 보이는 귀금속이나 보석, 혹은 각 종족의 가치 있는 특산품을 요구하게 마련이지만…… 여기서 아르고노트의 세 치 혀가 빛을 발했다.

문지기들에게 피나가 요정의 지팡이를 빼앗길 뻔했을 때.

"아니? 당신들 이 동전의 가치를 모르는 건가?"

"이것이야말로 지금은 사라진 대국 이르코스에서 주조

된 동화! 제조에는 놀랍게도 드워프가 관여했다고!"

"흙의 민족 드워프 사이에서 그 나라의 황동은 **금보다도 가치가 있다**고 전해지지. 만약 드워프 여행자에게 보여주면 있는 돈을 다 털어서라도 교환하겠다고 할 정도의 물건으로——."

등등, 있는 소리 없는 소리 다 늘어놓고는 겨우 동화 세 닢으로 문을 통과할 수 있었다.

물론 사라진 나라의 동화에 그런 가치는 없다. 아르고노트와 여행을 하면 이런 광경은 일상다반사였으므로 ——실제로 풍차 마을에 정착하기 전에는 이런 식으로 여행을 해 왔으므로—— 피나는 내심 진저리를 치면서도 광대 같은 오빠의 수완에 기대기로 했다.

오빠가 못하는 전투를 맡는 것이 여동생이며, 여동생이 못하는 교섭을 하는 것이 오빠의 역할이었다.

이 남매는 이러면 되는 것이다.

보통은 반대가 아닐까, 하는 피나의 의문이 없는 것은 아니지만.

증설을 거듭한 성벽의 안쪽에는 또 성벽이 존재했으며, 그곳에는 군데군데 밭—— 밀밭이 펼쳐져 있었다. 마물의 습격을 두려워하지 않고, 그러면서도 도시가 안전하게 식량을 자급자족하려면 성벽으로 에워쌀 수밖에 없다. 아르고노트가 지나온 성벽은 나중에 지은 것이었다. 그리고 『왕도』는 역시 이만한 영토를 가지고 지킬 힘을 가졌다.

그렇게 일하는 농민들을 보며 나아가기를 한동안.

오랜 세월의 흔적이 엿보이는 오래된, 그러면서도 거대한 성문을 지나자 아르고노트와 피나의 시야에 아름다운 거리가 펼쳐졌다.

"와아, 멋져! 성하마을도 이렇게 아름답다니!"

제일 먼저 들뜬 것은 피나였다.

바깥에서 바라보던 도시의 전경도 경악할 만했지만, 이와 같은 소위『성하마을』의 경치는 이루 말할 수 없을 정도로 풍요로웠다. 석조 블록으로 포장된 도로는 그저 훌륭했으며, 대로 좌우에 늘어선 석조 건물은 신전을 방불케 하는 구조인 것이 많아 석공들의 건축기술이 얼마나 뛰어난지를 짐작케 했다. 반면 곳곳에 심어진 수목, 단지에 심어진 꽃들은 거리를 부드럽고도 화려하게 장식하고 있었다. 시야 구석구석에 보이는 상자 형태의 건물은 혹시『공방』일까?

그리고 무엇보다도, 분수가 많았다.

왕도 라크리오스는 수원이 풍부한지, 피나가 언뜻 본 것만 해도 세 개는 됐다. 다른 마을 중에는 물을 확보하는 것조차 어려운 곳도 있는데 ——노골적으로 말하자면『물 낭비』이기도 한데—— 장식적인 설비가 충실하다는 점에서 이미 다른 공동체와는 차원이 다르다고 해도 과언이 아닐 것이다. 이 분수야말로『왕도』의 뛰어난 치안과 풍요로운 생활을 증명하는 상징이기도 했다.

파멸이 다가오는 시대에서 『세상의 오아시스』라 칭송받는 광경.

『낙원』이라 불리는 이유의 일말을, 피나는 제대로 이해했다.

"저기! 저기 좀 보세요 오빠! 시장에 나온 작물은 신선하고, 길을 가는 사람들도 전부 웃고 있어요!"

피나의 손가락이 가리킨 대로, 노점에 올라온 청과는 이 얼마나 싱그러운지.

바깥쪽의 성벽을 지날 때 봤던 밭에서 나온 것이리라. 왕도 안에서 유통되는 화폐가 존재하는지, 길을 가는 사람들도 스스럼없이 구입했다.

물물교환에는 없는 공정함과 속도는 질서의 반증이기도 하다. 마물의 침략이 시작되어 이제는 전 세계에서 쇠퇴되고 있는 『문명』의 모습이 이곳에서는 어디에나 존재했다.

"오빠의 헛소리에 휘둘려 시작된 여행이었지만…… 이 도시에 온 것만으로도 잘한 일일지도."

오랫동안 느끼지 못했던 『이국정서』에 피나가 흥분해 가느다란 귀를 쫑긋거리고 있으려니.

"………………."

"……오빠? 왜 그래요?"

아르고노트가, 더할 나위 없이 진지한 표정으로 대로를 둘러보고 있었다.

피나는 알고 있다.

오빠가 이런 눈을 보일 때는 반드시 중대한 의미를 가진다는 것을.

"……시야에 비치는 경치만 보더라도 미모가 출중한 여성뿐! 과연 왕도! 이건 운명의 만남이 찾아올 예에에감!!"

"쓰레기 오빠……."

아니었다.

그냥 쓰레기였다.

단순히 미녀를 음미하며 눈을 빛내는 아르고노트에게, 피나는 오물을 보는 눈빛과 함께 경멸의 말을 던졌다. 광대의 대미지는 0이었다.

"기다려다오, 아직 보지 못한 소녀들이여! 너희의 영웅 아르고노트가 지금 간~다!"

그때였다.

아르고노트가 의기양양하게 달려가려던 것과 거의 동시에, 뒷골목으로 이어진 옆길에서 갑자기 그림자가 나타난 것은.

"뜨헉?!"

"앗……!"

아르고노트의 시야를 가로지른 것은 금색 광채.

한순간 코를 간질인 것은 꽃의 향기.

그림자와 보기 좋게 충돌한 아르고노트는 그 그림자의 정체를 『소녀』라 판별하자마자 당연한 섭리라는 양 자신의 몸을 쿠션으로 바꾸었다.

왼쪽 어깨부터 지면으로 빨려 들어가는 가운데, 그림자였던 인물만은 안아서 지켜낸다.

그것이 아르고노트의 최선.

꼴사납게 땅바닥에 자빠지면서 두 팔을 펼쳐 큰 대 자가 되었다.

"아야야야야…… . 죄송합니다, 아가씨. 괜찮으신──."

아픔에 낯을 찡그리며 눈을 뜨고 몸을 일으키려던, 그 순간.

'아름다워──.'

푸른 하늘과 함께 시야에 비친 것은 금발벽안의 소녀였다.

왕도 라크리오스의 직물인지, 전형적인 마을 아가씨의 의상에 싸인 몸은 가녀린 인상을 주면서도 그녀의 아름다움을 해치는 일은 없었다. 가느다란 팔다리는 싱그럽고, 부드러운 피부는 속살을 드러낸 과일처럼 매끄러워 안아 버리면 금방이라도 미끄러져 빠져나갈 것만 같다.

어깨 앞에서 두 갈래로 묶은 머리카락은 사금을 엮어 실타래로 만든 것처럼 현란하고 눈부셨으며, 투명한 벽안은 마치 청벽석(靑碧石) 같았다.

'덧없는 눈동자에, 은세공품처럼 고운 얼굴…… 이런 여성도 있구나.'

소녀에게 넋을 잃고 있었음을 자각한 아르고노트는 손을 대면 꺾이는 꽃처럼 덧없는 분위기를 머금었기에 이렇게나

© kakage

아름다운 것이리라고, 머리 한구석으로 느끼고 있었다.

'이게 마을 아가씨의 표준이라니…… 에잇, 왕도의 여성은 괴물인가!'

그리고 즉시 왕도 여성의 미모에 전율했다.

우스꽝스러운 광대는 진지함이 오래 가지 못하는 나쁜 버릇이 있었다.

"……죄송합니다."

청년을 깔아뭉개고 위에 올라타버린 꼴이 된 소녀는 얼른 물러났다.

아르고노트도 "아차!" 하며 재빨리 일어났다.

"내가 넋을 잃고 있을 때가 아니지! 다치신 데는 없으신가요, 아가씨?"

쓸데없이 멋들어진 미소로 하얀 이를 반짝이며, 눈을 감고 공손히 손을 내민다.

"여기서 만난 것도 인연! 아니 운명! 어떠신가요, 함께 점심이라도——."

"벌써 갔는데요, 바보 오빠."

"…………."

피나의 말대로, 대사 첫 마디 때부터 옆을 가로질러 지나가 버렸던 소녀는 이미 그 자리에 없었다.

여동생의 쌀쌀맞은 눈총에 꿰뚫린 가운데, 한동안 움직임을 멈추고 있던 아르고노트는 "깨갱!" 하며 벌렁 나자빠졌다.

피나는 더 이상 딴죽을 걸려고 하지도 않은 채, 오빠를 내버려두고 걸어갔다.

아아, 광대의 말로여.

"야, 언제까지 기다리게 할 거야!"

"죽고 싶냐!"

굵은 노성이 끊이질 않는다.

외치는 것은 몸집이 커다란 평인과 눈매가 날카로운 수인이었다.

그들의 공통점이라고 한다면, 검이며 도끼 등 오랫동안 사용한 것으로 보이는 무장을 손에 든, 실력을 과시하지 못해 안달이 난 자들이란 것이다.

"왕성에 도착하긴 했지만…… 사람이 엄청 많네요."

"음, 장관이란 말이 딱이구나! 하나같이 강자의 위풍을 풍기고 있어!"

성하마을을 빠져나와 거대한 성의 문 앞에 도착한 아르고노트와 피나는 병사들의 유도에 따라 광대한 안뜰에 도착했다.

나무와 꽃이 적당히 보이고 타일을 깔아놓은 정사각형의 안뜰에는, 이미 역전의 전사들이 비좁게 모여 있었다. 그들이 모두 왕도의 『영웅 유치』에 호응해 찾아온 『영웅 후보』인 것이다.

대충 훑어봐도 『기품 있는 사람』은 별로 없다. 용병 출신도 많은지, 아무튼 험악한 인상이 많이 보였다. 열기도 그렇고 거친 분위기도 그렇고, 당장이라도 난투가 시작될 기미마저 보였다.

그런 영웅 후보들의 분위기에 압도되면서도 피나는 주위를 둘러보았다.

"수인, 아마조네스…… 굉장해, 드워프까지. 다른 종족이 이렇게나 같은 장소에 모이다니. 아, 유리 씨도 있네요."

"헤이~ 거기 웨어울프~! 오랜만~! 반각(1시간)쯤 됐나~?! ——아, 무시했어."

거대한 워해머를 든 드워프, 얼굴의 아래쪽 절반을 까만 베일로 가린 아마조네스.

평인의 영역에서는 거의 보기 힘든 아인들이다.

여러 종족 내에서도 약하다는 평가를 받는 파룸은 역시 보이지 않았다.

아르고노트는 손을 붕붕 휘둘렀지만, 유리는 몸의 방향까지 바꾸어 온 힘을 다해 무시했다. 그 모습에 피나는 헛웃음을 지으며 중얼거렸다.

"다들 『영웅』이 되기 위해 여기에……. 대체 얼마나 많은 사람이 모인 걸까요?"

그 의문은 딱히 누구에게 물어본 것도 아니고 그저 혼잣말이었을 뿐이었다.

하지만 그 물음에 꼬박꼬박 대답해준 사람이 하나 있었다.

"여러분이 오백 하고도 두 명째랍니다, 아가씨."

"에——?"

돌아보았다.

그리고 그곳에 서 있던 것은, 『귀가 긴 종족』이었다.

"당신은…… 에, 엘프?"

"예. 나는 엘프. 유랑인이 아니라 유랑요정. 이름은 류루라고 하지요."

긴 녹발에 같은 색의 모자와 여행자의 옷.

그리고 손에 들린 것은 요정의 나무로 만든 유별난 형태의 리라.

확인하지 않아도 『음유시인』임을 알 수 있는 풍모였다.

생글생글 웃으며 류루라고 자기소개를 한 상대는 가벼운 몸짓으로 깃털 달린 모자를 들어보였다.

"처음 뵙겠습니다, 유쾌한 평인분. 그리고 같은 피를 나눈 동포."

"……!"

그 말에 피나는 충격을 받았다.

그녀는 피나보다도 귀가 길다.

하프가 아닌, 순수한 엘프다.

그런 존재가 자신에게 웃음을 지으며 대하다니, 도저히 믿기지 않는 광경이었던 것이다.

"당신은 엘프인데…… 저를 보고도, 그…… 『반쪽』이라고 경멸하지 않나요?”

“하하, 그런 시시한 소리를 하겠나요! 저는『섞였다』고 하면서 피를 경멸하는 것 자체를 이해할 수 없답니다.”

조심스레 물어본 피나에게, 류루가 보인 행동은 깔깔 웃어젖히는 것이었다.

“하프는 곧 신의 뜻. 그렇지 않고서야 여러 종족과 사랑을 이룰 수 있는 평인…… 당신의 오빠 같은 존재를 탄생시킬 이유가 없으니까요.”

“아…….”

그렇지 않나요? 하며.

장난기마저 느껴지는 미소를 보내는 엘프에게, 피나는 이때 분명히 구원을 받았다.

이 시대에『하프』란 멸시의 대상.

하프엘프만이 아니라, 섞여버리면 누구나 박해를 받는다.

그녀의 웃음으로 세상 그 자체가 달라진 것은 아니다.

하지만 세상에서 단 한 명만이라도 자신을 차별하지 않는다는 사실이 소녀의 마음을 구해주었다.

그야말로, 하나뿐인 오빠와 마찬가지로.

“……놀랐어. 엘프만은 여기에 안 올 줄 알았는데.”

“모든 엘프가 깐깐하고 오만한 건 아니랍니다. 저 같은 별종도 있고말고요.”

눈을 크게 뜨고, 조금, 아주 조금이지만 눈물을 머금은 피나의 얼굴을 슬쩍 가려주듯 아르고노트가 앞으로 나왔다.

류루는 역시 명랑하게 대답했다.

"……음, 여기 있다는 건, ……류루 씨도 영웅이 되기 위해……?"

"아뇨아뇨, 저는 시시한 음유시인. 영웅 같은 건 도저히 도저히."

"그럼 여긴 무슨 일로 오셨나요?"

황급히 눈가를 닦은 피나가 거듭 물었다.

류루는 가느다란 손가락으로 리리의 표면을 부드럽게 쓰다듬으며 시선을 옆으로 돌렸다.

"욕망, 비원, 그리고 『영웅의 자리』를 추구하고자 하는 미래의 걸물들. 그것을 이 눈에 담고 노래하기 위해서지요."

엘프의 눈에 비치는 것은 수많은 『영웅 후보』들.

"약간의 투자와 맞바꾸어 멀리 떨어진 땅까지 여러분의 늠름한 모습을 실어 나르는 거랍니다."

"모습을, 실어 날라……?"

시선을 되돌린 류루의 말에 피나는 고개를 갸웃했다.

그녀의 말은 이해할 수 있었다.

각지에서 이야기와 이야깃거리를 수집해, 때로는 재미있게, 때로는 장엄하게, 혹은 각색해서 노래하고 손님에게 노자를 버는 것이 음유시인이다. 마물이 활개 치는 이 시대에는 보기 드물다지만, 이야기의 운반꾼을 자청하는 것은 결코 틀린 말이 아니다.

하지만 류루의 말은 그것만이 아닌 무언가가 느껴졌다.

"그러면! 이 아르고노트의 노래도 부탁해! 절세의 미남
자가 펼치는 통쾌 상쾌 대갈채의 영웅담을!!"

"아르 오빠! 분위기 좀 파악하세요!"

생각에 잠긴 피나의 옆에서 아르고노트가 물을 만난 고
기처럼 자기주장을 시작했다.

결국 피나의 생각은 끊어지고, 주의를 줄 수밖에 없게
되었다.

"하하하하! 역시 재미있는 분이군요! 제 눈에 들게 된다
면야 부디부디."

류루가 웃음소리를 냈다.

그리고 그 진녹색 눈을 가늘게 떴다.

"그러나 당신에게는 영웅담이 아니라『희극』쪽이 어울
릴 것 같군요."

"……!"

눈을 크게 뜬 것은 아르고노트 한 사람뿐.

"그러면 실례. 건투를 빕니다. ──부디 앞으로 여러분
의 이야기가 시작되기를."

리라의 현을 쓰다듬듯 튕기고, 엘프 음유시인은 떠나갔다.

인파 속으로 사라져가는 뒷모습을 아르고노트는 한동안
바라보고 있었다.

"다양한 분들이 있나 보네요……."

"……응, 그런가봐."

언제까지고 그렇게 있었는지는 알 수 없었다.

다만 중얼거리는 피나의 감상에 아르고노트는 웬일로 진지한 표정으로 고개를 끄덕였다.

하늘은 여전히 쾌청했다.

모여든 『영웅 후보』들을 찬란한 태양이 내려다보고 있었다.

"시시해……."

그리고, 그런 『영웅 후보』들을 내려다보는 또 한 사람.

안뜰을 굽어보는 왕성의 4층.

넓은 복도 한 곳에서, 기둥에 몸을 기대고 선 갈색 피부의 소녀였다.

"『영웅』 따위 거짓된 칭호를 추구해 놀아나는 어리석은 자들……. 이딴 『낙원』에 매달릴 가치 따위는 없는데도……."

소녀의 속삭임은 경멸에 싸여 있었다.

그와 동시에, 연민과 비관에 물들어 있기도 했다.

안뜰에서 들려오는 대화 따위 알 바 아니고, 관심도 없는 그녀는 광대도, 음유시인까지도 비웃듯 그 말을 떨구었다.

"이딴 세계를 구할 가치 따위는……."

"그러면 『영웅 선정』의 의식을 거행하겠다!"

반각 후.

이 이상은 참가자의 도착을 허락하지 않겠다는 듯, 성의 두꺼운 문이 소리를 내며 닫혔다.

중후한 갑옷을 입은 기사장 사내는 안뜰에 도열한 전사들의 박력에 움츠러들지도 않고, 시작의 종처럼 호령했다.

"이제는 이『낙원』과도 같은『왕도』에까지 마물과 야만족의 마수가 뻗쳐오고 있다! 우리가 원하는 것은 용사뿐! 따라서 지금부터 너희의 힘을 보도록 하겠다!"

좋았어 덤벼!

어디 해보자 이거야!

그런 야유와도 같은 포효가 쩌렁쩌렁 울려 퍼지는 가운데, 기사장 사내는 아무 정보도 듣지 못한『영웅 후보』들에게 다음 말을 던졌다.

"자신 이외의 모든 자를 물리쳐라! 싸움 끝에 이 안뜰에 서 있는 열 명을『영웅 후보』로 인정하겠다!"

그 순간,『영웅 후보』들이 살기를 띠었다.

옆에 선 자를, 눈앞에서 검을 뽑아드는 자를 노려보며 자신도 무기로 손을 가져갔다.

"무기, 마법, 전술! 수단은 묻지 않겠다! 전사라면 무예로, 현자라면 지혜로 난관을 헤쳐나가라!"

기사장이 간소한 규칙을 설명하는 동안에도 전의는 높아졌다.

지금 당장이라도 달려들 것 같은『영웅 후보』들의 모습은 팽팽하게 당겨진 활시위와도 같았다.

화살은 이미 메겨졌으며, 화살촉이 날아가기를 기다릴 뿐.

회색 머리의 자긍심 강한 웨어울프가 조용히 갈고리발톱을 장착했다.

수염을 덥수룩하게 기른 드워프 전사가 통나무처럼 굵은 목에 손을 가져다 대며 소리를 냈다.

무서울 정도로 아름다운 아마조네스는 말없이 선 채 자세도 잡지 않았다.

마지막으로 엘프 음유시인은 두 눈을 감고, 입술에는 웃음을 머금고, 리라에 손가락을 가져다댔다.

그리고 팽팽하게 당겨진 활을 든 기사장은 고함과 함께 활시위를 놓았다.

"옥좌에서 지켜보시는 폐하께 어울리는 늠름한 모습을 보이거라! 그러면, 시자아아아아아아아아악!!"

선언이 떨어진 것과 동시에 가열찬 포효가 터져나왔다.

"우오오오오오오오오오오오오오오오오오오오오오오오오오오오오오오오오오오오오오오!!"

즉시 검극이 교차했다.

가까이 있는 자들끼리 닥치는 대로 공격하고, 검이, 창이, 도끼가, 철퇴가, 발톱이, 주먹이, 발차기가 펼쳐지고 오가고, 예리한 금속성과 둔중한 금속성이 안뜰을 살벌하게 채웠다.

"시, 시작됐어요, 오빠!"

"오오, 이 기염과 용맹함을 보라! 살이 떨리고 피가 들끓

는구나!”

　인파 제일 뒤에 자리를 잡은 채, 기사장의 말이 시작된 것과 동시에 피나와 함께 몰래 안뜰 구석으로 이동했던 아르고노트는 약삭빠르게 안전지대를 확보하며 두 팔을 벌렸다.

　“엮지 않을 수 없구나!『영웅일지』!”

　『이날, 미래의 영웅들이 한자리에 모인 것이었다!』

　책을 꺼내 뜨거운 필적으로 기록한 한 문장.

　회심의 미소를 머금은 아르고노트와 달리, 피나는 당연히 쓴소리를 했다.

　“지금이 글이나 쓰고 있을 때인가요—!!”

　“흐하하하하하! 그럼 가자!”

　전투에서 몸을 피한 남매는 금세 포착당했다.

　검을 치켜들고 이쪽을 향해 달려드는 전사들을 보며, 아르고노트도 은색 나이프를 뽑아 뛰어들었다.

　선정의 전투는 논란의 여지도 없이 그저 격렬해지기만 했다.

　열 명이라는 한정된 의자. 자신 이외의 모두가 적이 된다는 것은 피할 수 없는 사실이었으므로 대난전의 양상을 띠었다.

개중에는 결탁하는 자도 있었으나, 도당을 짜는 자는 그만큼 의자를 압박한다는 것과 같은 뜻이므로 다른『영웅 후보』들에게 제일 먼저 표적이 되었다. 시간이 지날수록 동료끼리 서로를 공격하는 경우도 잦아졌다.

살아남은 것은 어지간히 운이 좋거나 교활한 자였다.

그리고 아르고노트와 피나는 그 중 한 무리였다.

"우오오오오오오오오오오오오오오오오오오오오오오!"

"꾸헤에에에에에엑?!"

어깨를 내밀고 돌진한 평인 전사에게 아르고노트가 호쾌하게 날아가 버렸다.

혹시나가 아니라 역시나, 광대 사내는 이 안뜰의『영웅 후보』중 누구보다도 약했다. 최약이었다.

한심한 비명과 함께 바닥을 데굴데굴 굴러가는 아르고노트를 보며 평인 전사는 당황했다.

"약하잖아……. 저 녀석 뭐야……."

"커헉! 수많은 전투를 헤쳐나와, 엮어주마『영웅 일지』……!『아르고노트의 모험, 여기서 끝나다』! 풀썩!"

수명이 다한 매미처럼 널브러진 아르고노트는 깊은 대미지 때문에 일지도 꺼내지 못한 채 입만 떠들더니 힘을 잃었다.

역시 엄청나게 당황한 전사가 뭐라 말할 수 없는 표정을

짓고 있으려니,

"오빠—?! 이 녀석—!"

"쿠허어어어어어어어어어어어억?!"

피나가 준비했던 마법이 불을 뿜었다.

콰콰앙!! 하고 안뜰 일각에서 울려 퍼지는 거짓말 같은 폭발음. 그리고 생겨난 폭염. 다른『영웅 후보』들은 물론이고 감독을 맡은 병사들까지도 깜짝 놀라 튕기듯 돌아보았다. 함께 여행을 하며 소녀의 화력을 진저리나도록 잘 알고 있었던 웨어울프만은 코웃음을 치고, 움직임을 멈춘 자들을 묵묵히 사냥해갔다.

"흐, 흐하하하하—! 우리는 둘이서 하나! 그러므로 피나가 쓰러뜨리면 나도 자동으로 올라가는 거지—!"

"쓰레기 짓이라는 걸 슬슬 좀 이해해주세요! 쓰레기 오빠!!"

여동생이 원수를 갚자마자 벌떡 일어나는 아르고노트.

참고로 애써 으스대고는 있지만 대미지는 건재해 다리가 후들거렸다.

"아까부터 제가 암습만 하고 있잖아요! 저한테 업혀 가면서 창피하지도 않나요?!"

"하나도?"

"이 왕쓰레기 오빠—!!"

천진난만한 아이처럼 웃는 오빠에게, 여동생이 사랑과 분노와 슬픔이 담긴 절규를 터뜨렸다.

‘쓰레기다…….’

‘완전 쓰레기…….’

‘뭔가 저쪽에 쓰레기가 있네…….’

그 모습을 지켜보던 영웅 후보들도 마음의 목소리를 하나로 했다.

그리고 그들의 시선에, 그들이 무슨 생각을 하는지 알아차린 피나는 눈물을 머금었다. 오빠의 뒷수습 때문에 마법을 투쾅투쾅 발사하면서.

“힘내라 피나! 이겨라 피나! 내가 영웅이 되기 위해—!!”

그리고 하남자의 극치를 달리던 아르고노트가 응원에 힘을 쏟던 그때.

“——아무래도 성격이 썩어빠진 놈이 있는 것 같군.”

“!!”

광대의 뒤에서 목소리가 들려왔다.

“전장에 규칙 따위는 없다지만, 너무나도 꼴사나운 기생 행위…… 보고 있기만 해도 불쾌하다!”

“우와아아아아아아아아아아아악?!”

아르고노트가 돌아본 것과 함께 날아든 것은, 대형 해머의 일격이었다.

눈앞으로 밀려드는 거대한 쇳덩어리를, 아르고노트는 뼈가 없는 연체동물인 마냥 징그러운 움직임으로 아슬아슬하게 회피했다.

“오빠?!”

다음으로 발생한 것은 터무니없는 충격.

해머는 헛스윙으로 끝났음에도, 광대가 조금 전까지 있었던 지면에 작렬해 안뜰 전체를 굉연히 뒤흔들었다. 무수한 타일을 깨뜨리고 그 밑에 숨어 있던 대지를 드러내, 마치 국소적인 분화가 일어난 것처럼 흙먼지가 힘차게 솟아올랐다.

피나가 비명을 지르자, 연기 속에서 아르고노트가 데굴데굴 굴러 튀어나왔다.

"바, 박살 날 뻔했다……. 아니, 진짜로 지면이 박살이 났잖아……?!"

피나라는 안전지대에서 겁먹은 토끼처럼 재빠르게 일어난 아르고노트는 시선 너머의 광경에 식은땀을 흘렸다. 주위도 처참한 모습이었다. 차원이 다른 충격에 압도당해 엉거주춤한 영웅 후보들까지 있을 정도였다.

걷혀가는 연기 너머를 바라보던 아르고노트는, 더 이상 추측 따위 필요가 없는 그 답을 말했다.

"일반인을 훨씬 뛰어넘는 괴력…… 혹시나가 아니라 역시나, 드워프!"

연기의 커튼을 걷고 걸어 나온 거구와 어깨에 걸머진 거대한 워해머가 아르고노트의 답을 긍정했다.

중후한 갑옷과, 그에 부끄럽지 않을 정도로 우락부락한 육체.

짧은 팔다리에 150C 정도의 작은 키를 가졌지만 바위 같은 근육 덩어리라는 모순된 모습은 이 세계를 살아가는 인류라면 누구나 알고 있다.

마법을 관장하는 엘프와는 쌍극을 이루는, 괴력으로 모든 것을 부수는 대지의 화신.

드워프였다.

"흥, 놓쳤나…… 내 일격을 피할 수 있다면 아무리 쓰레기라 해도 이름을 들어둬야 하겠지."

덥수룩한 수염을 쇠고리로 엮은 드워프 사내는 천천히 입을 열었다.

"이름을 대라, 휴먼. 고깃덩어리가 되기 전에."

"고깃덩어리가 되는 전제?!"

"나의 이름은 가름스. 전사 축에도 낄 수 없는 네놈은 내 해머로 으깨버려 주지!"

"나, 나는 아르고노트! 해머로 으깨어지고 싶지 않은 아르고노트다앗?!"

햇살을 둔중하게 반사하는 거대한 워해머에 맹렬히 엉거주춤하며 맹렬히 겁을 먹는 아르고노트.

하지만 그의 호소도 허무하게, 드워프 전사는 무기와 마찬가지로 안광을 번뜩였다.

"그렇다면 죽는 그 순간까지 정정당당하게 싸워라! 우오오오오오오오오오오오오!"

"아, 틀렸다. 드워프의 근육 언어는 못 한다고—?! 그런 고로피나씨살려줘요오오오오오오오오오오오?!"

"결국 이렇게 되는 거냐고요—?!"

내리꽂히는 워해머가 신호였다.

눈앞으로 육박한 것과 동시에 밀려드는 강철의 덩어리에 아르고노트가 온 힘을 다해 등을 돌리더니, 아름답다고까지 할 수 있는 자세로 도주. 다시 지면을 박살 낸 여파에 그의 몸이 날아가 버리고, 창졸간에 회피했던 피나의 비명이 터졌다.

평인과 엘프, 드워프의 싸움이 막을 열었다.

2 대 1. 숫자의 차이는 유리.

그러나 광대는 제대로 싸우지 못한다.

사실상 엘프와 드워프의 화력과 괴력 승부.

그러므로 아르고노트는 도망쳤다. 아무튼 도망쳤다.

"으나아아아아아아아아아악?!"이라느니 "사람살려어어어어어어어어어어어어어어?!"라느니 처량한 비명을 지르며 도망치기만 하는 청년을 보고 가름스의 짜증은 한층 더해졌다.

원래부터 타깃을 아르고노트로 고정했던 그는 대형 워해머를 휘두르며 쫓아가 때려 부수려 했다.

하지만 잡히질 않는다. 전혀 잡히질 않는다.

약한 주제에 아르고노트는 악운까지 끌어들여선 드워프의 맹렬한 공격으로부터 도망쳤다.

"【플레어 번】!"

그리고 그때 피나가 『마법』을 꽂았다.

가름스의 조준이 오빠에게 향한 틈에 영창을 단숨에 완성시키고 필살이라 부를 수 있는 화염의『마법』을 선보인 것이다.

다시 대량의 불똥과 맹렬한 열기에 휩싸이는 안뜰.

재기불능에 빠뜨릴 만한 화력이다.

"웃……?!"

하지만 적은 그것을 버텨냈다.

화염 안쪽을 응시하던 피나의 어깨가 떨렸다.

"과연. 도망치는 재주만 있는 오빠가 미끼가 되고 동생이 마법으로 해치운다……. 같은 남자로서 이건 아니다 싶지만 합리적이긴 하군."

워해머를 한 차례 휘두른다.

마치 나뭇가지처럼 한 손으로 가볍게 휘둘러 불바다를 좌우로 가르며, 대지의 전사는 유유히 걸어 나왔다.

"하지만 나에게는 통하지 않는다!"

피나가 황급히 다음의 바람 마법을 장전하고 날렸지만, 포탄과도 같이 돌진하는 가름스에게는 통하지 않았다.

진격의 속도를 늦추는 것이 고작이라, 엘프의 마법을 아랑곳하지 않는 강철의 육체는 찰과상 정도만을 입을 뿐이었다. 소녀의 숲색 눈동자가 한껏 커졌다.

"아니……?! 저럴 수가, 막을 수 없어! 너무 튼튼해!"

견디지 못하고 지면을 박차며 후퇴를 거듭하는 피나는 비명을 질렀다.

안뜰의 넓이를 계산하며 원을 그리듯 움직여, 일정한 거리를 유지하려 했지만, 상대의 진격이 더 빨랐다.

가름스는 귀찮다는 양 간격을 좁혔다.

"안 되겠어요, 오빠! 이 사람 강해요!"

"큭, 역시 역전의 드워프……! 나이 먹어 삭은 그 얼굴은 장식이 아니라 이거군!"

남매의 얄팍한 지혜 따위 쉽게 짓밟고 들어오는 『진정한 전사』에게 피나는 땀을 흘리고, 미끼 노릇을 맡았던 아르고노트는 서둘러 그녀에게 합류했다.

미끼가 안 된다면 하다못해 방패라도 되겠다고, 고육지책으로 피나를 등 뒤로 감싼 그때.

앞으로 한 걸음이면 상대를 위해머의 사정권 내에 담을 수 있을 정도까지 육박했던 가름스가 우뚝, 느닷없이 몸을 멈추었다.

"나이를 먹어? 얼굴이 삭아?! 장난하나아!"

가름스는 화를 내고 있었다.

아르고노트와 피나가 무수한 의문을 머리 위에 띄울 정도로 화를 내고 있었다.

그는 무기의 물미를 발치에 내리찍으며, 두 눈을 크게 뜨고, 고함을 질렀다.

"난 아직 열여덟이다아!!"

남매는 벼락이 치는 환영을 보았다.

""뭐어어어어어어어어어어어?! 거짓말이지이이이이이이————————————————?!""

아르고노트와 피나는 외쳤다.

눈을 크게 뜨고, 의심을 넘어 경악에 사로잡혀, 남매가 나란히 절규했다.

그 마음의 외침 가라사대, 『너 같은 열여덟 살이 어디 있냐』.

"이 자식들이—!!"

가름스가 격노하는 것은 당연한 귀결이었다.

얼굴을 시뻘겋게 물들이며 돌격. 기세는 아까보다도 더해졌으며, 휘두르는 해머가 발밑을 쪼개고 기둥을 날려버려, 안뜰은 숫제 농담처럼 보이는 파괴의 도가니가 되었다.

비명을 지르는 아르고노트와 피나는 당연히, 도망쳤다.

걸어다니는 파성추와도 같은 광경에 온 힘을 다해 등을 돌리고 이리저리 도망쳤다.

생명의 위기, 아니, 몸이 가루가 될 위기에 남매가 함께 외쳐댔다.

"싫어어어어어어어어어어어어어어어?! 죽어, 나 죽어요—?! 오빠, 몸이 박살이 날 거예요—?!"

"좋았어 피나, 미끼 작전이다! 피나가 미끼! 난 도망친다!!"

"이 왕쓰레기 오빠————————!!"

굵은 눈물을 흘리며 제일 먼저 가속하는 악역무도한 오빠에게, 동생의 분노는 마침내 분화했다.

『여기서 죽으면 다음 생에서도 영원히 쫓아다닐 거야!!』 하는 저주를 담아 가련한 하프엘프가 노성을 터뜨렸다. 영웅 후보들과 병사들이 『으아아……』 하고 질겁한 목소리를 낼 정도로, 그 광경은 처절했다.

"촌극은 작작 해라!!"

"크윽?!"

"오빠!"

그런 우스꽝스러운 희극을 한 방에 잠재운 것은 역시 가름스의 해머.

직격은 면했지만 몸에 걸친 망토 끝자락이 말려든 아르고노트는 뒤늦게 찾아온 무시무시한 충격에 얻어맞고 날아갔다.

피나의 비명을 저 멀리 날려버리며 안뜰 한복판까지 굴러갔다.

"넌 끝났다아아아아아아아아아아아아——!!"

마무리 일격을 위해 해머를 치켜들고 가름스가 육박했다.

아르고노트는, 쓰러지지 않았다.

제아무리 땅바닥을 구르더라도 즉시 자세를 바로잡았다.

오기로라도 일어났다.

주위에 재빨리 시선을 돌리고, 절대 땅에 무릎을 꿇지 않았다.

상대해주겠다는 자세로 정면에서 노려보는 펭인을 보고, 의지는 좋다며 드워프가 혼신의 일격으로 최후를 안겨주려 했다.

"――거기까지!!"

하지만.
드높은 목소리가 울려 퍼지고, 안뜰에 있던 자들이 모두 움직임을 멈추었다.
"?!"
가름스와 피나가 나란히 경악했다.
휙 돌아보자, 안뜰 북쪽의 복도 앞에서 갑옷으로 온몸을 감싼 기사장이『종막』을 알리고 있었다.
"지금 막, 이 안뜰에 서 있는 자가 10명이 되었다! 이로써『영웅 선정』의식을 종료한다!"
그 선언에 피나도 가름스도 아연실색했다.
"시,『시간 종료』……?"
"설마…… 처음부터 이걸 노렸나?"
천천히 해머를 내린 가름스는 경악한 채 이해했다는 빛을 얼굴에 퍼뜨렸다.
"날 이기지 못할 거라 깨달은 순간, 다른 탈락자들이 나올 때까지 시간을 끌었나……? 도발까지 해가며, 판단력을 빼앗은 것도 그 일환이었고……."

'아, 죄송해요……. 그건 원래 성격이에요…….'

드워프의 진지한 표정에 하프엘프 소녀가 땀을 흘리기는 했지만, 그의 추리는 맞았다.

그러므로 아르고노트는 쓰러질 수 없었던 것이다.

안뜰을 둘러보고, 남은 영웅 후보가 12명인 것을 알고, 가름스의 해머가 자신을 으깨버릴 때까지 두 발로 서 있었다.

그것이 싸울 힘이라곤 남아 있지 않은 허세였다고 해도, 자신이 규정한『승리 조건』을 손에 넣기 위해.

"이것이『시합』이 아니라『전투』였다면 속수무책으로 당신의 승리였겠지……라고 폼 잡으면서 허세를 부리겠어. 어울리지도 않게!"

휴우~ 하고 큰 한숨을 내쉬고, 아르고노트는 웃음을 지어보였다.

더할 나위 없이 멋들어진 표정이었으나, 드워프 전사는 더 이상 화를 내지도 않고 그 청년을 가만히 바라보았다.

"……흥. 전사로서는 실격이다만 교활함만은 타고난 모양이군."

"해머로 으깨버리지 않을 정도로는 인정해준 건가? 무시무시한 드워프 전사."

"인정할 리가 있나. ……하지만 그게 목숨을 이어나가기 위한 지혜라는 건 잘 안다."

가름스는 거절의 목소리로 대꾸하고.

하지만 조금 전까지의 모멸은 거둔 채, 아르고노트와 피나에게 등을 돌렸다.

수많은 이들이 널브러진 전사들의 바다 속을 어기적어기적 건너가, 남은 『7명』의 영웅 후보들에게 향했다.

상처 하나 입지 않은 웨어울프가.

눈을 감고 표표히 리라를 뜯는 엘프가.

으스스할 정도로 침묵을 지키는 아마조네스가.

푸른 하늘에서 내리쪼이는 축복의 빛을 받고 있었다.

"『영웅 후보』는 힘을 보인 그대들, 10명의 용사들로 하겠다!"

살아남은 평인 용병들이 굵은 함성을 터뜨렸다.

그때까지 멍하니 서 있던 피나는 뒤늦게 찾아온 실감과 함께 입을 벌렸다.

"남아버렸어요…… 진짜로, 『영웅 후보』에…….."

"하하하하하하! 계산대로! 이 아르고노트는 지략도 풍부하억?!"

"오빠, 이미 몸이 너덜너덜해졌잖아요……. 어떻게 살아 있어요?"

"나는 죽지 않아아……! 영웅이 될 때까지는……! 그리고 피나 씨이, 그 말은 너무해에……!"

거들먹거리다 피를 토하고 이번에야말로 쓰러진 아르고노트에게 피나는 차가운 눈총을 보냈다.

살아있는 시체처럼 징그럽게 꿈틀대는 오빠에게 진저리를 친 후—— 『영웅』이 되겠다는 꿈을 한 발 이룬 청년에게 미소를 보내며 손을 내밀어주었다.

"남은 자들에게는 폐하에 대한 알현을 허가한다! 따라오도록!"

아르고노트가 일어나거나 말거나, 기사장은 몸을 돌렸다.

왕성 안을 나아가는 『영웅 후보』들의 대열에 아르고노트와 피나도 끼어들었다.

⊡

"아자아, 살아남았다!"

"여기까지 왔으면 우리도……!"

넓고 긴 왕성의 복도.

기사장을 선두로 많은 인원이 나아가는 가운데, 선정을 통과한 평인 용병들이 기쁨의 함성을 질렀다.

아마도 서로 아는 사이인지, 4명이 한데 모여 서로를 칭송하는 그들을 곁눈질하며 피나는 종종걸음으로 어떤 인물에게 다가갔다.

"유리 씨! 당신도 살아남았네요. 다행이에요!"

"당연하지. 이 정도에서 걸러질 수 있겠나."

많은 신세를 졌던 웨어울프 청년은 생채기 하나 없는 몸으로 강자의 위풍을 보였다.

앞을 향해 걸어가던 유리는 시시하다는 듯 대답하는가 싶더니, 곁에 나란히 선 피나를 보았다.

"너희도, 악운 하나는 강한 모양이군."

"아하하하…… 스스로도 용케 살아남았다 싶어요……."

자기도 모르게 쓴웃음을 지은 피나는, 새삼스럽게 주위를 두리번두리번 살폈다.

"다른『영웅 후보』는 엄청 강해 보이는 분들뿐이네요."

유리나 가름스를 제외하면 다른『영웅 후보』들의 출신이나 특징은 전혀 알지 못한다.

조금 전의 평인 용병들은, 몸집은 피나나 아르고노트와 비교할 수 없을 정도였다. 솔직한 감상을 말하고 있으려니 유리가 역시 시시하다는 듯이 말했다.

"눈은 장식으로 달고 다니나? 반은 그저 운이 좋았던 평인. 네 오빠랑 다를 거 없는 잡종이야. 그 이외에는……."

그때 처음으로 눈을 다른 이들에게 향했다.

"저 드워프는 말할 필요도 없고. 저 엘프는…… 잘 모르겠어."

전방을 어기적어기적 걷는 가름스, 다음은 왼쪽 앞에서 나아가는 류루.

안뜰의 전투 속에서 가장 화려한 활약을 보인 가름스의 괴력은 이미 모두가 알고 있겠지만, 손에 든 것이라곤 리라뿐, 무장조차 하지 않은 류루가 어떻게 『선정의 의식』을 통과했는지 고개를 갸웃거리는 이가 많았다. 아마도 아르고노트처럼 제대로 싸우지도 않고 이리저리 도망만 다녔으리란 것이 유리의 예상이었지만, 그건 그거대로 보통 사람이 아니라는 사실이다.

아르고노트는 피나와 협력하지 않고서는 살아남을 방법이 없었던 점을 가미하면, 적어도 류루는 바람 같은『몸놀림』과 전장을 가늠하는『뛰어난 눈』을 가지고 있었다는 뜻이 된다.

이쪽의 시선을 알아차리고 싱글벙글 손을 흔들어주는 엘프에게 피나는 반쯤 놀라움의 의미도 담아 쓴웃음을 짓고 말았다.

"하지만—— 저 아마조네스. 저 녀석은 조심해."

그때 문득.

유리는 경계심을 머금은 딱딱한 음성으로 그렇게 말했다.

"네?"

"소리가 안 나. 발놀림은 물론이고 거동의 예비 동작조차. 우리 부족 중에서도『저런 것』은 없었어."

험악한 표정을 짓는 유리가 날카롭게 시선을 던진 것은, 가장 뒤에서 걸어오는 한 아마조네스였다.

어깨 언저리까지 늘어진 검은색 머리카락.

표정은 없었으며, 눈은 무엇을 보는지도 알 수 없을 만큼 차디찼다.

어깨와 팔의 방어구를 제외하면 몸에 걸친 것은 그야말로 아마조네스가 좋아할 것 같은 노출 많은 칠흑의 의상. 숫제 칠흑의 띠를 감았을 뿐이라고 해도 과언이 아니었다.

팔다리는 나긋나긋하고 허리는 가늘었으며, 반면 가슴

은 풍만했다. 남자라면 침을 흘릴 몸을 가진 여성이지만, 아무도 절대 손을 대려고 하지 않았다. 건드렸다간 갈기갈기 찢길 것을 알면서도 『짐승』에게 손을 대는 자는 없기 때문이다.

"무슨 업을 쌓으면 대담한 아마조네스가 저렇게까지 변모하는 건지……. 저건 그야말로 『이단』이다."

"이, 이단……?"

"전사가 아니라, 『어둠』에 잠식당하고 있는 쪽의 인종이라는 소리지."

가증스럽다는 듯이 내뱉은 유리는 지금 이 상황에서도 저 『이단자』 상대로 등을 드러내고 싶지 않다는 양 말했다.

저도 모르게 눈을 깜빡이는 피나에게 시선을 되돌리고, 다짐을 받듯 말했다.

"함부로 다가가지 마라. 그 말을 하려던 거다."

"어, 고맙습니다? 늘 충고해주셔서……."

"……흥."

당황하면서도 피나가 감사하자, 웨어울프 청년은 착각하지 말라는 양 언짢은 투로 코웃음을 쳤다.

『든든한 엉아』라던 오빠의 말도 딱히 틀린 것은 아닐지 모른다고, 피나는 쓴웃음과도 다른 웃음을 머금을 뻔했다.

"……이봐, 그보다 놈은 어떻게 됐어?"

"놈?"

"시끄러운 걸로는 제일가는 그 광대 말이야."

“어……?”

의아해하는 표정으로 묻는 유리에게 고개를 갸웃했던 피나는, 흠칫 깨달았다.

곁에 있으면 언제나 시끄러운 오빠가, 없었다.

“오, 오빠……? 어디로 간 거예요?!”

“내가 어떻게 이럴 수가…….”

소리 하나 나지 않는 장대한 복도에서, 눈을 감은 아르고노트는 쓸데없이 진지한 표정으로 중얼거리고 있었다.

“성내에 관심을 가지고 견학하다가 길을 잃어버리는 이 꼬락서니……. 이것은 엮을 수밖에 없지!『영웅일지』에!”

자신에게 일어난 사건조차 전부 문장으로 바꾸는 작가와도 같이 품에서 책을 꺼냈다.

『아이처럼 무구한 마음을 가진 영웅 아르고노트는 왕성에서 길을 잃고 말았던 것이었다!』

“훗, 또 나의 영웅담에 새로운 한 페이지를 새기고 말았군…….”

책을 탁 덮고 웃은 청년에게 딴죽을 거는 이는 아무도 없었다.

피나가 없는 경우, 아르고노트는 논란의 여지도 없는 별종이었다.

“──뭘 하는 거지?”

“!”

그때.

광대에게 어이없어하는 목소리 대신, 지독히도 싸늘한 목소리가 들려왔다.

“너는…….”

조용한 발소리에 돌아본 아르고노트 앞에 나타난 것은, 한 소녀였다.

갈색 피부에, 약간 거무스름한 황갈색 눈동자.

검고 긴 머리카락은 등에서 한데 묶어놓았다.

늘씬한 몸에는 몇 겹이나 되는 천이 장식되어 있었으며, 그런가 하면 슬릿이 새겨져 피부를 드러내고 있는 등, 어딘가 통일감이 없었다. 선정적, 이라기보다는 무언가 의식적인 의미가 담긴 것처럼 보였다.

그야말로 『무녀』나 『신관』처럼.

피부나 머리카락의 색채 조합으로 아마조네스가 아닐까, 아르고노트는 생각했다.

다만 그 종족에게는 어울리지 않을 정도로 속세와 거리가 먼 분위기의 소녀였다.

“이곳은 라크리오스의 왕성. 당신 같은 인간이 나돌아다닐 만한 곳이 아니야.”

“……그러는 너는? 병사나 왕의 가신으로는 보이지 않는데.”

두 팔꿈치를 두 손으로 받친 소녀는 여전히 싸늘한 눈을 한 채.

아르고노트는 주의 깊게, 그러면서도 상대를 불쾌하게 만들지 않을 정도로 관찰하며 되물었다.

"나는 이 성에 초대받은 손님. ……시시한 점술사지."

"그렇구나. 그러면 이름은?"

"알 필요가 있어?"

"있고말고! 너처럼 가련한 소녀는 부디 이름을 알고 싶으니까!"

"나는 말하고 싶지 않아."

무뚝뚝하고 냉담하다.

말도 나누고 싶지 않은 듯했다.

하지만 그런 건 전부 무시하고, 아르고노트는 웃음을 보였다.

"그럼 나부터 소개하지! 나는 아르고노트!"

밀어서 안 되면 더 밀어붙이라는 것처럼, 시키지도 않았는데 이름을 댔다.

"지금은 그냥 아르고노트지만 언젠가 『영웅』이 될 사나이지!"

그 소개에.

소녀는 처음으로 감정다운 감정을 보였다.

"『영웅』…… 시시해."

그것은 『경멸』이었다.

내뱉은 그 말에 아르고노트는 잠시 입을 다물었다.

"……그래, 알고 있어. 보고 있었으니까. 네가 『선정의 의식』에서 살아남는 것을."

"오오, 난 역시 대단해! 이제 곧 유명인이 되겠군!"

"눈에 뜨였거든. 여동생에게 업혀 다니기나 하던 어리석은 오빠."

"오흑!"

기고만장해 웃다가 복부에 무릎이 꽂힌 듯 이상한 목소리를 냈지만, 아르고노트를 보는 소녀의 눈은 달라지지 않았다.

"그래, 아르고노트…… 기억해둘게. 잊지 않는다면."

변덕스럽게 그렇게 말하고, 눈앞으로 다가온다.

소녀는 아름다웠다. 가까이하면 마녀처럼 현혹될 것 같은 미모였다.

하지만 아르고노트는 그 아름다움에 빨려 들어가기보다도 얼음장 같은 눈매와 빛이 없는 두 눈동자에 본의 아니게 헛숨을 삼키고 말았다.

희미하게 벌어진 입술이 코앞까지 다가왔다.

"어서 여기서 사라져."

귓불을 스칠 듯 말 듯 한 장소에서, 그 말만을 남기고, 소녀는 이내 옆을 빠져나갔다.

아르고노트는 돌아보며 그녀의 뒷모습에 말했다.

"기다려줘! 너의 이름은!"

"……오르나."

한번 발을 멈춘 후, 눈길만을 던지고.

발소리는 이번에야말로 멀어져갔다.

왕성 안쪽으로 사라져가는 그 순간까지, 아르고노트는 소녀의 뒷모습을 바라보고 있었다.

"오르나…… 이 성의 손님……."

소녀에게서 들은 사항을 입술 위에서 굴려보았다.

"……저렇게나 웃지 않는 소녀는 처음 봤어."

어디까지고 싸늘했던 눈을 떠올렸다.

"……싫은걸. 그래, 싫어. 저런 건—— 용납할 수 없지."

영웅은 고사하고 광대조차도 아닌.

마음속의 심연에서 새어 나온, 날것 그대로의 목소리가 복도에 떨어졌다.

"오빠, 이런 데 있었어요?! 자, 돌아가요!"

피나가 찾으러 와, 버럭버럭 소리를 지르는 그녀를 돌아보았을 무렵에는 청년의 얼굴에는 평소의 웃음이 돌아와 있었다.

귀를 잡아당기는 여동생에게 필사적으로 변명하면서도, 소녀의 눈빛과 목소리만은 가슴속에 계속 남아있었다.

"여기서부터는 폐하의 어전이다. 선택받은 영웅 후보들

© kakage

이여, 실수가 없도록 하라!"

아르고노트가 합류한 후로는 이야기가 빨랐다.

미아가 되어 한참 기다리게 만든 평인 남자에게 다른 영웅 후보들의 비난 어린 시선이 쇄도했지만, 당사자는 "먄!" 하고 한쪽 손을 들며 시원하게 웃음 한 번. 즉시 여동생에게 얻어맞고 쓰러지고, 유리와 다른 이들이 한숨을 쉰 다음, 왕성의 최상층, 거대한 쌍여닫이문 앞에 당도했다.

기사장의 경고 후 좌우에 기다리던 병사가 문을 소리 내어 열었다.

"이곳이 알현실……."

시야에 펼쳐진 것은 한 나라의 주인에게 어울리는, 옥좌의 방이었다.

바닥은 반들반들한 대리석에 화려한 융단을 깔았고, 벽과 기둥에는 장인의 손으로 새겼을 온갖 조각. 이 시대에 용케도 저런 사치를 부릴 수 있었다고, 평원 부족 출신인 유리는 당장이라도 코웃음이 나올 것 같았지만, 피나와 아르고노트의 감상은 달랐다.

색이 차가운 계통으로 통일되어 어딘가 무거웠다. 바깥은 푸른 하늘에 싸여 있는데도 창문은 두꺼운 장막에 가로막혀, 내부의 공기는 자칫 잘못하면 음울하기까지 했다. 화려한 촛대 위에 밝혀진 촛불의 불빛이 지금도 흔들리고 있었다.

도열한 병사들은 왕의 근위대인지, 안뜰이나 오는 길에서 보았던 병사들보다도 훨씬 숙련도가 높은 듯하고 패기가 엿보였다. 이 압박감은 온몸을 갑옷으로 감싼 그들 때문이기도 했다.

『낙원』이라는 이름에 다소 어울리지 않는 옥좌.

아르고노트와 피나의 감상은 그랬다.

"그리고 저것이……."

가름스의 시선이 향한 곳은, 정면.

이 홀에서도 가장 화려하게 만들어진 옥좌, 그곳에 앉은 나이 든 인물이었다.

"잘 와주었다, 선택받은 용사들이여. ——내가 라크리오스 왕이다."

깡마른 뺨에 대머리.

눈은 움푹 꺼졌으며, 긴 수염을 기른 얼굴은 왕이라기보다는 금기에 손을 댄 현자의 말로라 하는 편이 더 와닿을 것 같았다. 긴 법의를 걸치고는 있지만, 그 밑에는 살이 별로 남아있지 않고 뼈와 가죽뿐이리라 상상하기 어렵지 않았다.

과거에는 장신을 자랑했을 비쩍 마른 몸은 노쇠를 이야기해주듯 푹 꺾여 있었다.

'저 사람이 라크리오스 왕…….'

'『낙원』을 통치하는 자로서, 항간에는 『현왕』이라는 소문을 들었지만요…….'

'으스스하고 음습하군. 저것이 남의 위에 선 자의 눈인가……?'

무례하다는 말을 모르고 빤히 바라보는 가름스가, 미소를 지우지 않는 류루가, 자기도 모르게 눈살을 찌푸려버린 유리가, 서로 다른 종족이면서도 같은 감상을 품고 말았다.

'외견으로 판단해서는 안 되지만…… 뭐랄까, 무서워. 저런 사람, 처음 봤어…….'

피나도 같은 생각이었다.

신기함이나 호기심, 하물며 호색함과도 다른 어둡고 싸늘한 눈빛으로 이쪽을 바라보는 라크리오스 왕에게 어딘가 섬뜩함을 느껴버렸다.

'유리 씨나 다른 분들도 입을 다물고 있어……. 뭔가를 물어볼 분위기가 아니야…….'

왕에게서 풍기는 어두운 위세에 모두가 입을 다물고 있을 때.

"죄송한데요~ 오르나 씨란 분은 어떤 사람인가요~?"

"오빠아————————?!"

요마아아아아아아안큼도 평소와 다를 바 없는 웃음으로 입을 열고 질문을 갈기는 오빠에게, 여동생은 자기도 모르게 소리를 질러버리고 말았다.

"어떻게 그렇게 가볍게 질문을 하는 거예요?! 분위기 싸해졌잖아요!"

"어? 추워? 난 잘 모르겠는데?"

"아아— 진짜—! 진짜아——!!"

만면의 웃음으로 대답하는 아르고노트에게 피나는 머리를 감싸며 으르렁거렸다. 하프엘프인데도 짐승처럼 으르렁거렸다. 유리와 가름스 같은 『영웅 후보』는 물론이고 도열한 근위병들에게서도 어이없다는 시선이 쇄도했다.

그런 싸해진 공기 속에서, 바늘처럼 눈을 가늘게 뜬 인물이 있었다.

라크리오스 왕이었다.

"……호오. 오르나 공을 만났나?"

입을 연 왕에게, 아르고노트는 변함없는 웃음으로, 그리고 불경으로도 받아들여질 수 있는 편안한 태도로 대답했다.

"네. 손님, 그리고 점술사라고 하던데요."

"그렇다네. 그녀는 아마조네스지만 전투의 재능이 없는 별종. 동족들 사이에서는 멸시를 샀다고 들었네. ……그러나 그녀에게는 다른 재능이 있었지. 별을 읽는 눈일세."

그런 청년을 라크리오스 왕은 별로 나무라지 않았다.

그 대신, 이곳에는 없는 소녀의 신상을 대변자로서 탄식하듯『왕도의 손님』에 대해 말했다.

"이 왕도는 그녀에게 앞날을 점쳐달라고 하고 조언을 받으면서 파멸의 위기를 모두 회피해왔던 걸세."

"호오, 별을 보고 국가의 키를 잡다니. 흥미가 동하는군요. 꼭 만나서 이야기를 들어보고 싶은걸요.”

소녀의 점성술에 음유시인 류루가 관심을 보였다.

다른 영웅 후보들이 잠자코 이야기를 듣는 가운데, 눈을 감은 채 이야기하던 라크리오스 왕은 눈꺼풀을 들고는 다시 아르고노트를 보았다.

“지금은 나의 충신인『장군』미노스와 함께 왕도에는 빼놓을 수 없는 존재일세. ……헌데, 그게 어쨌다는 겐가?”

“아뇨, 그냥 관심이 있어서요!”

그리고 아르고노트 또한 역시 웃음으로 대답했다.

“엄청 예쁜데 조금도 웃질 않더라고요. 웃으면 더 아름다울 텐데 아깝게……. 그 정도의 관심이었죠.”

“……그녀는 손님일세. 부디 기분을 상하는 일이 없도록 하게. 그녀가 마음먹기에 따라선 나라가 쓰러지고 마니.”

여성의 편을 자청하는 광대에게, 왕은 마치 저주를 가져오는 주술사라도 되는 것처럼 타일렀다.

무슨 생각을 하는지 아르고노트는 여전히 싱글벙글 웃음을 지어, 영 불안해진 피나가 삐질삐질 식은땀을 흘리고 있으려니, 늙은 왕은 시선을『영웅 후보』일동에게 돌렸다.

“이야기가 샜군. 그러면, 아아, 뭐였더라…… 오오, 그랬지. 자네들『영웅 후보』의 처우였어.”

안뜰에서 살아남은『선정의 의식』만으로 끝나지는 않을 거라고 추측했던 그들은 크든 작든 다시금 긴장감을 품었다.

"아직 『영웅』은 아닌 용사들이여. 다음 시험 말이네만⋯⋯."

내려질 왕명을 긴장하며 기다리고 있으려니, 떨어진 말은 이런 것이었다.

"⋯⋯공주가 도망쳐버렸네."

"네?"

"이 왕성에서, 하나뿐인 왕녀가. 이를 잡아오라. 쫓아라. 놓치지 마라."

예의도 잊고 자기도 모르게 중얼거린 피나에게는 신경조차 쓰지 않은 채, 왕은 담담히, 그러면서도 목소리 안에 질척질척한 것을 머금고 명령했다.

그 눈동자에는 분명한 『집착』이 맺혀 있었다.

"공주를 데리고 돌아오는 자를 다음 시련의 통과자로 인정하겠다."

"엑⋯⋯ 잠깐만. 그런 시시한 짓이 선정이라니——"

"두 번 말하지 않겠다. 가라."

"⋯⋯읏!"

"왕이 말하는 것이다. 그렇다면 그것이 유일한 결정이다. 모르겠는가? 알 터인데. 모른다면 이상하지."

자기도 모르게 몸을 내민 유리에게, 어둡고 고압적인 말을 던지며 짐승 짖는 소리 따위 봉쇄해버렸다.

"그러니 따라라. 『영웅』의 자리를 추구하는 자들이여. 이 것은 왕명이다."

"⋯⋯쳇."

이제는 유리도 불복의 감정을 숨기지 않았다.

혀를 차면서 발을 돌렸다. 옥좌의 홀을 나가는 그의 등을 다른 영웅 후보들도 따랐다.

좌우로 도열해 한마디도 하지 않던 근위병들도 으스스한 침묵을 유지한 채.

"…………."

사라져가는 영웅 후보들을 향해, 왕은 마지막까지도 값을 매기는 듯한 시선을 보내고 있었다.

"영문 모를 기분 나쁜 왕 같으니……. 공주를 찾으면 『영웅』이라고? 그게 뭐야!"

홀 구조의 복도에서 유리는 마침내 노성을 터뜨렸다.

그의 뒤를 따르는 류루와 가름스 같은 이들도 말이나 태도는 달랐지만 같은 심정이었다.

"엘프는 노래로, 드워프는 주먹으로 말하면 서로를 이해할 수 있는 법이지만…… 이거 참, 평인의 왕이 생각하시는 건 모르겠군요."

웃음과 함께 태평하게 말하며 음유시인은 애용하는 리라를 퉁겼다.

"그래도 하실 거지요? 그런 명령이라도 왕명인 건 사실이니."

"……속 뒤집히긴 하지만, 어쩔 수 있나. 부족의 내일을 손에 넣을 수 있다면 사람 찾는 정도는 해주지."

류루의 물음에 유리는 화를 거두고 수긍했다.

하지만 그의 진노에는 다시 불이 붙게 되었다.

자신보다도 훨씬 키가 큰 그를 올려다보며 가름스가 웃었던 것이다.

"개처럼 코나 킁킁거리겠단 거냐? 하, 끼리끼리 몰려다니는 수인한테는 잘 어울리는군! 아예 목줄도 채워달라고 하지?!"

"——네놈, 우리 부족을 모욕하는 거냐?"

"드워프는 전사에게는 경의를 표하지만, 짐승과는 같이 못 논다."

분위기가 단숨에 험악해졌다.

그것은 갑작스러운 일이 아니었으며, 처음부터 잠재되었던 종족 사이에 존재하는 악감정이 원인이다.

마물에게 위협을 받는 지금이 되어서도, 평인은 물론이고 아인끼리도 아직까지 서로 손을 잡는 경우는 없었다. 오히려 닥쳐오는 위기를 피하기 위해 자신의 종족을 우선시한 나머지 충돌하는 경우도 더러 있었다.

살기를 풍기는 유리와 그를 노려보는 가름스처럼, 이렇게 되지 않는 편이 오히려 드물다. 애초에 엘프와 드워프가 같은 자리에 함께 있음에도 당장 다툼이 벌어지지 않은 쪽이 기적이라 할 수 있었다. 이것은 류루가 별종이라는 것도 큰 이유였지만.

당장이라도 싸움이 시작될 것 같은 분위기에, 서로 다른 종족의 피를 이어받은 유일한 하프인 피나는 어떻게 하지도 못한 채 우왕좌왕했다.

"아앗, 다른 종족끼리 얼굴을 맞대면 이렇게 될 게 뻔했는데……! 얼른 말려야 해요. 오빠, 손 좀 빌려주세요!"

험악한 분위기를 가라앉힐 수 없다면 극약을 투여해 더욱 혼돈에 빠뜨릴 수밖에 없다고, 여동생이면서 은근히 심한 생각을 한 피나는 최종병기 광대를 투입하기로 했다.

얼버무리거나 유야무야해버리는 것은 그야말로 오빠의 특기 분야다.

하지만 당사자인 아르고노트는 어떤가 하면, 팔짱을 끼고 눈을 감은 채 무언가 생각에 잠겨 있었다.

"…………."

"……오빠?"

"——좋아! 아름다운 왕녀를 찾는 건 바로 나, 아르고노트! 경쟁 상대가 싸우는 사이에 새치기해버려야지!"

"네?" 하고 피나가 어이없어하는 동안, 아르고노트는 대쉬!

"아?" 하고 유리와 가름스가 굳어버린 동안에도 광대는 런 런 런!

"기다리십시오, 아직 보지 못한 공주니이이이이이이임! 당신의 영웅이 누구보다도 빨리 당신을 발견해드리겠습니다아아아아————!!"

"자, 잠깐—?! 잠깐 기다려요, 오빠아—!"

피나가 황급히 쫓아갔다.

뒤에 남은 것은 아연실색한 정적.

"핫핫핫. 정말로 분위기를 파악하지 않는 분이군. 왕과는 달리 아르 님은 유쾌한 평인인 것 같습니다."

""……………….""

"헌데, 그는 먼저 가버렸습니다만…… 어떻게 하실 건지요, 두 분은?"

류루의 태평한 웃음소리가 울려 퍼지고, 일촉즉발이었던 유리와 가름스는 뻣뻣하게 굳어버렸다.

음유시인의 물음에 대답은 없었으며, 대신 포효가 솟아났다.

""……거, 거기 서 이 자식아?!""

새치기를 당한 것을 깨달은 『영웅 후보』들은 튕겨 나가듯 달렸다.

수인도 드워프도 맹추격의 바람이 되었다.

광대의 책략인지 아닌지는 둘째 치고, 결과만 보자면 서로 다른 종족들의 불화 같은 것은 유야무야되었다.

"…………엘미나."

라크리오스 왕은 결코 크지 않은 목소리로 그 이름을 불렀다.

다른 종족의 전사들이 퇴실한 『알현실』.

압박감을 가져오는 왕성의 홀은 사람을 치워 아무도 보이지 않았다. 왕을 지키는 근위병들조차 지금은 하나도 없다.

무거운 정적이 자리 잡은 가운데, 마치 어둠에서 태어난 것처럼 그 부름에 호응하는 목소리가 있었다.

"대령했다."

두 눈에서 감정이란 이름의 빛을 거둔 한 묘령의 여성이었다.

아르고노트 일행과 함께 『선정의 의식』에서 살아남은 아마조네스다.

그때까지 정적과 동거했을 정도로 기척을 죽이고 있었던 그녀, 엘미나는 왕의 앞에 나타난 지금도 여전히 존재감이 희박했다. 숫제 그림자 나라의 주민인 것처럼 으스스한 아마조네스에게, 라크리오스 왕은 낯빛 하나 바꾸지 않고 물었다.

"『선정의 의식』에 잠입했던 너의 소견을 묻고 싶다. 어땠느냐, 『영웅 후보』 놈들의 역량은?"

"반은 부스러기, 하지만 나머지 반은 사금……."

엘미나 또한 베일 안의 표정을 미동하지도 않고 대답했다.

“마법이 뛰어난 하프엘프, 강포(強暴)한 웨어울프, 괴력의 드워프. 웃기는 음유시인도 있었으나 몸놀림은 범부의 것이 아닌 듯.”

“네가 그렇게까지 말한다면 쓸만하겠군.”

나누어지는 말은 현자와 전사의 대화와는 거리가 멀었다.

탁한 눈으로 값을 매기려 하는 늙은 왕과, 감정을 풍화시킨 아마조네스는 마치 무기의 수를 헤아리듯 숫제 무기질적인 보고를 이어나갔다.

“다만…….”

“다만?”

거기서.

처음부터 끝까지 냉담했던 엘미나가, 극히 희미하게 눈살을 찌푸리듯, 의문스러운 음성을 발했다.

“……뭔지 모를 광대가 하나, 섞여 있다.”

“자아, 내가 가노라! 방황하는 공주를 찾으러!”

그 무렵, 뭔지 모를 광대는 성하마을을 폭주하고 있었다.

왕성을 뛰쳐나온 아르고노트는 대로를 따라 달려나가며 왕도 주민이 깜짝 놀랄 만큼 서쪽으로 동쪽으로, 북쪽으로 남쪽으로 이동을 거듭했다.

“어디 계시나이까―! 아직 보지 못한 공주님―! 당신의 아르고노트가 왔습니다―!"

"하아, 하아……! 진짜, 오빠는 발 하나만 빠르다니깐!"

덤터기를 쓴 것은 피나였다.

뜬금없는 행동은 새삼스러운 일이 아니었지만, 오빠의 짐작 못할 행동에 휘둘리는 여동생은 절찬 그의 뒤를 따라다니는 중이었다.

"기다리세요, 오빠!"

그때 그 등이 우뚝 멈춰 섰다.

"아얏?!"

그리고 보기 좋게 안면이 등에 부딪힌 피나는 얼굴을 두 손으로 누르며 두세 걸음 뒷걸음질 쳤다. 참고로 아르고노트는 날아가 지면에 처박혔다.

코언저리를 누르며 눈물을 머금은 피나는 지면과 포옹을 나누는 아르고노트에게 화를 냈다.

"정말, 오빠! 기다리라고는 했지만 갑자기 멈추지 마세요!"

"……피나."

"왜, 왜요? 갑자기 정색을 하곤……."

지면과 뜨거운 입맞춤을 나누고 있어도 소녀는 오빠의 표정을 알아차릴 수 있었다. 숙련된 여동생의 귀감이었다.

그런 피나를 등지고, 팔다리를 짚은 채 부스스 일어난 아르고노트는 진지한 얼굴로 말했다.

"……그러고 보니 나, 공주님 얼굴을 몰라."

"바보 오빠아―――――!!"

엉덩이에 지팡이가 꽂힌 광대는 보기 좋게 혼절했다.

항문에 날아든 일격에 지옥의 애벌레와도 같이 징그러운 움직임으로 꿈틀대기를 한동안.

어깨로 숨을 쉬는 여동생 앞에서 부들부들 떨며 간신히 일어났다.

"공주님의 얼굴도 모르고 어떻게 찾을 생각이었어요!"

"그 뭐냐…… 기세로?"

"바보세요?!"

"걱정하지 마라, 피나! 다른 영웅 후보들에게는 공주의 정보가 전해졌을 터! 그들에게 가르쳐달라면 되지!"

침을 튀길 기세로 몸을 내미는 피나에게, 아르고노트는 엉덩이를 붙들고 있던 두 손을 펼치며 마치 구세주라도 된 것처럼 으스댔다. 여동생의 노기가 울컥 치솟았다.

그럴 때, 아르고노트와 피나의 뒤를 따라 성하마을을 수색하던 『영웅 후보』들이 지나갔다.

유리를 비롯한 아인들과는 다른 평인 용병들이었다.

"호랑이도 제 말 하면! 이봐~! 당신들~!"

"아앙?"

"공주님에 관한 정보 좀 가르쳐 주겠어? 너무 서두른 나머지 못 듣고 왔는데!"

우호적으로 웃음을 건네는 『우스꽝스러운 광대』에게, 네 명의 평인은 얼굴을 마주 보더니 입술을 씨익 일그러뜨렸다.

　그야말로 아주 비열하게.

“좋아, 가르쳐주마. 왕녀님은 나이가 어리대. 절세의 미희라는 소문은 가짜라는 거야!”

“외견은 이 나라에서는 보기 드물게 까만 머리를 양쪽으로 묶고…….”

“거기다 큰 가슴!!”

“결정타로 가슴에 끈을 묶고 다니는 희한한 특징을 가졌지!”

“어린 데다 흑발에 큰 가슴에 끈……?! 속성을 얼마나 집어넣어야 직성이 풀린다는 거야……!”

　충격적인 사실에 아르고노트는 몸을 떨었다. 그야말로 부들부들.

　그런 여성이 있다면 까마득한 천상의 세계에 존재하는 여신 정도밖에 없으리라고 생각할 만큼 ——실제로 피나가 낯을 실룩거릴 만큼—— 수상한 정보였으나.

“하지만 잘 알겠다! 고맙다, 같은 영웅 후보들이여!”

　아르고노트는 믿었다.

　그야말로 만면의 웃음과 함께.

　쇠뿔도 단김에 빼랬다는 양 다시 달려나가고, 피나는 황급히 뒤를 따랐다.

“오빠! 잠깐만 기다려 봐요, 그거 분명 속는 거라구요! 어리고 흑발에 가슴이 크고 끈을 묶었다니 그런 뭔지 모를 괴상한 여자아이가 있을 리 없잖아요!”

"아니야, 있다! 내 마음속에! 최소한 내 취향이기는 하다!!"

"무슨 소릴 하는 거예요―!!"

이제는 욕망을 노골적으로 드러낸 선망처럼 들리기까지 하는 오빠의 정열에 여동생의 노성이 쩌렁쩌렁 울려 퍼졌으나,

"이봐아, 아르고노트! 저쪽에 공주님이 계시다~!"

"뭐라고~!"

"아아, 진짜~!"

입술을 씨익 일그러뜨린 『영웅 후보』들의 부름에 홀랑 넘어가 진로를 바꾸었다.

"역시 서쪽 구역이래!"

"아니야, 남쪽 구역이다!"

"그쪽에 곤경에 처한 놈이 있어! 구해줘라!"

"허억, 허억……! 나, 나한테 맡기라고~!"

그 후로는 종횡무진 동분서주, 아르고노트는 왕도를 뛰어다녔다.

깔깔 웃는 『영웅 후보』들의 정보에 속아, 거기에 남 돕는 일까지 떠맡고, 그럼에도 저버리지는 못한 채 만나는 사람들마다 손을 빌려주고는, 땀투성이로 피로에 찌들어 주위 사람들에게 실소를 사는 꼬락서니.

왕에게 이용당하고, 사람들에게 속고.

그래도 광대는 우스꽝스러운 행위를 멈추지 않고, 많은 이들에게 웃음을 샀다.

마치 희극처럼.

『낙원』을 구가하는 왕도는 오늘, 유별난 소란으로 북적거렸다.

"오빠, 아르 오빠! 부탁이니 좀 멈춰봐요!"

그것을 곱게 보지 않는 피나.

아르고노트의 기상천외함과 우스꽝스러움은 어제오늘 이야기가 아니었지만, 그는 오빠다. 피나가 돌봐주고 눈을 뗄 수 없는 가족인 것이다.

부끄럽다는 마음은 당연히 있다.

하지만 그 이상으로, 고함을 지르고 싶은 충동이 있었다.

소중한 오빠가 손가락질을 당하며 비웃음을 사는 것은, 본인이 뭐라 생각하든, 피나는 질색이었고 싫었다.

"틀림없이, 틀~림없이 속고 있는 거예요! 그 사람들은 분명 공을 독점하기 위해, 오빠를……!"

"헥, 헤엑…… 동생아, 그거 아니? 속고 있다는 걸 깨닫지 못하는 정도가, 딱 좋은 거란다!"

"그건 우매하다거나 우둔하다고 하는 거예요—! 진짜!"

겨우 따라잡은 대로에서 한 골목 들어간 옆길.

사람 속도 모른 채, 땀투성이가 되어 웃는 아르고노트에게 피나는 두 눈을 꼭 감고 몸을 내밀며, 어딘가 평소보다도 더 큰 노성을 지르고 말았다.

아르고노트는 웬일로 쓴웃음을 지으며, 그래도 자랑스럽게 자신의 곁에 있는 인물을 가리켰다.

"게다가, 봐. 공주님은 못 찾았지만, 곤경에 처한 사람은 찾았지."

"오빠, 고마워! 부적 찾아줘서!"

소녀 또한 평인이었다.

어머니에게 받은 소중한 탈리스만—— 죽은 아버지의 유품을 잃어버리는 바람에 눈물을 머금고 찾으러 다니던 것을 아르고노트가 도와주었던 것이다.

무사히 발견하고 기뻐하는 소녀의 얼굴에는 무구한 웃음이 피어 있었다.

"그래. 다음부터는 안 잃어버리게 끈으로 꼭 묶고 다니렴. 이 미래의 영웅 아르고노트와 약속한 거다!"

"응! 잘 가, 영웅 오빠!"

손을 흔들며 달려가는 소녀에게, 아르고노트는 두 손을 붕붕 휘두르며 배웅했다.

그야말로 그녀 못지않은, 아이 같은 웃음으로.

그 모습을 바라보며 잠자코 있던 피나는 시간을 두고 입을 열었다.

"……남을 돕는 건, 처음의 주제에서 벗어난 일이잖아요. 사람을 질질 끌고 다니면서 휘저어대는 주제에, 이상한 데서 착해 빠졌다니깐……."

퉁명스러운 말투로, 잔소리 속에 미소를 숨기는 것이 소녀의 최선이었다.

"……아무튼! 오빠는 속고 있어요. 틀림없어요."

"하하, 그렇구나! 난 속고 있었구나! 그렇다면 엮어주마 『영웅일지』!"

『남에게 몇 번이나 속은 아르고노트는 수많은 이들에게 손가락질을 당하며 비웃음을 샀다!』

"그런 거 기록에 남기지 마세요! 정말……."
일지를 꺼내 술술 우스꽝스러운 기록을 남기는 오빠에게, 피나는 완전히 지쳐버린 채 고함을 질렀다. 그리고 이대로는 끝이 안 나겠다는 것을 깨달았는지 왔던 길로 다시 돌아갔다.
"전 유리 씨네를 찾아서 공주님의 정보를 물어볼게요. 오빠는 여기서 기다리세요!"
"알겠다!"
단단히 다짐을 받아놓은 후, 피나는 왕성으로 이어지는 대로를 되돌아갔다.
아르고노트는 맡겨달라는 양 오른손 주먹으로 가슴을 두드렸지만.
"이봐~ 심부름꾼 아르고노트! 저쪽에 또 곤경에 처한 녀석이 있어! 하하하하!"
"라고 말하자마자!"
『영웅 후보』 평인 용병들에게서 웃음소리가 터져 나왔다.
"피나는 속고 있다고 그랬지만…… 어쩌면 정말로 곤경

에 처한 사람이 있을지도 모르고——."

아르고노트는 난감했다.

팔짱을 끼고 눈을 감은 채 생각할 정도로는 난감했다.

아르고노트는 어리석기는 했지만, 결코 바보는 아니다. 피나의 말은 이해하고, 자신을 비웃는 영웅 후보들의 발언도『분명 그렇겠지』하고 이해했다.

하지만 속고 있다 한들, 속지 않고 있다 한들.

거기에『웃음』이 피어난다면.

"——그렇다면 역시 나는 우매하고 우둔한 광대여도 좋다. 곤경에 처한 사람을 내버려 두느니 내가 웃음거리가 되는 편이 훨씬 낫지!"

아르고노트는『광대』를 선택했다.

그것이 그의 심정이자 신념.

광대 아르고노트는 오늘도 우스꽝스러운 행동으로, 이루어지지도 않을『영웅』을 목표로, 노래하고 춤추며 무대를 장식한다.

"기다려라, 길 잃은 어린 양! 이 아르고노트가 지금 간다!"

그렇기에.

『희극』은 거기서부터 시작되는 것이다.

"우왓!"

"꺄악!"

달려나가, 뒷골목의 모퉁이를 돌다가 가녀린 몸과 부딪쳤다.

"미안해! 다친 데는……."

엉덩방아를 찧은 아르고노트는 금방 일어났다.

그리고 손을 내밀다, 몸을 멈추었다.

"아……."

이쪽을 올려다보는 청벽석색 눈동자.

사금을 방불케 하는 금색 장발.

그녀와 마찬가지로 아르고노트 또한 눈을 크게 떴다.

"너는……."

운명의 실을 따라가듯, 금발벽안의 소녀와 광대는 재회했다.

"당신은…… 오늘 저와 정면충돌했던 미소녀!"

허공에서 헤매던 소녀의 손을 직접, 그리고 부드럽게 잡고 일으킨 아르고노트는 흥분한 표정으로 떠들어댔다.

아직 하루는 고사하고 한나절도 지나지 않은 정오 무렵.

왕도에 발을 들였던 직후에도 부딪혔던 금발벽안의 소녀를 향해, 두 손으로 가슴을 붙잡더니, 다음 순간 두 팔을 활짝 펼치며 기쁨에 떨었다.

"설마 다시 만날 줄이야……! 이것도 신의 인도인가! 우리의 운명력 장난 아닌데?!"

가극과도 같이 거창하게, 그리고 우스꽝스럽게 행동하

는 아르고노트에게 소녀는—— 그저 공허한 눈빛만을 향할 뿐이었다.

"……!"

지독히도 냉담한 얼굴.

무엇보다도 온도가 없는 눈.

차라리 석상이 훨씬 애교가 있을 것이다.

『어떤 기억』과 겹쳐진 소녀의 모습에, 전혀 웃지 않는 입술에, 아르고노트는 웃음을 거두고 헛숨을 삼켜버렸다.

"쫓아, 쫓아—! 놓치지 마라!"

"웃!"

청년의 입이 벌어지기도 전에 울려 퍼진 것은 굵은 목소리.

어깨를 흠칫 떤 소녀는 달려나가 아르고노트의 지나쳐 멀어졌다.

"비켜, 거치적거려!"

"꾸헥?!"

그리고 아르고노트는 튕겨 날아갔다.

갑옷을 입은 여러 명의 사내들에게.

"아야야……."

뒷골목 옆쪽에 납작하게 개구리처럼 쓰러져버린 광대는 머리를 문지르며 몸을 일으켰다.

"저건 왕성의 병사들……? 그녀를 쫓고 있는 건가?"

눈에 익은 그 갑옷은 왕성 내에서 몇 번이나 보았던 황동색 갑주였다.

진지한 표정으로 생각에 잠겼던 아르고노트는 그때 문득 근심에 사로잡힌 것처럼 눈썹을 일그러뜨렸다.

"……그 여자아이, 굉장히 차가운 표정이었지. 웃어본 적이 없는 것처럼……."

뇌리에 다시 펼쳐진 것은『어떤 기억』.

왕성에서 만났던 점술사 소녀 오르나의 차가운 표정이었다.

"…………젠장. 이 도시의 여성은 왜 웃지 않는 사람뿐인 거야!"

답답한 감정을 품은 채 아르고노트는 달려나갔다.

웃지 않는 소녀가 포복절도할 정도로 웃겨주기 위해.

"하아, 하아, 하아……!"

가쁜 숨을 몰아쉬며 금발벽안의 소녀가 달리고 있었다.

개방적이고 화려한 대로와는 달리, 성하마을의 뒷골목은 복닥거렸다. 나무통이며 상자가 난잡하게 쌓여 있고, 식물이 썩은 듯한 이상한 냄새도 났다. 길의 형태로 도려져 나간 하늘은 가늘어서 햇빛도 이곳에는 들어오지 않는다. 어스름하고 복잡하게 얽힌 길은 미궁과도 같아, **지리감각이 없는 소녀**는 출구도 발견하지 못한 채 하염없이 헤맬 수밖에 없었다.

"그쪽으로 갔다! 에워싸!"

“……!”

그런 길 잃은 도망자를 놓칠 만큼 왕성의 병사들은 어리석지 않았다.

바로 뒤까지 다가온 병사장이 지시를 내리자, 옆길로 돌아 들어온 병사들이 금세 소녀의 앞을 가로막고 섰다.

“장난이 지나치십니다. 자, 이리 오시지요.”

“싫어……!”

앞뒤로 가로막힌 꼴이 된 소녀는 병사장이 내민 손으로부터 몸을 뒤틀었다.

새끼고양이가 발톱으로 할퀴려는 것처럼 두 팔을 내밀고 대장의 팔을 떠밀며 한껏 반격했다.

하지만 슬프게도, 이제까지 폭력과는 무관했던 것을 말해주는 가느다란 팔로는 떠밀치지도 못한 채 사내의 분노를 사기만 했다.

“애들처럼 멋대로 굴지 마십시오! 이렇게 떼를 쓴다면 억지로라도——”

사내의 팔이 올라가고, 소녀가 질끈 눈을 감은 그때.

병사들의 틈새를 누비며 뛰어든 그림자가 소녀의 몸을 붙들었다.

“꺅?!”

“아니?!”

소녀와 병사장의 경악이 겹쳐졌다.

아연실색한 병사들의 반응을 내버려 둔 채, 그들의 틈새를 다시 누비며 그 그림자는—— 아르고노트는 소녀를 포위했던 갑옷의 감옥으로부터 너무나도 쉽게 탈출했던 것이다.

"자아, 도망치죠!"

"네⋯⋯?"

"쫓기고 있는 사연 있는 소녀를 구한다! 이거야말로 영웅담의 왕도!"

오른손을 잡힌 채 달려가는 소녀의 눈이 사랑스러울 정도로 동그랗게 뜨였다.

소녀가 지금의 상황을 이해하거나 말거나, 아르고노트는 눈 깜빡할 사이에 텐션을 상승시켜 주워섬겨댔다.

"여기서 달리지 않으면 그게 무슨 사나이냐! 엮어주마 나의『영웅일지』!"

잠시 손을 놓고는 달리면서 일지에 펜을 놀렸다.

『아르고노트는 운명의 인도에 따라 아름다운 소녀를 구했다! 후오~!!』

'⋯⋯이 사람, 징그러워⋯⋯.'

그런 청년의 뒷모습을 따라가는 소녀는 솔직히 소름이 끼쳐 조용히 떨어지려 했지만, 불쑥 뻗어 나온 손이 다시 소녀의 손을 잡고 두 사람만의 도피행을 이어나갔다.

히익 하고 새어 나온 조그만 비명을 화려하게 무시한 채 아르고노트는 가속했다.

"흐하하하하하—! 이 아르고노트, 도망치는 솜씨 하나
는 자신이 있지! 뒷산의 들토끼라는 별명은 헛것이 아니
라고!"

얍! 하고 기합성을 한 차례.

놀라는 소녀의 무릎 아래에 재빨리 손을 넣고는 옆으로
안아든 채 질주했다.

자신의 힘없는 근육으로 안아 들 수 있을지 걱정이었지
만, 소녀는 솜털처럼 가벼웠다. 이것이 동생이었다면 분명
비틀거리다 넘어져 버렸겠지! 라고, 본인이 들었으면 소각
처분당할 생각을 하면서 뒷골목을 단숨에 빠져나왔다.

"빠, 빠르다!"

"저놈은 뭐야?!"

"병사장님, 쫓아갈 수가 없어요오오오!!"

"젠장, 잡아아아! 놓치지 마라!!"

아르고노트의 쾌속질주에 병사들이 입을 모아 놀란 목
소리를 터뜨렸다.

전원이 갑주를 장비하고 있다는 점을 감안하더라도 청
년의 도주 속도는 이상할 정도였으며, 순식간에 거리가 멀
어졌다. 길모퉁이 너머로 사라지는 청년과 소녀에게 병사
장은 견디지 못하고 노성을 터뜨렸다.

놓쳐버린 광대를 쫓아, 병사들이 달려나간다.

──잠시 후, 그림자 속에 숨어 있었던 아르고노트는

고개를 쏙 내밀었다.

"휴우, 갔군……. 이 아르고노트, 여동생에게서 도망치기 위해 은신술에도 자신이 있지!"

복닥거리는 뒷골목에 방치되어 있었던 나무상자와 나무통.

그것이 만들어낸 사각에서 나타난 아르고노트는 묻지도 않았는데 자신의 임기응변과 기술을 쓸데없이 뜨겁게 설파했다.

"그래서…… 다치신 데는 없나요, 아가씨?"

"……응. 고마, 워……. 구해줘서."

바로 뒤에서 쭈뼛쭈뼛 일어나는 소녀에게 웃음을 지으며 돌아본다.

소녀는 아직도 곤혹스러워했으며, 어떻게 대해야 좋을지 알 수 없는 듯했다.

그러므로 아르고노트는 여느 때처럼 분위기 파악을 거부했다.

『아르고노트답게』 대했다.

"뭘요, 여성을 구하는 것은 사나이의 의무! 부디 마음에 두지 마시길! 그 대신 이번에야말로 당신의 이름을 가르쳐주실 수 있을까요?"

"……………………."

돌아온 것은 한동안의 침묵이었다.

작은 망설임 끝에, 소녀는 조용히 이름을 댔다.

“……아리아.”

그 이름을 곱씹듯 아르고노트는 몇 번이나 고개를 끄덕였다.

“아리아…… 좋은 이름이군요! 난 아르고노트! 친한 사람들은 아르라고 부르죠!”

돌아온 것은 기세등등한 목소리였다.

은근슬쩍 애칭까지 영업한 아르고노트의 기세에, 자신을 아리아라고 소개한 소녀는 당황하며 반복했다.

“아르고노트…… 아르?”

“네, 당신은 꼭 그렇게 불러주셨으면 좋겠군요! 상냥하게! 진심을 담아! 연인에게 속삭이듯!”

즉시 멀어지는 거리.

몸을 내미는 징그러운 아르고노트에게서 반발하는 자석처럼 일정한 간격을 유지했다.

“……선처하겠습니다.”

그렇게까지 말하고는 흠칫.

아리아는 어깨를 떨었다.

“아, 아니………… 힘내, 볼게.”

“……?”

그 모습에 의문을 품지 않을 아르고노트가 아니었으나, 지금은 먼저 물어봐야만 할 것이 있었다. 그녀 자신에 관한 일이다.

“그런데 어째서 왕도의 병사들에게 쫓기고 있었나요?

그들도 필사적인 것 같았는데, 무슨 일이 있었는지?”

“그건…….”

그녀는 아르고노트가 『선정의 의식』을 받기 전, 아침의 성하마을에서도 무언가로부터 도망치는 것처럼 서두르고 있었다. 그것도 분명 왕성의 병사들에게 쫓겼던 것이리라.

아르고노트의 질문에, 아리아는 눈을 내리깔고 말을 흐릴 뿐이었다.

소녀의 가슴에 채워진 자물쇠는 아직 풀리지 않았다고 본 아르고노트는, 그렇다면! 이라고 하듯 떠벌떠벌 자기 이야기를 시작했다.

“그러면 저부터 자기소개를 하지요! 그렇다고 해봤자 사정이라 부를 만한 것도 없지만요! 저는 변경 마을에서 이 왕도까지 온 자! 무엇을 감추리오, 『영웅』이 되기 위해서지요!”

“……!『영웅』?”

“네. 그리고 선정의 의식을 통과해 이제 막 『영웅 후보』가 된 바! 지금도 왕명에 따라 아름다운 공주님을 찾는 숭고한 사명을 수행하는 도중——.”

자력으로 통과하기는커녕 9할 이상 여동생의 힘에 의존했던 쓰레기의 소행이었지만, 아르고노트가 마치 자신의 위업인 양 과시하자,

“영웅 후보…… 왕명…….”

아리아는 두 눈 속에 놀라움을 머금고, 중얼거렸다.

"큭……!"

"――어, 어라?! 어딜 가시는지?!"

그리고는 사기꾼을 보듯 노려보고는 힘차게 등을 돌렸다.

느닷없이 떠나려 하는 소녀의 모습에는 아무리 아르고노트라 해도 당황했다.

"기다리세요! 왜 그러시나요, 갑자기?!"

"따라오지 마!"

"제가 뭔가 사고라도 쳤나요?! 피나한테 쥐어박히는 건 얼마든지 상관없지만 당신 같은 분에게 미움을 받는 건――."

극심한 거부감을 보이는 소녀의 어깨에 손을 뻗으려 했으나,

"『영웅』 따위!"

"!!"

"『영웅』 따위……! 그딴 건 없어!"

발을 멈추고 외치는 소녀의 목소리에 담긴 마음――『비통함』에, 아르고노트의 시간이 멈춰버렸다.

"있는 건 부와 명성을 탐식하는 짐승들…… 나의 『파멸』! 아바마마처럼!"

눈꼬리에 작은 물방울을 머금은 벽안.

왜 소녀가 그런 표정을 짓는지, 아르고노트는 알지 못했다.

지금의 아르고노트는 이해해줄 수가 없었다.

"파멸……? 아바마마……?"

그래도 소녀가 던진 단어를 주워, 『설마』 하는 추측에 손을 뻗었다.

그러나 아르고노트가 추측을 확신으로 바꾸기도 전에, 아리아는 힘차게 달려나갔다.

"……! 안 돼요, 그쪽은——!!"

멀어져가는 등에 손을 뻗었지만 이미 늦었다.

아르고노트의 제지도 허무하게, 부주의하게 달려나갔던 아리아는 병사들에게 들키고 말았다.

"찾았다, 여기다!"

"웃?!"

"큭——!"

그리고 취한 행동은 삼인 삼색.

병사들은 사냥감을 발견한 사냥꾼과도 같이 쇄도하고, 소녀는 피해자처럼 움츠러들고, 청년은 한층 더 광대가 되기를 바랐다.

질주해, 끼어들고, 소녀에게 내밀려는 병사들의 팔을 쳐냈다.

기세가 지나쳐 얼굴을 얻어맞는 바람에 코피를 흘리는 추태를 보이며, 영 폼이 안 나지만 그래도 아리아의 구출에는 성공했다.

"얼른 이쪽으로!"

"아……!"

병사들의 노성이 등을 두드렸다. 그래도 달렸다. 소녀의 손을 잡고.

이미 뒷골목의 구조는 파악했다. 정확하게는 파악하고 있는 범위로 돌아갔다. 자신의 무대로 병사들을 유인한 아르고노트는 우스꽝스럽게 춤을 추었다. 쌓여 있는 나무상자며 나무통을 닥치는 대로 걷어차 추적자들의 앞을 가로막고 넘어뜨렸다. 그들의 노성이 멀어져간 후에는 뇌리가 그려내는 도주 경로에 몸을 비집어 넣고, 지리감각이 있는 자들의 예상을 모조리 배신하는 길을 선택했다. 때로는 옆길로 꺾어 들어가고, 때로는 빈집 안을 당당히 횡단했다. 점점, 점점 병사들의 기척이 멀어져간다.

너무나도 멋진 도주 솜씨에, 따라오는 아리아조차 희롱당할 정도였다.

"이봐, 아르고노트!"

그때 들려오는 난폭한 목소리.

후방에서가 아니라 전방에서 들려온 그 목소리에 눈을 크게 뜬 아르고노트는 창졸간에 아리아를 건물 뒤로 숨겼다.

흘러내리는 땀을 방치한 채, 거칠어지는 호흡을 가다듬는 데만 집중하고, 마치 『지금 이 순간까지 **당신들 말대로** 남을 도우며 다니고 있었다』는 모습을 가장했다.

"오오, 나와 같은 영웅 후보 제군! 길을 잃은 가엾고 귀여운 아이는 지금 막 구했다네! 이 아르고노트의 도움이 필요한 시민이 또 있을까?"

"시꺼, 등신아."

“질문은 우리가 한다.”

아르고노트를, 자신들에게 속고 있다는 것도 모르는 어리석은 사람으로만 간주한 4인조 평인들은 혀를 차는 소리와 함께 캐물었다.

“병사 놈들이 소란을 떨던데…… 이쪽으로 여자 안 왔냐?”

“금발에, 파란 눈에…… 무의식중에 침을 삼킬 만큼 멋진 여자.”

아르고노트의 대각선 뒤, 사내들과 별로 멀지 않은 건물 뒤에서 대화를 듣던 아리아는 숨을 삼켰다. 입을 두 손으로 막고 필사적으로 기척을 숨겼다.

그런 소녀의 떨리는 숨소리를 등으로 느끼며 아르고노트는—— 웃었다.

“아니? 전혀!”

무슨 말을 하는 건지 이해하지 못하는 어린아이 같은, 그러면서도 최고의 사기꾼 같은 웃음을 짓고, 무언가를 떠올린 것처럼 퐁 소리와 함께 오른손 주먹을 왼손 손바닥에 떨어뜨렸다.

“그러고 보니 동쪽 구역에서 절세 미녀가 걷고 있었다고 마을 사람들이 그러던데!”

“쳇, 동쪽이었어……? 이봐, 가자!”

아르고노트의 가짜 정보에 평인 한 사람이 혀를 차고 나머지 셋을 이끌었다.

눈앞에서 멀어져가는 그들에게서 "역시 왕녀는 병사들을 피해서——" "나뉘어서 찾아보자. 차라리 병사 놈들한테 정보를——" 하는 말소리가 어렴풋이 들려왔다. 싹싹하게 손을 흔들어주던 아르고노트는 영웅 후보들이 보이지 않게 된 것을 확인하자 금세 진지한 표정으로 돌아왔다.

그와 함께 등 뒤에서 아리아가 입을 다문 채 걸어 나왔다.

"……왜, 날 구해줬어?"

경솔한 짓을 해 아르고노트에게 폐를 끼치고 말았던 죄책감도 있었으리라.

하지만 그 이상으로, 두 사람 사이에는 이미 『공공연한 비밀』이 된 사항을 언급했다.

"이미, 내 정체를 알고 있——."

금발에, 푸른 눈에, 자기도 모르게 넋을 잃어버릴 것 같은 용모—— 그야말로 『왕녀』의 미모를 가진 소녀가 여기까지 말했을 때.

"정체를 전혀 알 수 없는 수수께끼의 아가씨!"

아르고노트는 어두운 공기 따위 날려버릴 만큼 밝은 목소리로 그녀의 말을 가로막더니.

"네?"

놀라는, 그냥 『아리아』를 향해, 속셈 따위 전혀 없는, 한껏 밝은 웃음을 머금으며 다음 말을 건넨 것이었다.

"나하고 시내를 돌아다니죠!"

CHAPTER
3장
왕도의 휴일
ARGONAUT
Dungeon ni Deai no Motomeru no wa
Machigatteirudarouka

웅성거리는 인파가 도시에 흐르고 있었다.

마물이 활개 치는 이 시대, 남녀노소 누구나가 살기 위해 일을 해야만 하고, 여가나 오락에 정신이 팔린 자 따위 시정에는 없다고 해도 과언이 아니었다. 『낙원』을 구가하는 왕도 라크리오스도 예외는 아니어서, 많은 이들이 성벽 안의 밭으로 일을 하러 나가고, 대로의 인파는 한산하다고까지는 못해도 드문드문했다.

그래도 온화하게 느껴지는 것은 도시 곳곳에 설치된 분수 덕분이었으며, 햇빛에 반짝이는 맑은 물의 화음이 사람들의 마음을 푸근하게 해주고, 작은 새들을 모으기 때문이리라. 라크리오스의 주민들은 물소리를 듣고 물의 은혜에 감사하며, 길을 가는 사람에게 물을 나누어주며 함께 웃는 것이다.

넓은 왕도라 해도 대부분은 서로 낯을 익힌 사이.

모두가 가족까지는 아니어도 이웃이라고 할 정도로는 서로를 잘 안다.

그러므로 『이제까지 본 적이 없는 얼굴』이 시야에 뛰어들면, 광주리에 빨랫감을 잔뜩 담은 여자아이도, 작물을 이웃 구역으로 나르는 배달부도, 깨진 계단을 수리하던 석공들도 신기하게 쳐다보고 두런거리는 법이다.

하물며 그것이 눈을 크게 뜰 만한 미소녀와 보기 드문 백발의 청년이라고 한다면.

"자, 잠깐만! 시내를 돌아다니다니, 왜 갑자기……!"

"당신처럼 아름다운 사람에게 그런 슬픈 얼굴은 어울리지 않아요! 저는 당신을 웃게 하고 싶거든요!"

필사적으로 만류하는 아리아에게, 아르고노트는 자신의 욕망을 숨김없이 드러내며 제 갈 길을 갔다.

대로 한복판을 당당하게 나아가, 이미 눈에 뜨일 대로 뜨이는데도 전혀 신경을 쓰지 않았다.

병사들에게 쫓기던 아리아의 입장에서 보자면 지금 당장이라도 들켜버릴 것 같아 조마조마한 심경일 테지만,

"게다가 괜찮아요. 시내를 뛰어다니면서 왕도의 지리는 이미 파악했으니까."

"!"

"병사들은 북쪽으로, 영웅 후보들은 동쪽으로. 이 서쪽은 지금 쫓아오는 사람이 없죠."

뒤에 있는 아리아에게 얼굴만 돌리고, 아르고노트는 마치 나팔로 가축을 유도하는 태평한 양치기처럼 웃어 소녀의 불안을 씻어주었다.

아르고노트가 잘 쓰는 수법이었다. 처음 오는 지역, 처음 접하는 공동체에 발을 들였을 때, 아무튼 탐험을 한다. 대체 어떤 사람들이 있는지, 어떤 경치가 있는지, 어떤 문화가 존재하는지. 여행을 『위대한 모험』이라고 서슴지 않고 말하는 광대는 영웅 행세를 하며 미지의 길을 나아가, 보는 것 듣는 것을 일지에 기록하고 모험 활극이라고 떠들어대는 것이다.

이 왕도에서는 의도치 않게 『공주 찾기』라며 피나와 함께 한껏 이리저리 뛰어다닐 때, 대충이기는 하지만 정보수집은 마쳐두었다. 영웅 후보들에게 휘둘려 사람들을 도와주면서, 아르고노트는 약삭빠르게 왕도의 구조를 파악했던 것이다.

"당신은…….."

아르고노트를 이상한 사람이라고 생각했던 아리아가 놀라움을 머금었다.

그 붉은 눈동자 속에서 『총명함』을 발견하고, 당황하면서, 왜 그렇게까지 하느냐는 말이 나오려 했을 때.

"당신을 돕는 이유는 묻지 마세요. 왜냐하면 곤경에 처한 여자아이를 돕는 데 이유 같은 건 필요 없으니까!"

아르고노트는 역시 웃어넘겼다.

자신은 『아르고노트』니까 전혀 이상할 게 없다고 말하듯.

"…………난, 모르겠어."

그런 청년에게 아리아는 그저 당혹스러웠다.

"왜 나를 그런 눈으로 보는지, 왜 그렇게 상냥한지……난, 당신을 모르겠어……."

"모른다면 서로 이해할 때까지 서로를 알면 되죠! 그건 분명 흔해빠진, 멋진 일일 테니까!"

가슴 속의 마음을 솔직하게 토로한 소녀에게, 아르고노트는 그것이 『만남』이라고 설파했다.

모르는 것은 전혀 부끄러운 것이 아니며, 평인도 아인도 되풀이해왔던 사람들의 역사이며, 그것이 축적된 끝에 지금, 당신과 자신이 만난 기적이 태어난 거라고.

그렇기에 자신들도 선구자들을 따라야 한다고, 아르고노트는 멋진 웃음을 머금었다.

"그러니까 데이트인 겁니다!"

"데……?!"

아리아는 놀라움과 함께 처음 짓는 표정을 보였다.

얼굴을 붉혔던 것이다.

"어라, 왜 그러시나요?"

"데……데이트야?"

"데이트죠?"

"시내를 돌아다닐 뿐인데?"

"데이트 아닙니까!"

"두, 둘이 있을 뿐인데…….."

"데이트네요!"

갈팡질팡, 얼굴을 붉히며 몇 번이나 묻는 소녀에게, 아르고노트는 지금이라도 엄지를 척 세울 듯한 기세로 두 사람의 지금 상황을 단언했다. 확신범이었다.

반면 아리아는 수치심과 싸우고 있는지, 보고 있으면 귀여울 정도로 갈팡질팡했다.

"나, 난, 그런 걸 해본 적이 없어서…… 아, 아니! 애초에, 이 도시에 대해서도, 잘 모르고…….."

그 표정이 갑자기 흐려졌다.

“여기서 태어난 주제에, 뭐가 있는지, 누가 있는지……
하나도 몰라…….”
“안심하십시오! 이 아르고노트에게 맡겨주세요!”
하지만 그런 소녀의 근심도 아르고노트에게는 통하지
않았다.
구름 한 점 없는 맑은 하늘처럼 웃으며, 오른손으로 가
슴을 두드려보인다.
“저는 분명 시골뜨기에 촌놈임을 자각하고는 있지만, 놀
랍게도 예전에는 이르코스에서 살았던 몸! 도시의 놀이에
도 익숙하죠!”
“……『이르코스』? 거짓말이지? 거긴, 분명…….”
“——아차 내가 이 무슨! 거짓말을 할 거라면 더 그럴듯
한 거짓말을 할 것을! 그렇습니다새빨간거짓말이죠용서해
주세요부탁입니다!!”
어떤 도시의 이름을 들은 아리아가 놀라움을 보이자, 아
르고노트는 말이 잘못 새나왔다는 것처럼 정정했다.
실언이었으나, 정말로 단순한 거짓말이었는지 확실하지
않을 정도로 은근슬쩍.
“하지만 도시를 잘 안다는 건 사실이랍니다. 부디 불초
아르고노트가 당신을 안내하게 해주시지요.”
아르고노트는 있는 그대로, 진지하게, 그러나 장난기를
내비치며 오른손을 내밀었다.
“당신의 슬픔을 녹여드리고 싶은 저를 구해주시는 셈치고.”

"……당신, 역시 이상해."

"하하, 자주 듣는 말이죠!"

아리아는 역시 난감한 표정을 지으며 청년을 그렇게 평가했다.

그가 내민 손에 자신의 손을 겹치지는 않은 채, 소동물처럼 살짝 경계하며.

무엇이 그리 우스운지, 아르고노트는 그래도 좋다는 양 자신의 오른손을 잡고는 다시 걸어 나갔다. 따라올 것이라고 믿어 의심치 않는 뒷모습이 조금 아니꼽다는 듯 입술을 비죽거리면서도 소녀는 그를 따라갔다.

왕도는 넓은 듯하면서도 **생각보다 좁았다.**

정확하게는, 성하마을에 위치한 백성의 거주구가 적절히 모여 있었다. 이것은 든든하게 도시를 감싼 이중 성벽—— 제1성벽과 제2성벽 사이에 존재하는 전원지대에 면적을 할애하고 있기 때문이며, 밖에서 바라보고 느꼈던 것만큼 광대한 성하마을이 펼쳐져 있지는 않았다. 그렇기에 아르고노트도 대충이라고는 하지만 단시간 내에 지리를 파악했던 것이다.

그렇다고는 하지만 성하마을만 해도 왕궁이 다섯 개는 너끈히 들어갈 정도다.

『데이트』를 하면서 행선지가 곤란할 일은 없었다.

"그런데 아리아 공주. 데이트를 하기 전에 꼭 필요한 것이 있습니다만!"

"……그 전에, 뭐야, 아리아 공주라는 건?"

"아름다운 당신을 보니 저의 온몸이 공주라 부르지 않고 선 견딜 수가 없군요! 아니면 친근함을 담아 아리아라고 부르는 편이 좋을까요?"

"……공주라고 해."

거부하는 기색은 있었지만, 존칭을 떼어도 좋다고 허락하면 거리가 확 가까워지리란 예감이 있었는지, 아리아는 마지못해 공주라는 호칭을 받아들였다. 전혀 사양하지 않는 아르고노트는 "그거 다행이군요!"라고 생각 없는 웃음을 머금었다. 소녀는 짜증이 울컥 솟았다.

"그러면 본론으로 돌아가서…… 아리아 공주. 데이트를 하면서 우리는――『유쾌』해져야만 한답니다."

"……네?"

아르고노트는 자세를 반듯이 하는가 싶더니, 진지한 표정으로 그렇게 말했다.

그때까지 그를 노려보던 아리아는 영문도 모른 채 어리둥절한 표정을 지었다.

"다시 말해『바보』가 되는 거죠! 데이트에 수치는 방해물! 차가운 반응도 안 됩니다!"

그리고 시작된 것은 그야말로『연극』이었다.

2초 전의 진지한 표정을 내팽개치고, 밝은 미소를 짓는가 싶더니, 아르고노트는 아리아의 섬세한 손을 잡았다.

"더 신나게, 더 즐겁게, 열기에 들뜬 정도가 딱 좋지요!

──이렇게!"

"꺄악?!"

좌우로 움직이는 아르고노트에 맞춰 당연히 아리아도 끌려갔다.

다짜고짜 허락도 없이. 그러나 이상하게도 난폭하지는 않았다.

끌어들인 손이 소녀의 몸을 받아냈다가는 멀리 밀어내 솜털처럼 춤추게 했다.

눈을 깜빡이던 아리아는 그의 손길에 자신이 스텝을 밟고 있다는 것을 금세 알아차렸다.

"뭐, 뭘 하는 거야?!"

"공주의 『가면』을 부수는 거죠! 유쾌해지고 바보가 되어, 슬퍼할 틈도 사라져서, 이 순간을 즐기기 위해!"

"!"

화를 내던 소녀의 얼굴이 금세 놀라움으로 물들었다.

"우선은 여기서 춤을 추는 겁니다! 다음에는 소리 높여 노래하는 건 어떨까요? 마무리는 벌레스크와 오페레타, 하나로 합쳐서 뮤지컬!"

아르고노트의 가극은 멈추질 않았다.

잘 울리는 그 목소리와 가벼운 스텝으로, 성하마을의 대로를 둘만의 『무대』로 바꿔버렸다.

"자자, 지루함 따위 어디에도 없다고요! 이건 당신과 나의 데이트니까!"

경쾌하고도 경묘한, 기괴하고도 기묘한.

그런 광대는 웃음을 멈추질 않았다. 물 흐르는 듯한 춤으로 소녀를 떼어놓지 않고, 때로는 빠르게, 때로는 부드럽게 리드하며 시끄럽고도 떠들썩한 웃음소리를 터뜨렸다.

"사, 사람들이 봐, 아르고노트! 아니, 아르! 많은 사람들이!"

이렇게 되면 견디지 못하는 것은 아리아 쪽이었다.

이제는 아르고노트 때문에 완전히 주목의 표적이 되었다. 성하마을 주민들이 몰려들어, 주위를 에워싸듯 이게 무슨 일이냐고 쳐다보았다.

그렇게 만들어진 인파의 원은 그야말로 무도회의 홀과도 같았으며!

작은 새들의 노랫소리는 플루트!

화려한 샹들리에 대신 창공의 빛이 두 사람을 비춰주었다.

날뛰는 청년의 손을 뿌리칠 수도 있었을 텐데, 이쪽을 바라보는 눈앞의 웃음 탓에 어째서인지 그것도 잘 되지 않았다. 혼란도 한몫 거들어 어떻게 해야 좋을지 알 수 없었다. 아리아는 부끄럽고도 부끄러워서 이젠 어떻게 되어버릴 것 같았다.

"공주가 너무 아름다우니까! 다들 넋을 놓고 있군요!"

"~~~~~~~~~! 바보!"

"좋네요! 분위기가 달아올랐어요! 저를 더 욕해보시죠

꿀꿀!”

소녀의 얼굴이 완전히 연분홍색으로 물들어버렸다.

아리아가 자기도 모르게 외쳐버렸지만, 어디서 바람이 부느냐는 양 오히려 기뻐하는 아르고노트는 분위기를 있는 대로 타며 탭을 울렸다.

“바보! 괴짜! 이상한 사람! 당신 같은 사람은 처음 봤어!”

아리아는 소리치고 있었다.

태어나서 이제까지 이렇게나 큰 목소리를 내본 적이 없을 정도로, 얼굴을 새빨갛게 물들이며 크게 외치고 있었다.

그것은 광대의 의도대로.

소녀의 『가면』은 부서지고 있었다. 바보처럼 춤을 추고, 슬퍼할 겨를도 없을 정도로 목소리를 높이며, 본인에게 그럴 마음이 없더라도, 제삼자가 보기에는 유쾌하게, 길 한복판에서 들뜬 채로.

그런 아리아의 모습에 아르고노트가 눈을 가늘게 떴다.

“칭찬의 말씀 황공무지로소이다! 저로서는 좀 더 말씀해 주셨으면 좋겠으나——.”

아르고노트는 미소녀의 꾸짖음, 아니, 포상을 마음껏 누리고 있었지만, 문득 이쪽으로 향하는 『수많은 발소리』가 멀리서 들려왔다. 갑주로 몸을 감쌌는지 철컥철컥 시끄러운 발소리다.

게다가 주위의 인파에서도 “꽁냥거리고 앉았어⋯⋯!”라느니 “감히 저런 미인하고⋯⋯!”라느니 “아직 독신인 나

한테 자랑하는 거야?!" 등등 분노와 원한이 맺힌 목소리
가 들려왔다. 아르고노트는 그렇다 쳐도 아리아의 용모는
그야말로 선망도 질투도 사버릴 만큼 아름다워서, 좋은
의미에서도 나쁜 의미에서도 사람들을 끌어들이고 말았
으므로.

"──아무래도 주위가 살기를 띠기 시작하니 이탈하죠!
실례!"

"꺄악?!"

끌어당긴 아리아를 스스럼없이 옆으로 안고, 병사들의
발소리가 들려오는 방향과는 반대쪽으로 달려갔다. 깃털
처럼 가벼운 소녀의 몸과 부드러운 팔다리에 감동하고, 결
코 변태 신사는 되지 않도록 주의하며, 아르고노트는 바람
처럼 가속했다.

"자아 가시지요! 왕도의 휴일은 이제 막 시작했을 뿐입
니다!"

"거기 서, 이 자식아!" "두들겨 패버린다!" "자랑하지 마!"
원한을 산 왕도 주민들에게 쫓기면서.

"이런 건 절대 데이트가 아니야!"

질끈 눈을 감은 소녀의 비명은 투명할 정도로 푸른 하늘
에 빨려 들어가고 있었다.

"오빠는 정말, 여기서 기다리라고 했더니!"

왕녀의 정보를 찾기 위해 피나가 잠시 아르고노트와 헤어졌던 북쪽 대로.

말을 듣지 않고 홀연히 사라져버린 불초 오빠에게 하프엘프 동생은 버럭버럭 화를 냈다.

"기껏 유리 씨 일행이 와줬는데 어디로 간 거예요!"

"네가 억지로 끌고 온 거잖아."

"왜 나까지……."

피나의 뒤를 따라온 것은 어이없다는 표정의 유리와 비슷한 표정의 가름스였다. 오빠를 말리고 싶다고 해서 마지못해, 라기보다 몰상식한 오빠가 왕녀 수색이라는『선정의 의식』까지 엉망진창으로 만들어버릴지도 모른다는, 매우 절실한 호소를 무시할 수 없었기 때문이다. 특히 여행 중에 광대가 어떤 자인지를 진저리날 정도로 알아버렸던 웨어울프는 더더욱.

재미있을 것 같은 소동의 냄새를 맡고 류루까지 따라왔다.

"내 눈으로 보기에도 그는 바쁜 분이더군요. 같은 장소에 가만히 있는 것은 무리였을 겁니다."

"말 안 해도 잘 알지만요! 애도 아니니까 조금쯤 참으면………… 어머?"

뭐가 그리 재미있는지 싱글벙글 웃으며 입을 연 류루에게 자기도 모르게 잔소리를 하던 피나는, 가늘고 뾰족한 나뭇잎 모양의 귀를 까닥거렸다.

『찾았나?!』

『아니오, 또 놓쳤습니다!』

『잘 찾아!』

대로 방향에서 거친 술렁임이 들려왔던 것이다.

발소리에 섞인 금속음은 병사들의 것이었으며, 피나 일행의 시선 너머를 가로질러가고 있었다.

"뭔가 시내가 술렁이는 것 같은데…… 병사분들도 바쁘고……."

"……절세 미녀가 이상한 남자에게 끌려다니고 있다는군."

"호오, 저 소란 속에서 그 말소리를 분간한 겐가? 역시 수인답군. 그런데?"

피나가 고개를 갸웃거리는 동안, 머리 위의 귀를 세운 유리가 설명했다.

여기저기서 겹쳐져 들려오는 성하마을의 술렁임 속에서 말소리를 정확하게 분간해낸 이종족의 귀에 가벼운 감탄을 보이며 가름스는 뒷말을 채근했다.

"서쪽 구역에서, 엄청 눈에 뜨이는 2인조……. 여자는 금발에 마치 정령 같고, 남자는 백발에 나약해 보이고……."

눈을 감은 채 집중하며 들려오는 내용을 그대로 말하는 웨어울프.

이어지는 단어에, 피나는 태엽이 풀린 인형처럼 우뚝 움직임을 멈추고.

"전자는 왕녀의 인상을, 후자는 아르 공의 인상을 닮았
군요~."

태평하게 말하는 음유시인.

"어………… 어엇~~~~~~~~~~~~~~~~~~~~?!"

드워프와 웨어울프가 귀를 손으로 막을 정도의 대음성
이 소녀의 입에서 터져 나왔다.

"공주, 도주 성공입니다! 이 아르고노트가 멋지게 따돌
렸습니다!"

"하아, 하아…… 이게 다, 당신 때문에……!"

너무나도 항의의 목소리가 컸으므로 소녀를 지면에 내
려놓고 둘이서 손을 잡은 채 도망쳐오기를 한동안.

병사들은 물론이고 왕도 시민들까지도 보기 좋게 따돌
린 아르고노트 일행은 서쪽에서 동쪽 구역으로 시내를 가
로질렀다.

해맑은 얼굴로 이마를 닦는 아르고노트와는 대조적으
로, 무릎을 꺾은 채 가느다란 두 무릎을 두 손으로 짚고 선
아리아는 숨을 헐떡이고 있었다.

원망스럽다는 시선을 받기 전에, 아르고노트는 당장이라
도 휘파람을 불 것 같은 얼굴로 어떤 방향을 척 가리켰다.

"그보다도 보십시오. 저기를!"

청년의 손끝을 시선으로 따라간 아리아는 눈을 크게
떴다.

“이건…….”

분수.

그것도 거대한.

폭은 20M, **높이**는 10M이 약간 못 되는 정도일까.

아름다운 백대리석 오벨리스크가 중심에 세워져 있었으며, 기둥 밑에는 같은 색의 『정령』 조각상이 저마다 다른 포즈를 취하고 있었다. 지금이라도 움직일 것 같은 그녀들의 돌 의상은 각각 불꽃, 번개, 바람, 흙을 나타내는 듯했다. 물의 정령 운디네가 없는 것은 이 분수 그 자체가 운디네라는 암유일 것이다. 계곡을 방불케 하는 분수구에서 물이 넘쳐나는 모습은 어딘가 신성해서, 햇살을 반사해 한없이 눈부셨다.

마치 라크리오스라는 숲의 깊은 곳에 세워진 인공의 샘과도 같았다.

“이런 곳이 왕도에…….”

“네, 저도 놀랐어요. 설계는 물론이고 모티프도 흥미롭군요. 물의 놀이터인데 번개의 정령이 중심에 놓여 한층 존재감을 발휘하는걸요. 이건 그거네요! 물을 베풀어주는 하늘을 번개로 바꿔서 표현해 이 분수의 성립과 위광을 드높이는 것으로서 이러쿵저러쿵 어쩌고저쩌고 하는!”

놀라움에서 벗어나지 못한 소녀의 곁에서 인텔리처럼 짝퉁 지식을 들려주는 광대는 노골적으로 호감도를 올리고자 해 보기에도 듣기에도 매우 흥했다.

아리아는 그런 것이 신경도 쓰이지 않을 정도로 눈길을 빼앗기고 있었다.

"이런 것이 있었다니 몰랐어……. 하지만, 아름다워……."

마실 물이 부족하지 않아 경관의 향상을 위해 분수를 다수 배치한 것이 왕도의 특징이다. 아마도 다른 구역에도 이러한 분수 광장이 설치되어 있으리라.

하지만 이 지역에 살고 있는 아리아는 모른다고 말했다.

아무것도 모르는 아기의 눈으로, 석공의 뛰어난 기술이 담긴 역작을 감탄과 함께 어딘가 공허한 눈빛으로 바라본다.

바로 옆에서 그런 소녀의 옆얼굴을 바라보던 아르고노트는 미소를 지었다.

"공주, 기왕 여기까지 왔으니 점을 쳐볼까요."

"점?"

"분수를 등지고, 동전을 두 개 던지는 겁니다. 그게 다예요."

"등지고, 두 개…… 이렇, 게?"

마치 기념의 추억을 만들려는 것처럼 제안하고, 허리춤의 자루에서 꺼낸 동전을 아리아의 손바닥에 떨어뜨렸다.

아르고노트가 몸짓 손짓을 섞어 가르쳐주자 아리아는 고개를 갸웃거리면서도 그의 동작을 따라했다. 등을 돌리고, 조금 어려워하면서도 왼쪽 어깨너머로 코인 두 개를, 정령들이 지켜보는 인공의 샘에 던졌다.

완만한 포물선을 그리며 퐁당, 가벼운 물소리와 함께 동전은 번개 정령의 눈앞에 빠졌다.

"……이러면 어떻게 돼?"

"네, 두 사람의 영원한 사랑을 맹세하게 됩니다!"

"어…… 무, 무슨 짓을 한 거야?!"

터무니없이 멋들어진 미소가 들려준 『사랑의 의식』에 아리아는 깜짝 놀랐다.

"안 되나요?"

"당연히 안 되지! 왜냐면 난 당신에 대해 아무것도 모르고……! 오늘 막 만났는데……!"

미소를 지으며 묻는 아르고노트에게, 아리아는 얼굴을 새빨갛게 물들이며 갈팡질팡하기 시작했다.

"손은 잡았지만, 고백도 안 했고, 이, 입맞춤도……! 사랑을 맹세하다니 너무 갑작스럽잖아!"

한마디로 하면, 소녀는 순진했다.

단순한 『점』인데도 곧이곧대로 받아들이고 말 정도로.

그야말로 규방의 규수처럼 자신이 가진 정결과 결벽 사이에서 당황할 대로 당황했다.

"아아, 그런 점이 있었다니……! 난 알지도 못했어!"

"네, 그렇겠죠. 제가 지금 만들었으니까요."

그러므로 천진난만한 웃음을 지은 아르고노트가 낼름 그런 말을 하자, 아리아는 입을 딱 벌린 채 굳어버렸다.

"소……속였구나, 아르!"

"뭐 어떤가요. 이건 우리 둘만의 점. 우리 둘만의 비밀이고, 우리 둘만의 추억인걸요."

아리아는 몸을 내밀며 화를 내려 했지만, 청년이 한 다음 말에 기세를 잃어버렸다.

"당신이 『이름』을 속이고 있다 해도, 오늘 있었던 일은 우리에게 『진짜』가 될 겁니다."

놀라움은 이내 소녀의 얼굴을 물들였다.

심장이 살짝 뛴 아리아는 겨우 이해했다는 듯 아르고노트의 얼굴을 돌아보았다.

"……아르."

"아, 지금 표정 엄청 귀여운데요?"

"……! 바보!"

"아하하!"

그리고 돌아온 것은 놀림과는 거리가 먼 진심 어린 칭송.

그러나 소녀의 뺨을 연분홍색으로 물들이기에는 충분해, 아리아는 이번에는 제대로 화를 낸 다음 고개를 홱 돌렸다. 나이에 어울리는, 아니, 그보다도 어린아이처럼.

한데 묶은 아름다운 금색 머리카락이 그녀의 움직임과 함께 튀어 올랐다.

그런 평범한 여자아이에게, 아르고노트는 기뻐하듯 웃었다.

곁눈질로 살피는 아리아는 그 모습에 불만스러운 듯, 그러면서도 어딘가 간지러운 듯 입술을 떨었다.

오벨리스크 밑에 모여 그들을 지켜보는 정령들은 아무 말도 하지 않았다.

그저 두 사람 사이에 맑은 물소리가 울려 퍼졌다.

""""——보란 듯이 꽁냥대고 앉았어⋯⋯!""""

그러나 곁에서 보면 그런 새콤달콤한 분위기를 여봐란 듯이 발산해대는 광대와 소녀에게 질투의 시선을 보내는 자들이 있었다.

오늘도 오늘대로 노동에 힘쓰는 주민들이었다. 춤을 선보였던 서쪽 대로에 펼쳐졌던 광경과 완전히 똑같았다.

"아차 이런! 공주의 미모가 다시 질투를 사는군요! 이럴 때는 퇴장!"

"또?!"

그리고 아르고노트와 아리아는 달려갔다.

서쪽 성하마을을 뛰어다니고, 가는 곳곳마다 소란을 일으켰다. 주민들의 주목을 모아 더욱 눈에 뜨이려 했다. 아리아가 얼굴을 붉히면 더욱 기고만장했다. 마침내 화를 낸 그녀에게 등을 두 손으로 떠밀렸다. 광대는 여전히 웃고 있었다. 그리고 소란을 알아차린 병사들이 현장에 나타나기도 전에 뒷골목을 구사해 쑥쑥 빠져나가며 보기 좋게 엇갈려 지나쳤다.

아리아는 오늘 믿기지 않을 정도로 뛰었다.

태어나서 처음 있는 경험이었으며, 큰 목소리를 낸 것도 그랬다.

수많은 『처음』을 받은 소녀는, 이젠 의심하는 것도 잊고, 다음에는 무엇을 할지 모를 청년의 뒤를 스스로 따라가게 되었다.

그리고 완전히 해가 산맥으로 기울어질 무렵.

저녁놀의 빛을 받으며, 두 사람은 소란의 중심지가 된 서쪽에서 벗어나 남쪽 구역까지 이동했다.

"여기까지 오면 이젠 괜찮아요. 사람은 없으니까요!"

"하아, 하아…… 정말. 당신하고 있으면, 지루할 틈이 없어……."

"하하, 그 누구도 지루하게 만들지 않을 겁니다! 왜냐하면 저는 아르고노트니까!"

인기척이 없는 뒷골목에서, 아리아가 이미 몇 번째인지도 모를 흐트러진 호흡을 필사적으로 가다듬었다.

아르고노트는 관중이 소녀 하나뿐인데도 무대 배우처럼 행동했다.

"……이상한 기분. 이제까지 이렇게 뛴 적도, 목소리를 높인 적도 없었어. 당신 앞에서는, 몰랐던 내가 많이 나타나……."

겨우 숨을 원래대로 고른 아리아가 고개를 들었다.

"어째서일까……?"

미지에 대한 당혹감과 공포, 그리고 정체 모를 무언가에 대한 기대는 종이 한 장 차이이다.

살짝 뺨을 물들이며 묻는 소녀에게, 아르고노트는 기회

를 놓칠세라 느끼한 대사를 날렸다.

"그건 이 만남이 운명이었기에! 우리는 언젠가 마주칠 별 아래에서 태어난 것입니다! 좋아 멋있었어! 반짝~!"

"……!"

눈을 감고, 턱에 엄지와 검지를 척 가져다 대며 하얀 이를 빛낸다.

그런 광대의 말에, 아리아는 꿈에서 깨어난 것처럼 움직임을 멈추고, 입을 다물어버렸다.

"…………운명 따위, 싫어."

잠시 후.

그런 조그만 중얼거림을 발치에 떨어뜨렸다.

"……공주?"

"미리 정해져 있는 운명 따위…… 그럼 우리는, 왜 살아 있는 거야?"

소녀의 얼굴이 슬픔으로 물들었다.

아르고노트의 눈이 크게 뜨였다.

"운명 같은 말…… 진짜 싫어."

그림자가 길어졌다.

황혼이 하늘을 감싸고, 두 사람의 머리 위를 덮어나갔다.

소녀의 입술에서 떨어진 말에, 청년은 한동안 가만히 서 있었다.

그리고 아르고노트는 웃었다.

"――그럼 필연이라고 하죠."

소녀의 슬픔 따위 날려버리듯.

"에?"

"아아, 제가 잘못했습니다. 오늘 이 하루를 운명 따위 말로 치부해버려서는 안 되는 것이었거늘. ──제가 발견한 겁니다, 당신을! 그리고 당신이 발견한 겁니다, 저를!"

"!"

시작된 것은 희극과는 다른, 가극이었다.

아르고노트가 드높이 노래했다.

"저의 눈이, 저의 귀가 당신을 발견했지요!"

"……내 목소리가, 내 마음이, 당신을 이끌었어?"

"예, 우리이기에 만날 수 있었던 겁니다!"

"그건, 단순한 우연이 아니라?"

"설령 그렇다 하더라도! 저는 몇 번이고 당신의 모습을 찾아! 몇 번이고 당신을 원할 겁니다!"

노랫소리는 맹세로.

좁혀드는 거리는 유대로.

몇 번이고 의문을 던져가며 확인하는 아리아에게, 운명이라는 말을 부정했다.

"되풀이된 우연은 필연이 되지요! 다시 말해── 이건 저의 광기와도 같은 집념!"

"부, 분위기 망쳐버린 데다 저질이기까지!!"

진지함이 오래 가지 못하는 병을 앓고 있는 광대는 우스꽝스럽게 춤을 추며, 두 팔을 벌리고, 꼭두서니색으로 물든 하늘을 우러러보았다.

"하늘에 계신 신들이여! 부디 눈에 새겨주소서! 대지에 잠든 정령들이여! 부디 축복해주소서!"

심홍색 눈은 하늘 너머의 아득한 저편을 바라보았다.

"오늘 이날을! 우리의 해후를! 이 만남은 예정조화의 희극이 아닐지니!"

목소리는 눈빛과 함께 드높이 울려 퍼졌다.

"이 아르고노트가 약속하지요! 저와 당신의 만남은 그 어떤 것에도 더럽혀지지 않으리라고! 운명 따위의 쇠사슬로 당신의 『진짜』를 상처 입히게 두지는 않겠노라고!"

그리고 청년의 목소리와 눈빛은 소녀에게 돌아갔다.

"하늘에 계신 신들과 내 눈앞에 있는 당신에게 맹세합니다."

충성을 맹세하는 기사처럼, 공손히 아리아 앞에 허리를 꺾고 고개를 숙였다.

그 얼굴에는 웃음.

거짓 따위 한 점도 없는 약속과 진심을 바쳤다.

"…………."

광대의 무대를 바라보아야 했던 아리아는, 한동안 멍하니 서 있었다.

놀라움과 가슴이 뛰는 열기가 반반.

고개를 들고 원래의 자세로 돌아온 아르고노트와 시선을 얽었다.

"……당신은, 이야기 속에서 튀어나온 사람 같아."

"하하, 그런 말 자주 듣죠!"

아무 허식도 없는 정직한 마음을 입에 담자, 마치 벽에서 튕겨 나오듯 기분 좋은 대답이 돌아왔다.

"……후후."

그 말에 아리아는 자기도 모르게 웃고 말았다.

입을 벌릴 정도는 아니었다.

입술을 살짝 구부리는 정도.

너무 시시해서, 자기도 모르게 새나오고 말았던 것처럼, 그런 조그만 웃음.

"——이제야 웃어주는군요."

하지만 그런 어렴풋한 웃음을 계속 고대했던 것처럼.

아르고노트는 조용히, 그리고 진심으로 활짝 웃었다.

"네?"

"당신의 웃음을 드디어 볼 수 있었어요. 그것이 지금……너무나도 기쁘네요."

아이를 바라보는 부모와는 다르다.

여동생을 돌보는 오빠와도 다르다.

길 잃은 여자아이에게 재주를 보여주고, 웃을 때까지 우스꽝스러운 짓을 계속한, 그야말로 광대처럼 티 없는 웃음을 지었다.

"아르……."

그 웃음에 아리아는 가슴이 옥죄어드는 것을 느꼈다.

만난 지 얼마 되지도 않았다. 서로에 대해 아무것도 모른다. 그런 것은 상관이 없었다.

이런 웃음과 눈빛으로 자신을 지켜봐 주는 사람이 이 세상에 하나라도 있었다.

그것만이 아리아에게는 중요했으며, 구제와도 같은 『만남』이었다.

"당신은 웃음이 잘 어울려요. 당신이 계속 웃었으면 좋겠어요."

아르고노트는 말을 이었다.

마치 신부에게 마음의 꽃다발을 바치는 반려처럼.

"조금만 더 같이 어울려줄 수 있을까요? 저는 당신의 사정을 모르니까요."

"……."

소녀가 품은 『운명』을 아르고노트는 모른다.

그래도 아리아라는 소녀의 정체는 이미 알고 있다.

그러면서도 자신의 의지를 고했다.

"하지만 당신이 『겁을 내는 것』에서 도망치게 해드리는 정도는——."

"여기 있었군."

"" ⁈ ""

그러나 그런 맹세의 말을 비웃듯.

광대가 기사가 될 방법 따위 없다고 들이대듯.

소리도 없이, 그림자 속에서 배어나오듯, 한 여성이 아르고노트와 아리아의 배후에서 나타났다.

"성하마을에서의 대담한 행동…… 사람들에게 보여주어 일부러 눈길을 끌어 추적자를 『서쪽』으로 유도했지?"

"웃……?!"

"그 후에는 도시의 문이 있는 이곳 『남쪽』으로……. 단순한 광대는 아니었나."

까만 띠를 감은, 노출이 심한 전투의상.

소리 하나 나지 않는 맨발에, 생색만 낼 정도로 얇은 건틀렛을 찬 두 팔.

광대의 값을 가늠하려는 듯한 그 시선은 뱀도 맹금도 아니고, 숫제 피가 뚝뚝 떨어지는 칼날을 번뜩이는 듯한 무기질적인 광택이 있었다.

그 여자는 아르고노트도 아는 한 아마조네스였다.

"당신은 『영웅 후보』인……?!"

"엘미나?!"

아르고노트의 경악과 아리아의 비명이 이어졌다.

청년의 놀라움은 자신의 의도를 간파당한 데다 들키지 않고 접근한 그녀의 『이질성』에 온몸이 싸늘해지는 무언가를 느꼈기 때문이었으며.

소녀의 공포는 눈앞의 『어둠』이 무엇인지를 알기 때문이었다.

“——**왕녀 아리아드네**. 왕께서 기다린다. 성으로 돌아가 주어야겠다.”

“웃……!”

그녀가 말한 이름에 소녀의 어깨가 떨렸다.

역시 소리 하나 내지 않고, 그림자가 다가오는 것처럼 엘미나가 천천히 접근하는 가운데—— 광대가 두른 외투가 펄럭이며 두 사람 사이에 끼어들었다.

“왕녀? 모르겠는데? 여기 있는 건 나의 공주 아리아! 데려가게 둘 수는 없지!”

표표하게.

어리석은 자를 연기한다.

그러면서도 씻을 수 없는 중압감에 식은땀을 흘리며, 남자는 기사가 되지 못하겠다면 하다못해 기사의 기개만은 두르겠다며 광대로서 행동했다.

“……어리석은 놈.”

찰랑, 하고 여자의 손 쪽에서 처음으로 소리가 울렸다.

수많은 이들을 장사지냈던 끔찍한 단검이 엘미나의 손 안에 나타났다.

퇴로는 없었다.

주위는 이미 여자의 감옥.

충돌은, 불가피.

“큭……! 우오오오오오오오오오오오!”

“안 돼, 도망쳐——!!”

자신도 나이프를 손에 들고 용감하게 덤벼든다.

그러나 비장할 수조차 없는 사내의 무모함에, 소녀는 비명을 질렀다.

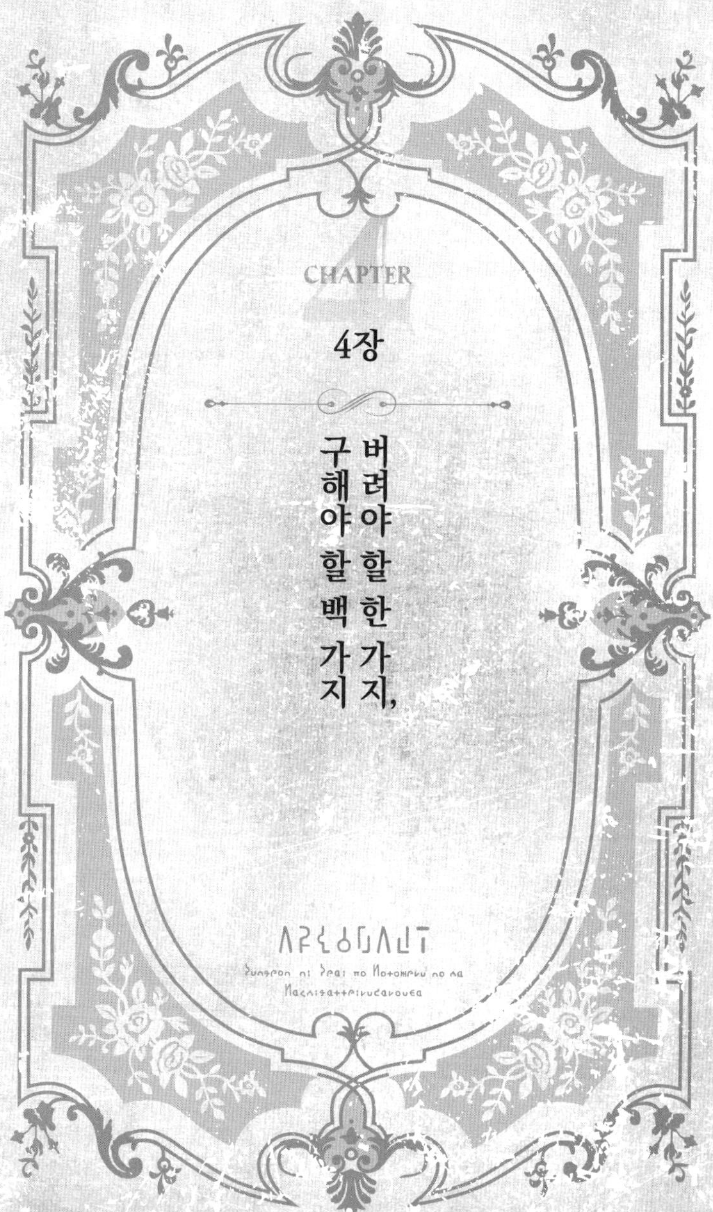
CHAPTER

4장

버려야 할 한 가지,
구해야 할 백 가지

이 시대, 아마조네스는 전투에 특화된 종족으로 여겨졌다.

사람들 간의, 특히 수컷과의 싸움을 좋아하는 그녀들은 마물이 활개 치는 현대에 자신들의 배틀 스타일을 바꾸어야만 했다.

다시 말해, 투쟁에서 살육으로.

그렇지 않고선 수컷을 사냥할 수 없었다.

종족의 보기 드문 특징 때문에 여성만이 태어나는 아마조네스들에게 다른 종족의 수컷이란 무엇과도 바꿀 수 없는 종족 보존의 씨앗이자 보물이었다. 높은 동족의식과 선민의식을 가진 엘프들 대부분이 마을에 틀어박혀 동포의 보신에만 매달리는 반면, 자신들만으로는 번영은 고사하고 핏줄을 남기는 것조차 불가능한 아마조네스는 다른 종족의 상실은 사활문제나 같은 뜻이었다. 설령 일족만을 지켜낸다 해도 수컷이 사라지면 멸종은 피할 수 없다.

따라서 그녀들은 성인이 된 것과 동시에 부족의 촌락에서 여행을 떠나, 주로 별 힘이 없는 평인의 보디가드 노릇을 하게 되었다.

요구하는 것은 하룻밤이며, 그녀들에게 요구되는 것은 살육이었으며, 수호의 대상이기도 한 수컷의 『절대사수』.

다시 말해 이제는 강한 수컷과의 싸움보다 그들을 보호하고 지키는 전술이 요구되는 것이다. 그것도 단순한 『수호』가 아니라 『일격선제』를 내세운 완전한 마물의 격멸이었다.

춤을 추는 듯한 투무(鬪舞)는 마물의 몸을 찢어버리는 낫으로.

격투를 주체로 한 육탄전은 괴물을 해체하기 위한 무기를 구사하는 백병전으로.

다른 종족이 그러하듯, 아마조네스의 싸움도 얼마나 효율적으로 마물을 파괴할 수 있는가 하는 한 가지에 무게를 두게 되었다. 다른 종족과의 차이는『공격이야말로 최대의 방어』라는 말을 무엇보다도 확실하게 체현하고 있다는 것.

수컷을 납치해 잠자리에 끌고 들어가는 관습은 완전히 버리지는 않았지만 잠잠해지고, 대신 다른 어느 종족보다도 마물을 살육하는 기개를 가졌다.

따라서 투쟁심의 덩어리가 되어 괴물의 내장을 뜯어내는 아마조네스는 일격필살을 주체로 하는 경향이 있었다.

하지만 눈앞의 여성은 그런 아마조네스 중에서도 더욱 이질적이었다.

엘미나가 보여준 배틀 스타일.

그것은 살육이 아닌『암살』이었다.

"―――웃?!"

정면에서의 육박전.

그거라면 아르고노트는 일부러 허점을 드러내고 미끼를 내건 다음 끌어들이고 끌어들이고 끌어들여, 혼신의『허허실실』로 따돌린다는 계산이 있었다.

하지만 소리도 없이 몸이 흔들리더니 잔상을 일으킬 것

같은 속도로 사라진 엘미나가 향한 곳은 정면이 아닌, 머리 위.

팔다리가 번뜩였다.

발레와도 같이.

섬뜩할 정도로 아름다운 맨발의 발끝을 하늘로 뻗고 머리를 지면으로 향해 위아래가 뒤집힌 자세로, 청년의 등 뒤에서 완전한 『암살』을 ——모습을 드러냈으면서도 사신과 같은 기습을—— 집행했다.

노린 곳은 절대급소인 목.

"으긱?!"

경동맥 정도가 아니라 경추와 함께 베어버리고자 흉악하게 번뜩이는 칼날을, 목의 피부만 베이는 정도에서 그친 아르고노트의 움직임은 가히 칭송할 만했다. 그러나 그뿐이었다.

몸을 틀어 소리도 없이 착지한 여자의 팔다리가 표범처럼 약동하고, 다음 순간에는 파성추와도 같은 발차기가 꽂혔다.

"커어어억?!"

"아르!"

날아갔다.

호쾌하다는 표현을 넘어, 숫제 잔혹할 정도로.

아리아의 비명이 흩어진 곳에서 평인의 몸은 나무통과 나무상자 무더기에 처박혀 파편이 무너지는 소리를 냈다.

"······버텨냈나. 하지만 의미는 없지."

다리로 전해지는 밋밋한 반응에 엘미나는 눈을 슬쩍 가늘게 떴다.

원래 같으면 그녀의 발차기는 인체를 거뜬히 부술 파괴력을 간직하고 있다. 그럼에도 아르고노트가 원형을 고스란히 유지한 것은 어디까지나 땅을 박차고 몸을 뒤로 날려 위력을 감퇴시켰기 때문이었다.

콜록콜록 꼴사납게 기침을 하고 휘청거리며, 그래도 일어나는 평인 남자에게, 어디까지나 무감정한 아마조네스가 말했다.

"너는 왕녀의『영웅』이 될 수 없다."

"······큭!"

몸에 새겨진 대미지 이상으로 여성의 말이 아르고노트의 몸을 저몄다.

"너는『영웅 후보』라고 생각했는데······ 설마 왕도의 전사였다니! 아까 만난 점술사도 그렇지만 이 도시는 아마조네스와 어지간히 인연이 깊은가 보네······!"

그래도 동요하지 않고 아르고노트는 일그러진 웃음을 머금으며 농담을 건넸다.

엘미나의 얼굴은 조금도 흔들리지 않았다.

대신 입을 연 것은 누구보다도 파랗게 질린 아리아였다.

"엘미나 가로프······ 점술사 오르나의 언니. 그리고 아마조네스의 나라 텔스큐라에서 추방된 광전사! 아르, 그녀하곤 싸우면 안 돼!"

"!"

"엘미나는 왕이 거느린 암살자고, 라크리오스에서 가장 흉악한 전사이기도 해!"

아리아의 경고에, 아무리 아르고노트라 해도 낯빛을 격변시키지 않을 수 없었다.

그가 무시할 수 없었던 것은『텔스큐라』라는 한 단어.

"이럴 수가…… 출신이 그 여전사의 성지라니. 게다가 추방이라고? 대체 무슨 짓을 저지른 거지, 아름다운 아가씨?"

텔스큐라는 대륙의 변경, 어떤 반도에 위치한 아마조네스의 성역.

각 부족으로 이루어진 촌락과는 다른『나라』라 부를 정도의 규모이며, 무엇보다도 특이한 점은『의식』이라는 아마조네스 사이의『살육』이 자행된다는 점이다.

투쟁본능에 사로잡혀『진정한 전사』의 자리를 다투는 무시무시한 성지의 이름에 아르고노트가 의문을 전지자, 엘미나는 짧게, 그리고 담담히 말했다.

"너무 죽였다…… 그냥 그뿐."

"……웃!"

차디찬 대답에 아르고노트의 등줄기가 얼어붙었다.

별 일은 아니었다. 눈앞의 여성은 무술의 소양이 없는 광대는 도저히 이해할 수 없을 만큼, 아마조네스 중에서도 이질적이었던 것이다.

빛이 비치지 않는 어둠의 눈동자로 엘미나가 말했다.

"너도 죽어라, 광대."

풍만한 몸이 다시 죽음의 무도를 추려 했다.

예비동작이 없는 기습에 아르고노트는 반응할 수 없다.

몸을 앞으로 기울이기는커녕 전혀 낮추지도 않은 채, 처음의 공격을 재현하듯 엘미나의 몸이 사라지려 했을 때.

"——【계약에 응하라, 대지의 불꽃이여. 나의 명에 따라 폭력을 불태워라】."

드높은 영창이 울려 퍼졌다.

"【플레어 번】!"

그리고 태어난 진홍색.

가공할 화염의 숨결이 엘미나를 향해 날아들었다.

"아니?"

아마조네스의 경악은 즉시 회피행동으로 바뀌었다.

집행되었어야 할 공격대상의 『암살』을 순식간에 중단하고 완벽한 기습이었던 포격으로부터 벗어났다.

"……공주, 이쪽으로!"

엘미나가 눈앞에서 이탈하자마자 아르고노트는 모든 것을 깨달았다는 듯 움직이고 있었다.

아리아의 손을 잡고, 아마조네스가 물러났던 것과는 반대 방향, 미궁처럼 펼쳐진 뒷골목 안쪽으로 도주했다.

"불꽃이 길을 가로막았군……. 교활한 놈."

활활 소리를 내며 타오르는 불꽃의 벽에 엘미나는 무표

정한 채 푸념했다.

그 직후, 소란을 알아차린 병사들이 나타났다.

"이 폭발은 뭐냐………… 웃?! 에, 엘미나 님……."

"이 너머로 왕녀가 도망쳤다. 구역을 통째로 에워싸고 몰아붙여라."

나타나자마자 목소리를 높이려던 병사장은 엘미나를 알아보고는 몸에 걸친 갑옷 속에서 겁에 질린 목소리를 냈다.

그런 그와 병사들에게는 관심도 두지 않은 채 엘미나가 명령하자, "네, 네엣!" 하고 병사장은 두말없이 따랐다. 남은 얼마 안 되는 병사들에게 소화활동을 맡기고 자신들은 엘미나가 가리킨 뒷골목으로 흩어졌다.

그 모습을 흘끔 본 엘미나 또한 밤이 밀려드는 어스름 속으로 몸을 녹이듯 사라져 아르고노트 일행을 쫓았다.

"오빠!"

추적자가 행동을 개시하는 동안, 가장 먼저 아르고노트에게 달려온 것은 지팡이를 든 피나였다.

"아아, 살았어……. 용케 여기를 알았구나, 피나……!"

"몇 년이나 오빠의 동생을 하고 있는데요! 일부러 눈에 뜨이면서 북쪽이며 동쪽에서 사람들을 『서쪽』으로 모은 움직임! 그러면 오빠가 갈 곳은 『남쪽』밖에 없으니까요!"

하나를 들으면 열을 이해해주는 여동생에게, 벽에 기대섰던 아르고노트는 힘없는 웃음을 보였다.

"역시 내 동생이야…… 윽……?!"

"……! 다친 데 좀 보여주세요! 치료할게요!"

오빠의 위치는 알아냈지만 상황까지는 이해하지 못한 피나는, 이 소동이 무슨 일인지 캐물으려 했지만, 다친 곳을 붙든 오빠의 모습을 보고 지팡이를 들었다.

그리고 중얼거린 것은, 불꽃을 불러낸 조금 전의 마법과는 다른 주문.

"【계약에 응하라, 성스러운 바다여. 나의 명에 따라 상처를 치유하라】."

——【라이트 힐】!

그런 목소리와 함께 『치유마법』이 발동했다.

푸른 빛이 아르고노트의 몸을 감싸는가 싶더니 목의 열상, 그리고 옷 안에 펼쳐져 있었던 타박상까지도 깔끔하게 없애주었다.

"다친 데가……!"

곁에서 보고 있던 아리아가 놀라는 것도 무리는 아니었다.

선구자들의 지식과 【이그니스 파투스】라는 거듭되는 실패를 거쳐, 마법종족 엘프의 영창은 오늘날까지 체계화되었다. 체득하려고 마음먹으면 불꽃이나 바람 등 여러 속성의 마법도 다룰 수 있게 되지만, 막힘없이 구사할 수 있는가는 별개의 문제다.

하지만 하프엘프면서도 실전 수준에서 마법을 발동할 수 있는 피나는 보기 드문 재능을 가졌다고 할만했다.

"……고마워, 피나. 또 도움을 받아버렸네."

"상관없어요. 어제오늘 일도 아니니까요. 그보다도……
공주라면, 이 사람이 왕녀님인 거죠?"

그런 여동생의 재능 덕에 몇 번이나 목숨을 건지고 있는
아르고노트는, 몸의 상태를 확인하듯 주먹을 가볍게 쥐었
다 폈다 하더니 고분고분 감사의 뜻을 표했다.

고개를 가로저은 피나는 자신의 옆을 흘끔 보았다.

엘미나에게서 도망칠 때 아르고노트가 말했던 『공주』라
는 단어를 기점으로, 금발 소녀의 정체를 추측했다.

아리아는 그저 눈을 내리깔고 긍정의 침묵으로 대답할
수밖에 없었다.

"공주님을 왕성으로 데리고 돌아가는 게 일인데, 병사를
적으로 돌리고! 이렇게 다치기까지 하고! 대체 무슨 생각
을 하는 거예요, 오빠!"

정론으로 힐문하는 피나에게, 아르고노트는 주위를 경
계하며 진지한 눈빛으로 말했다.

"피나…… 나는 이 사람을 왕도에서 도망치게 해주고
싶어."

"엑……."

"그게 힘들다면 어딘가에 숨겨주고 싶어."

당황한 피나는 견디지 못하고 목소리를 높여버렸다.

"마, 말도 안 돼요! 병사들이 얼마나 동원됐는지 알기나
해요?!"

피나의 항의는 지극히 당연한 것이었다.

이미 도시 서쪽으로 주의를 끌어놓은 아르고노트의 의도는 드러나고 있었다. 왕녀가 이 구역에 있다는 것이 알려진 지금, 병사들은 속속 모여들 것이다. 겨우 셋이서 벗어나기에는 너무나도 어려운 상황이었다.

무엇보다도 『영웅 후보』에게 내려진 왕명을 거역하면서까지—— 그렇게나 염원했던 『영웅』으로 가는 티켓을 놓아버리려 하는 아르고노트의 모습에, 피나는 곤혹스러워할 수밖에 없었다.

"이제 막 만난 사람을 위해 어째서 그렇게까지……!"

"난 공주의 사정은 몰라. 하지만 그녀가 혼자서『무언가』로부터 도망쳐왔다고 한다면!"

그런 피나의 『어째서』에, 아르고노트는 자신의 마음을 정면으로 부딪쳤다.

"그녀가 웃지 못한다면! 그녀를 성에 돌려보내선 안 돼!"

"!"

크게 뜨인 소녀의 눈에, 평인 청년은 웃음을 건넸다.

"**평소랑 똑같아**, 피나. 나는 도저히, 슬퍼하는 사람을 내버려 둘 수가 없어. 나는 어디서든 웃음을 꽃피우지 않으면 직성이 풀리질 않아."

"우……."

그것은 그들 남매가 아니고서는 이해할 수 없는 말.

부드럽게, 진짜 오빠처럼 웃음을 짓는 아르고노트에게,

피나는 입을 꾹 다물었다. 그 표정은 슬픔의 표정과도 비슷했다.

지금과 『과거』를 겹쳐보듯, 하프엘프 소녀는 갈등하며 아무 말도 할 수 없게 되었다.

"아르…… 나는……."

그런 괴로워하는 피나의 옆얼굴을 보고 아리아가 견디다 못해 끼어들려 했다.

"아무 말씀 하지 마세요, 공주! 모두 이 아르고노트에게 맡겨주시죠!"

하지만 광대는 그 말이 이어지도록 두지 않았다.

재미없고 비극적인 대사가 실린 대본 따위 내팽개쳐버리듯, 뜬금없을 정도로 밝은 웃음을 지었다.

"무언가에 겁을 먹고 슬퍼하는 당신을 구해내고 말 테니까요!"

"…………아르."

그런 청년의 모습에, 대본을 빼앗긴 아리아는 말을 이을 수 없게 되고 말았다.

무거운 짐이 되고 싶지 않다는 소녀의 마음은 덧칠되었다.

무엇보다도, 정말로 『운명』으로부터 도망칠 수 있는 것은 아닐까 하는 일말의 희망이 약한 소녀의 마음을 흔들고 말았다.

하지만 상황은 두 소녀가 망설이도록 내버려 두지 않았다.

날카로운 호루라기 소리가 아르고노트 일행 사이를 휩

쓸고 지나갔던 것이다.

"경적 소리?! 병사들에게 들켰어!"

"뒤쪽의 길로 가자! 피나, 힘을 빌려줘!"

"아아 정말! 어떻게 돼도 난 몰라요!"

피나는 자포자기한 채, 아리아의 손을 잡고 달려나가는 아르고노트의 뒷모습을 따라갔다.

뒷골목 안쪽 깊은 곳으로 향하는 아르고노트 일행을 쫓아, 병사들은 마치 하이에나와도 같이 집요하게 따라갔다. 경적은 끊임없이 울려 퍼졌다. 화살까지 날아들었다. 뾰족한 귀 바로 옆을 스치고 지나간 화살촉에 피나는 깜짝 놀라, 이제는 돌이킬 수 없다는 것을 깨달아야만 했다.

"먼저 가세요!"

아르고노트와 아리아를 보내고 자신은 제일 뒤로.

재빨리 읊조린 것은『병행영창』.

후방으로 시선을 날리며 피아간의 거리를 정확히 가늠하고, 상반신을 튼 것과 동시에 기마사격과도 같이 지팡이를 들어『마법』을 시전했다.

재빠른 마법 시전에 제대로 경악하지도 못한 병사들은 대처할 틈조차 없이 번개의 화살에 잡아먹혔다.

"끄와아악?!"

"아아, 도시의 병사들에게 위해를 가하다니…… 우린 『영웅』은 고사하고『수배범』이 될 거예요, 오빠!"

꽈광—! 하고 등 뒤에서 솟는 작열의 소리에 울고 싶은 기분을 느끼며 피나는 견디지 못하고 외쳤다. 그런 그녀의 마음속 탄식을 아는지 모르는지, 도주를 이어나가는 아르고노트가 되받아쳐 외쳤다.

"피나, 쓸데없는 생각은 하지 마! 그보다도 느끼는 거다, 아리아 공주를!"

"네?"

"조금 전에는 확인할 틈도 없었겠지만 공주의 얼굴을 다시 보렴! 세상에서 제일 귀엽단다!"

두 사람을 따라잡은 피나가 오빠와 손을 잡은 금발 소녀와 나란히 서서 달렸다.

숨을 헐떡이며 땀 때문에 살짝 촉촉하게 젖은 피부를 상기시킨 아리아와 피나의 눈이 마주치기를 몇 초.

"아, 아름다워……."

"넷?"

그 오빠에 그 동생이었다.

"후아아…… 후아아아…… 너무너무 예뻐~. 지금부터 언니라고 불러도 될까요?"

"엑……."

뺨을 물들이며 넋을 잃고 헛소리를 하는 피나에게, 아리아는 상황도 잊고 반쯤 질겁했다. 아르고노트 때와 마찬가지로. 참고로 아리아보다도 피나가 연상이었다.

바보 오빠에게 향하는 것과 같은 시선을 받은 피나는 흠칫 어깨를 떨었다.

“──가 아니고!! 알겠어요, 저도 아리아 씨를 위해 협력할게요! 저의 사랑을 위해 저 사람들은 죽어줘야겠어요!”

“하하하하! 역시 남매는 취향이 같구나! 사랑인걸!”

‘이 남매 이상해…….’

제정신을 차렸는데도 언동이 이상한 동생과 오빠의 웃음소리가 겹쳐졌다.

그 모습에 아리아는 역시 마음의 거리를 멀찍이 벌리고 말았다.

“오빠도 가까이 오지 마세요! 아리아 씨가 더러워져요!”

“너무한다?!”

기습적으로 오물 취급하는 피나에게 비명을 지르며, 아르고노트는 뛰는 속도를 높였다.

도주극은 이어졌다.

왕도가 완전히 밤의 어둠에 휩싸여 주위는 어두워지는 한편, 경적 소리와 군화 발소리와 불꽃, 혹은 번개의 굉음이 뒤얽히고 울려 퍼졌다. 성하마을의 중앙 구역, 대로 근처의 주민들은 마물이 쳐들어온 것은 아니라는 병사들의 설명을 듣기는 했지만 대체 무슨 일이 일어난 거냐고 불안을 감추지 못했다. 그들의 시선 너머에서는 왕성에서 더 많은 병사들이 나와 남쪽 구역을 향해 나아가고 있었다.

“겁먹지 마라! 진격! 저항하는 자는 둘뿐이다!”

전장이라고 하기에는 살벌하지 않고, 그렇다고 평범한 소동이라고 하기에는 격렬한 작렬의 소리가 울려 퍼지는 가운데, 부대를 이끄는 병사장의 목소리가 몇 번이나 솟아나왔다.

"숫자로 밀어붙여! 반드시 왕녀를 사로잡아라!"

병사들은 짧은 노성과 함께 갑주 소리를 울렸다.

나이프를 번뜩이며 미끼 역할을 맡은 평인에게 달려들었다가, 그 즉시 마법을 쏘아대는 하프엘프에게 날아가버리며, 횃불을 한손에 들고 왕녀와 『유괴범』들을 몰아붙였다.

"수가 너무 많아요……! 아무리 날려버려도 적이……! 오빠!"

"나도 알아! 생각해라, 생각하는 거다…….."

조바심을 감추지 못하는 피나에게 대꾸하며 아르고노트는 발을 멈춘 채 생각에 들어갔다.

병사들은 어둠 속에 몸을 숨긴 채 횃불을 들지 않은 아르고노트 일행을 보지 못하고 지나쳤다. 반대로 절약을 위해 조명도 켜지 않는 마을 생활을 오랫동안 했던 남매는 밤눈이 밝았다.

인기척 없는 뒷골목에는 만족스러운 광원도 없어 어두컴컴했지만, 머리 위에는 구름에 숨은 달 대신 별빛이 보였다. 이 정도로도 아르고노트와 피나에게는 지나치게 밝을 정도였다. 자신들과 적의 위치를 정확하게 가늠한 두 사람은 아리아와 함께 몸을 숙이고 흐트러진 호흡을 가다듬었다.

"적은 반드시 포위망을 펼칠 거야. 구획 째로 우리를 에

워쌀 작정이지. 그렇다면 돌파구는 있을까? 퇴로는 남아 있을까?"

입가에 가져다 댄 아르고노트의 손 틈으로 초조함이 배어 나오는 무의식의 독백, 계산과 생각의 파편이 새어 나왔다.

숫자의 불리함은 어떻게도 할 수 없다.

그저 도망치기만 하는 거라면, 아르고노트와 피나에게는 가능하다.

그러나 아리아에게는 그것도 어렵다.

병사들, 그리고 엘미나가 취할 작전을 간파하고 정확하게 예측하며 구멍이 없는지를 모색했다.

"미끼나 함정, 아니면 둘로 갈라져 교란하는 건 어떨까? 얇아진 포위망의 한쪽만 뚫으면 돌파할 가능성도——."

"…………어째서?"

그렇게 땀을 흘리는 청년의 옆얼굴을 코앞에서 빤히 바라보는 아리아는, 견디지 못하고 물어보았다.

"어째서야, 아르? 그렇게 상처를 입으면서까지, 어째서 당신은 날……."

그것은 조금 전 피나가 보인 의문의 연장선상에 있는 질문이었다.

서로 알게 된 지 아직 하루도 지나지 않았다.

서로를 제대로 알지도 못한다. 심지어 아리아는 자신의 정체를 속였다.

그런데도 왜 그렇게까지 헌신하는가.

"『영웅』이 되고 싶은 거 아니었어? 나만 넘겨주면 당신은 『영웅』의 칭호를……"

"난 아직 당신의 진짜 웃음을 보지 못했어요."

청년이 지은 미소에 아리아는 말을 잃었다.

"여자아이 하나 웃게 해주지 못한다면 『영웅』이 될 수 있을 리 없죠! 안 그런가요?"

그런가 하면 미소를 지우고는, 평소처럼 우스꽝스럽게 행동하기 시작했다.

그런 아르고노트에게 아리아는 되물었다.

"……반대 아니야? 하나를 희생해서 백을 구하고, 『영웅』이라는 영광을 얻는 거잖아."

"그런 생각도 있겠죠! 하지만 내가 바라는 영웅은 그렇지 않아요!"

아르고노트의 의지는 변하지 않았다.

그가 내세운 영웅상은 흔들림이 없었다.

"우선 하나! 그걸 이루고, 그제야 그다음이 열! 하나를 버리고 얻은 백은…… 분명, 무언가가 다를 거예요."

한순간 쓸쓸한 표정을 지은 아르고노트는 이내 다시 웃음을 머금었다.

"겉만 번드르르한 말이라는 건 알아요! 하지만 저는 그렇게 구한 하나가 언젠가 백이 될 거라고, 그렇게 믿습니다!"

"그렇게 구한 하나가, 백이 된다……."

아르고노트의 그 말을, 아리아는 눈을 크게 뜬 채 받아들였다.

곱씹듯 입술로 따라가고, 자신의 가슴속에 떨어뜨렸다.

두 사람이 그러는 동안에도 병사들의 발소리는 무시할 수 없을 거리까지 다가왔다.

"오빠, 추적대가 와요!"

"그래, 가자!"

피나가 찰나의 휴식이 끝났음을 알리고, 아르고노트도 고개를 끄덕였다.

돌아보며 손을 내미는 청년의 얼굴을 아리아가 빤히 바라보았다.

"……."

그리고 손을 잡고, 마주 쥐면서, 결의를 담듯 달려나갔다.

마법의 소리가 성하마을에서 메아리쳤다.

밤의 어둠 아래, 몇 번이나 빛을 발하는 성하마을의 양상에 왕성의 병사들도 화급하게 움직였다.

"……무슨 소란이야? 성하마을에서 뒤숭숭한 소리가 들리는데."

그런 가운데 왕성의 주랑(柱廊)에서 한 소녀가 병사를 불러세웠다.

갈색 피부에 까만 장발.

『무녀』나『신관』을 방불케 하는 의상을 입은 점술사였다.

"오르나 님! 사실은『영웅 후보』의 일부가 왕명을 거역했다고 해서……!"

발을 멈춘 병사는 왕의 손님인 점술사 소녀에게 공손한 태도로 정보를 밝혔다.

"그러나 안심하십시오! 엘미나 님을 비롯해 굴강한 왕도의 병사들이 대응하고 있으니까요. 아리아드네 님도 금방 돌아오실 겁니다."

"그래…… 그럼 가봐."

"예!"

오르나의 말에 병사는 달려가 버렸다.

그 뒷모습을 한동안 바라본 후, 소녀는 시야를 옆으로 향했다.

언덕 위에 세워진 왕성은 시점이 높다. 밤의 어둠에 잠겼다고는 해도 횃불의 빛을 밝힌 성하마을은 잘 보였다.

지붕을 떠받치는 굵은 기둥 하나에 몸을 기댄 채, 오르나는 지금도 잇달아 번쩍거리는『남쪽』구역을 바라보고 있었다.

"우오오오오오!"

"큭!"

밀려드는 칼날.

괘씸한 범죄자를 응징하려는 가차 없는 일격을, 아르고노트는 땅으로 몸을 날려 아슬아슬하게 피했다.

꼴사납게 쓰러지는가 싶었지만, 엇갈려 지나가며 병사의 오금에 나이프를 휘둘렀다.

"끄악?!"

"하아, 하아……! 피나, 북쪽이다! 북쪽으로 가!"

갑옷에 보호받지 못하는 급소——관절의 가동범위 확보를 위한『이음매』——를 공격당해 병사는 쓰러졌다.

포위망의 강행돌파를 단행하면서 상대한 마지막 한 겹. 이쪽을 잡으려는 목소리들이 주위에서 끊임없이 오가고 있지만 이미 근처에는 병사들이 없었다.

재빨리 일어난 아르고노트는 숨을 헐떡이며 지시했다.

"원군의 기세가 약해! 수비가 얇은 건 거기뿐이야!"

"아, 알았어요!"

아리아의 호위로 역할을 바꾼 피나가 고개를 끄덕이고, 그녀의 손을 잡아 아르고노트의 적확한 상황판단에 따르려 했으나.

"어디로 갈 생각이지~?"

"다, 당신들은……!"

"평인『영웅 후보』들?!"

눈앞을 가로막고 선 네 명의 평인을 보고 피나도, 아르고노트도 놀라 목소리를 높였다.

"진짜 있었잖아, 왕녀님이다!"

"너 이 자식, 아르고노트…… 우릴 속였겠다!"

"……큭."

아름다운 금발 소녀를 보며 기뻐하는 자, 속았다는 것을 깨닫고 분개하는 자, 제각각의 반응을 보이는 평인들에게 아르고노트는 낯을 찡그렸다.

정말 타이밍이 좋지 않았다.

아니, 얼른 아리아를 도시 밖으로 데리고 나가지 못했기에 맞은 결말이며 자신의 실수였다고, 아르고노트는 인정할 수밖에 없었다.

"우릴 가지고 놀았겠다……. 병사들이 오기 전에 해치워 버려!"

"……젠장!"

충돌은 불가피했다.

얼른 판단하고, 아르고노트는 달렸다.

놀리고 이용하려던 것이, 사실은 자신들이 아르고노트에게 놀아나고 있었다. 그 굴욕도 한몫 거들어, 평인 용병들의 표적은 당연히 광대에게 집중되었다.

그것을 간파하고, 돌격했다.

자신에게 분노와 공격을 집중시키고, 단 한 번이라도 좋으니 **버틴다**.

아르고노트가 해야 할 일은 그것이면 족했다. 그러므로 네 차례 날아온 검과 도끼, 주먹, 발길질을 막고 얻어맞아,

호쾌하게 나가떨어졌다.

그다음에는 아르고노트가 결정타를 맞기 전에 고속으로 영창을 엮은 피나가 마법을 발동시키면, 끝.

"【게일 블래스트】!"

""""으가아아아아아아아아악!!""""

낮에 왕성의 안뜰에서 벌어졌던 『선정의 의식』을 재탕하는 모습이었다.

미끼를 자청했던 오빠의 뒤에서 동생이 마포 준비를 마치고, 쏜다.

여기서도 광대의 행동에 휘둘린 『영웅 후보』들은 강풍을 받아 뒷골목의 벽에 처박혔다.

"커허억……?! 빌어먹을, 이 자식들……!"

"큭……! 오빠, 어서——."

쓰러졌으면서도 분노에 가득 찬 『영웅 후보』들을 보고 피나는 자기도 모르게 씁쓸한 표정을 지었지만, 그러면서도 포위망 밖으로 서둘러 달아나려 했다.

그러나 그 자리에——『음색』이 흘렀다.

"지금 그건…… 리라 소리?"

구름에 가려진 달 대신 지켜보는 듯, 유려하고도 애수가 깃든 선율이.

"——높은 곳에서 구경하며 장난질이나 치는 음유시인의 짓이겠지."

움직임을 멈춰버렸던 피나에게 돌아온 것은 남자의 목

소리.

흠칫 놀란 피나가 돌아보니, 미로처럼 교차하는 뒷골목 중 하나, 어두운 안쪽에서, 회색머리를 찰랑거리는 웨어울프가 나타났다.

"아니지, 진짜 장난질이나 하는 바보 놈들이 여기 있으니까."

"유리 씨?!"

경악한 것은 소녀만이 아니었다.

"드워프 전사 가름스……!"

그녀보다 앞장서서 가던 아르고노트와 아리아의 눈앞에도, 거대한 워해머를 걸머진 드워프가 가로막고 있었다.

"뭘 하고 있는 거야, 네놈들. 왕녀를 데리고 돌아오라는 게 명령이었을 텐데. 왜 거기에 대들고 있어?"

앞뒤를 가로막힌 꼴이 된 남매를 노려보며, 피나와 대치한 유리가 물었다.

"심지어 왕성 병사들까지 쓸어버리고…… 제정신이냐?"

"조, 좀 들어보세요, 유리 씨! 공주님이 곤경에 처해 있어요! 그러니까 우리가 도와주려고……!"

"이유는?"

"네?"

"곤경에 처한 이유는 뭔데?"

그 물음에 피나는 대답이 궁색해졌다.

만난 지 얼마 되지 않은 남매는 소녀의 사정을 듣지 못했다. 아리아의 괴로워하는 표정이, 그리고 그녀를 몰아붙이는 상황이 이를 용납해주지 않았다.

"그, 그건 모르겠지만요…… 하지만, 정말 곤경에 처했어요! 그러니까, 도와주세요!"

"도와? 도와달라고? 너희 남매는 얼마나 후안무치한 거냐!"

그 순간 유리의 두 눈썹이 곤두섰다.

이제까지 들어보지 못했던 큰 목소리에 피나의 어깨가 흠칫 떨었다.

"곤경에 처했으니 의미도 없이 도와준다? 영문도 모르고 싸운다? 그딴 건 아무것도 모르는 어린아이랑 다를 게 없어!"

"웃……."

"그딴 걸 어떻게 도와달라는 거냐! 어째서 내 사명과 저울질을 해야 하는 거냐! 바보짓의 극치로군!"

유리는 부족을 위해 어떻게든 이곳에서 『영웅』이 되어야만 한다.

그것을 버리고 피나와 아르고노트의 독선을 도와줄 리가 없다. 그러기에는 유리와 그들의 입장은 너무나도 달랐다.

한 마디도 받아칠 수 없는 하프엘프 소녀를 노려보던 유리는, 이내 눈썹을 늘어뜨리고는 안타깝다는 것처럼 보이기도 하는 눈빛으로 말했다.

"……무엇보다, 이미 늦었어. 우리가 도와준다 한들 너희는 이미……."

등 뒤에서 이어지는 유리와 피나의 대화를 들으며, 아르고노트는 눈앞에 선 가름스를 바라보고 식은땀을 흘렸다.

"뭘 하나, 광대."

"……글쎄, 뭘로 보여? 도피행일지, 아니면 사랑의 도주일지, 어쩌면 오래전에 사라져버린 기사도에 몸을 바치는 건지도 모르지."

동요를 들키지 않으려 하는 광대의 가면은 벗겨지지 않았다.

너스레를 떨며 입가를 틀어 올렸다.

"부디 그 맑은 눈으로 지켜봐 주면 좋겠는데."

"특기인 말장난으로 얼버무리겠다, 이거군. 혹시 왕녀의 미모에 홀려버린 거냐?"

가름스가 아르고노트의 배후, 피나가 등 뒤로 지키고 있는 아리아를 흘끔 보았다.

"그렇다면 그 여자는 그야말로 마녀로군."

"……."

가름스의 기탄없는 혹평에, 아리아는 벌을 받은 것처럼 눈을 내리깔았다.

이내 망토를 펄럭여 소녀를 등 뒤로 감싸며, 아르고노트는 가름스의 시선으로부터 아리아의 모습을 가로막았다.

"그만두시지, 강한 드워프 전사. 어느 시대, 그 어떤 때에도 어리석은 건 여자가 아니라 남자 쪽이었어. 안 그래?”

“……나는 너를 잘 모르겠다, 어리석은 평인. 비열한 패배자인 것 같으면서도, 그렇게까지 해서 상처 입은 아낙의 방패가 되려 하고.”

그때 처음으로 가름스는 표정을 바꾸었다.

전사의 얼굴에서, 탄식을 머금은 노인 같은 얼굴로.

혹은 칭송을 보낼지를 망설이는 기사 같은 표정으로.

“광대인지 전사인지…… 혹은 다른 무엇인지.”

“『영웅』이 되고 싶은데, 나는.”

“너한테는 무리다.”

“…….”

하지만 그래도 드워프 전사는 가차 없이 내쳤다.

현실을 들이대, 상대의 숨통을 끊듯, 해야만 할 말을 던졌다.

“주위를 봐라. 너희는 이미 **글렀어.**”

뒷골목 내에서도 탁 트인 공간에는, 이미 가름스와 유리 이외에도 많은 이들이 속속 나타나고 있었다.

감옥을 만들어내는 수많은 병사들.

이를 지휘하는 병사장.

무엇보다도, 가름스가 아르고노트 일행을 **가지 못하게 지키고 있는** 골목 안쪽, 높은 건물의 옥상에는 단두대의 칼날과도 같이 버티고 선 암살자의 모습이 있었다.

가름스와 유리가 가로막지 않았다면 머리가 몸통과 작

별을 고했을 것이다. 그 사실을 깨달은 아르고노트는 보이지 않는 손아귀에 목을 붙들린 것처럼 침을 꼴깍 삼켰다.

상처 입은 평인 용병들까지 달려와, 그야말로 독 안에 든 쥐였다.

가름스의 말대로 아르고노트 일행은 머잖아 붙잡힐 것이다.

"큭……!"

"나는 드워프…… 생각하는 건 질색이다. 하지만 명령을 실행하기만 하는 병사나, 욕망에 사로잡힌 시시한 놈들에게, 그 강인한 의지가 깃든 눈이 짓밟히는 건, 도저히 참을 수 없군."

가름스에게도 유리와 마찬가지로 양보할 수 없는 『사명』이 존재했다.

하지만 그 사명을 차치하고서라도, 눈앞의 신념이 저열한 것들의 먹이가 되는 것을, 그는 경멸했다.

"놈들이 욕보이게 두느니 차라리 내가 쓰러뜨려주마. 내가 꺾어주마. 그게 전사로서 베푸는 최소한의 자비다."

눈썹을 곤두세우며 커다란 워해머를 두 손으로 쥔다.

"무기를 들어라, 아르고노트. 강한 의지를 가진 나약한 평인."

"……!!"

전사의 긍지가 담긴 두 눈에 꿰뚫려, 아르고노트는 눈을 크게 떴다.

가름스와 마찬가지로 자세를 잡은 유리에게 피나 또한 헛숨을 삼켰다.

"……타향 땅에서 처음으로 만난 남자와 여자. 눈에 보이지 않는 미희의 눈물에 남자는 일어나, 가녀리고 덧없는 검을 쥔다."

리라 소리가 드리워졌다.

아르고노트 일행을 내려다보는 건물의 옥상.

엘프 음유시인은 손에 든 리라의 현을 천천히, 조용히 튕겼다.

"그 가슴에 밝힌 것은 사명인가, 욕망인가, 혹은 어울리지 않는 선망인가."

희곡의 변사처럼 읊조리는 것은 어떤 남자에게 보내는 노래.

"아아, 그 목소리는 늠름하고, 그 모습은 웅장하고, 그 눈은 그저 뜨겁구나."

청중은 없고, 얻을 동전도 없는, 자장가처럼 그저 밤하늘에 들려줄 뿐인 노래. 하지만 그 노래의 곡조가 바뀌었다.

"아아, 그러나 슬프도다. 그는 한 명의 소녀도 구하지 못하니."

리라 또한 탄식했다.

"왜냐하면 그는 아르고노트. 『영웅』이 아닌, 단순한 『광대』……."

눈을 감은 류루는 연민과 함께 그 사실을 노래했다.

"『영웅담』과는 거리가 멀고…… 그가 이를 곳은 틀림없이 비참한『희극』일지니…….”

약 1분.

잔재주가 용납되지 않는 전사들 앞에서, 아르고노트와 피나가 저항할 수 있었던 시간이었다.

나이프의 칼날 하나 통하지 않는 철퇴에 청년은 붙들려, 날아가 버렸다.

주문을 외울 틈도 주지 않는 짐승의 발은 금세 소녀와의 간격을 없애고 지팡이를 차 날려버렸다.

"오, 빠…….”

처음으로 쓰러진 것은 피나.

눈을 감은 유리의 장저타(掌底打)에 머리가 크게 흔들려, 땅에 두 무릎을 꿇었다.

"커, 헉……?!”

그 뒤를 따르듯 이내 아르고노트가.

무표정한 가름스의 손에 의해 벽에 처박혀, 폐에서 공기를 뽑아내며 주르륵 미끄러져 쓰러졌다.

"아르!”

아리아는 아르고노트에게 달려가려 했지만, 머리 위에서 떨어진 그림자에 저지당했다.

"왕녀 아리아드네…… 촌극은 끝났어."

"엘미나……!"

"왕이 기다린다. 이 정신 나간 남매는 더 이상 널 지켜주지 못해."

"……큭!"

아마조네스의 무감정한 눈빛이 소녀를 꿰뚫었다.

아리아가 주춤거리고 있을 때, 하얀 머리카락이 흔들렸다.

떨리는 팔로 지면에서 몸을 떼어내고, 그 얼굴에 웃음을 머금었다.

"공주…… 아아, 잠시만 기다려주시죠…… 그래, 지금, 좋은 생각이 떠올랐어……! 내가 벌거벗고 춤을 추는 거야……! 모두의 주의를 마음껏 끌 테니까……! 그러니까 당신은 도망쳐……."

"아르……!"

아르고노트의 몸은 만신창이였다.

다시 지면에 빨려 들어가려는 것을 견디며, 그 너덜너덜해진 몸과는 달리 우스꽝스러운 언동을 되풀이했다.

그런 어리석고 애절한 광대를 보며, 보석 같은 소녀의 눈이 젖어 들었다.

──아아, 울지 말아줘.

──부디 웃어줘.

──이런 어리석은 나를 보고, 부디──.

"이 웃기지도 않는 놈은 죽인다. 거기 하프엘프도 죽인다. 역적『영웅 후보』따위 필요 없으니."

그런 광대의 모습에, 또 한 명의 여자는 웃지도 않았다. 조소조차 머금지 않았다.

냉담한 두 눈으로 그저 무정하게 명령했다.

"해치워."

"""*예!*"""

수많은 병사들이 평인과 하프엘프 남매를 향해 손에 든 검이며 창을 꽂으려던 순간.

"——멈추십시오!"

"""*！*"""

단순한 고함과는 다른, 『왕의 위엄』이 담긴 제지가 소녀의 입에서 터져 나왔다.

압도당한 병사들은 물론이고 그들의 칼날을 막으려 하던 가름스와 유리도, 엘미나까지도 눈을 크게 떴다.

"위대한 라크리오스 왕가의 혈족—— **왕녀 아리아드네가 명합니다.**"

소녀의 변화에 가장 놀란 것은 아르고노트와 피나.

피나는 땅에서 고개를 들고, 아르고노트는 턱에서 피를 방울방울 흘리며, 몸에 두른 공기가 돌변한 『왕족』을 아연실색 바라보았다.

"나는 지금부터 투항하고 모든 신변을 왕께 바치겠노라 맹세합니다. 그 대신 그 두 사람을 용서하고 풀어주십시오."

"공주?!"

귀를 의심한 아르고노트를 무시하고 아리아는—— 아리아드네는 병사들, 그리고 엘미나를 노려보며 명령했다.

"들을 필요 따위 없다. 너를 끌고 가고 이놈들을 해치우면 그만이니까."

그런 엘미나의 대답도 이미 예상했으리라.

왕녀는 막힘없이, 망설임 없이 품에서 단도를 꺼내더니 자신의 가녀린 목에 들이댔다.

"그렇다면 나는 이곳에서 스스로 목숨을 끊지요."

"……!"

엘미나의 두 눈이 처음으로 크게 뜨였다.

가름스와 유리, 피나와 아르고노트도 일제히 경악했다.

그 언동에 거짓은 없었다. 아리아드네는 아르고노트와 피나에게 위험이 닥친 순간 목숨을 던질 각오를 하고 있었다. 어디까지나 의연한 왕녀는 아마조네스가 제아무리 빠르게 움직이더라도 자신의 목을 찌를 것이다.

피부를 살짝 찔려 솟아난 핏방울이 그 증거였다. 잔혹무도한 암살자도 억지로 교섭의 자리에 앉을 수밖에 없었다.

"『시체』가 돌아가면 당신들도 곤란하겠죠…… 안 그런가요?"

"………………………………."

침묵의 시간은 길었다.

마지막까지 제지할 틈을 찾지 못한 아마조네스는, 그녀

의 위엄에 굴복했다.

"……알았다. 그 바람을 들어주지."

물러나라는 짧은 명령이 떨어졌다.

병사들은 무기를 거두고 뒤로 물러나 감옥 같던 포위망을 풀었다.

병사장과 일부 부대, 엘미나만을 남기고 후퇴한다.

일련의 광경에 유리를 비롯한 『영웅 후보』들이 입을 다물고, 이미 눈물을 머금은 피나는 어떻게든 몸을 일으키려 하는 가운데, 아리아드네는 땅에 한쪽 무릎을 꿇고 있는 아르고노트에게 똑바로 다가갔다.

"아르…… 아니, 아르고노트. 나의 제멋대로인 행동에 말려들게 해서 미안해."

"공주…… 무슨 말을……!"

"그리고 『꿈』처럼 즐거웠어."

아르고노트는 신음하듯 말하는 것이 고작이었다.

그런 너덜너덜한 청년을 보며 아리아드네는 눈을 감았다.

"오늘 꾼 『꿈』 덕분에, 구원을 받았어……. 당신 덕분에 각오를 할 수 있었어……."

아르고노트는 불길한 예감을 받았다.

그것은 코앞까지 닥쳐온 예언이었으며, 피할 수 없는 소녀의 결의였다.

"하나가 백이 된다……. 그렇다면 내가 구한 하나도……."

"공주…… 안 돼…… 그다음 말은 하지 마! 그다음 말은

© kakage

하지 말아줘!"

아르고노트는 눈앞의 소녀에 대해 아무것도 모른다.

그녀가 무엇을 고민하고, 무엇을 저주하고, 무엇을 슬퍼하는지. 가녀리기 그지없는 그 어깨에 얼마나 큰『운명』을 짊어지고 있는지, 전혀 알지 못한다.

하지만 그 심홍색 눈은 보고 말았다.

그녀를 처참할 정도로 속박하는『운명』이라는 사슬의 환영을.

"그건 하나를 잘라버린 백이야! 그 백에 당신은 포함되지 않아! 부탁이니 날 비참한 남자로 만들지 말아줘!!"

소녀의 잘못된 마음을 바로잡아야만 했다.

비장한 결의 따위 부정해주어야만 했다.

왜냐하면 그곳에 아르고노트가 바라는 것은 없었으므로.

"……고마워, 아르고노트. ……안녕, 아르고노트."

그곳에 피어주었으면 했던 미소는, 결코 눈물로 장식된 것이 아니었으므로.

"당신 같은 사람과 만나서…… 다행이야."

처음으로 웃은 소녀의 뺨에 투명한 물방울이 굴러떨어졌다.

가슴이 찢어졌다.

고통의 창이 배와 등을 뚫어버렸다.

비분의 작열에 타오르는 목에서 솟구친 것은 꼴사나울 정도로 통렬한 포효였다.

"아니야…… 아니야!! 나는 그런 웃음을 짓게 만들려고 당신을 도와줬던 게 아니야!"

일어나지 못하는 무릎을 저주하며, 그녀에게 닿지 않는 손끝에서 피를 흘리며.

광대의 가면이 벗겨진 사내는 울부짖고 있었다.

"그런 식으로 웃지 말아줘, 아리아!!"

돌아오는 말은 없었다.

그 대신, 별이 눈을 내리깔았다.

소녀의 미소는 암살자의 팔과 병사들의 벽에 가로막혀, 멀어져간 끝에, 사라져버렸다.

남은 것은 덧없을 정도의 침묵과, 어리석은 사내를 지켜보는 드워프, 수인, 그리고 하프엘프뿐이었다.

"……젠장."

"오빠…….."

밤의 어둠 속으로 사라져간 소녀의 뒷모습을 향해 뻗었던 남자의 손이 소리를 내며 땅에 떨어졌다.

그 모습에 피나가 슬픈 목소리를 떨구는 가운데, 무력함을 악문 절규가 어두운 하늘로 터져나갔다.

"젠자아아아아아아아아아아아아아아아아아앙!!"

CHAPTER 5

5장

소동이 끝나고
~혹은 한때의 휴식~

© kakage

제아무리 마물이 활개 치고 제아무리 대지가 황폐해지더라도, 세상이 끝나지 않는 한 날은 밝고 아침은 찾아온다. 설령 눈을 찌를 듯한 햇살로도 다 태울 수 없는 무력감과 상실감을 한 남자가 맛보고 있더라도.

오늘도 왕도의 하늘은 숫제 가증스러울 정도로 푸르고 하염없이 맑았다.

"왕녀를 호송하느라 수고했다. 딸이 무사히 돌아와 나도 매우 만족한다."

도망친 왕녀를 데리고 돌아오라는 왕명이 내려지고, 하룻밤이 지난 오전.

햇빛이 차단된 알현실에서는 옥좌에 앉은 라크리오스 왕의 쪼글쪼글하면서도 무거운 목소리가 울려 퍼졌다.

그 말을 듣는 것은 벽에 도열한 병사들과 『영웅 후보』들이다.

유리와 가름스, 류루, 그리고 고개를 숙인 피나와 눈을 감은 아르고노트.

"하지만 듣자 하니 나의 왕명을 거역한 자도 있다던데……."

"큭……."

왕의 안구가 뒤룩 꿈틀거려, 어깨를 떠는 피나, 지금도 조용히 고개를 숙인 아르고노트에게 향했다.

위에 놓인 옥좌에서 내려다보는 왕의 두 눈은 위압하듯

노려보고, 한번은 잔학한 빛을 머금기도 했으나…… 이내 안광의 창을 거두었다.

"아르고노트여, 네놈의 죄는 무겁다. 허나…… 왕녀의 배려로 그 죄를 사하겠다. 감사하거라."

그 하달에 놀란 것과 함께 어깨에서 힘을 빼는 피나.

『영웅 후보』의 자격 박탈은 물론이고, 잘못하면 극형을 당할 수도 있었다. 이를 감안하면 허탈감과도 같은 안도감이 찾아오는 것도 무리는 아니었다.

왕녀라는 단어를 듣고 납득하고, 그와 동시에 슬픔 또한 솟아났으나.

"……왕이시여. 한 가지 여쭈어도 되겠습니까?"

"말해보라."

슬픔과 무력감이 뒤섞인 여동생의 곁에서 아르고노트는 눈을 떴다.

왕이 눈썹 하나 까딱하지 않고 뒷말을 채근하자,

"왕녀와 만나게 해주실 수 있습니까?"

"「「「「……!」」」」"

주눅 드는 기색조차 없이, 숫제 뻔뻔할 정도로 자신의 욕구에 충실한 평인 청년에게, 피나와 유리, 가름스가 더 경악했다.

"흐, 하하하하하……! 어제 그 소동을 빚어놓고는 아직도 그런 헛소리를 지껄이느냐? 그 목이 어지간히 필요 없나 보구나."

오히려 왕이 웃음을 참지 못했다.

한 나라의 주인이 베풀었던 자비를 걷어차 버리려 하는 어리석은 자에게 목을 큭큭 울리며, 당장이라도 눈알이 굴러떨어질 정도로 눈을 부릅뜨고 아르고노트를 노려보았다.

"그러나, 좋다. 그 무례도 불문에 부쳐주마."

"…………."

"생각해보면 그것도 불행한 아이지. 어미를 일찍 여의고, 왕족으로서의 책무를 강요당하고…… 숨 막히는 하루하루에 울분을 터뜨려 성을 뛰쳐나갔던 것이리라. 제대로 단속하지 못했던 나에게도 잘못이 있다."

허공에 시선을 보내고 먼 곳을 바라보며 말했다.

눈을 감고 생각에 잠긴 그 모습에 ──어딘가 연극적인 모습에── 아르고노트는 왕의 속을 캐내려는 것처럼 바라보았다.

"허나…… 흐흐, 하하하하.『아르고노트』라. 우스울 정도로 현실을 따라가지 못하는, 거창한 이름이로고."

이내 왕의 눈꺼풀이 뜨이더니, 눈이 활처럼 구부러졌다.

그것은 조소라 불러야 하는 눈빛이었다.

"무슨 말씀입니까?"

"아르고노트라는 말이 가진 원래의 의미는『영웅의 배』…… 영웅들의 뱃사공이라도 될 작정인가? 광대여."

아르고노트의 질문에 라크리오스 왕이 대답했다.

이 자리에서 가장 『영웅』이라는 말과 거리가 먼 광대에게, 비웃음을 던지며.

"어, 그런 뜻이었나요?! 몰랐네~!"

"…………."

하지만 어리석은 광대는 어리석기에 무적이었다.

조소와 모멸을 놀란 표정과 괴상한 목소리로 받아쳐, 그를 놀리려 하던 왕도 입을 다물게 했다. 알현실의 분위기가 단숨에 싸해졌다.

"저 왕이 저런 슬픈 표정을 짓다니……."

"어떤 의미에서는 거물이군요~ 아르 공은."

자기도 모르게 수군거린 가름스에게 류루가 싱글벙글 웃으며 태평하게 대답했다.

그들의 대화가 들렸는지, 왕의 측근인 기사장이 "어흠!" 하고 짐짓 헛기침을 했다.

"……뭐, 됐다. 본론으로 돌아가서. 왕녀를 데리고 돌아온 『영웅 후보』 용사들에게 마지막 시련을 전달하겠다."

옥좌에서 자세를 고쳐 앉은 왕의 발언이 홀에 다시 긴장감을 가져다주었다.

유리를 비롯한 『영웅 후보』들의 시선이 날카로워지는 가운데, 라크리오스 왕이 고했다.

"조만간 적국의 침략이 예상된다. 『낙원』인 이 왕도를 유린하려는 괘씸한 놈들…… 그것들을 모조리 격멸하라."

"다시 말해…… 전쟁에 참가하라는 건가?"

"그렇다. 피비린내에 몰려든 마물 놈들까지 퇴치해야만
한다. 그대들의 힘이 필요하다."
입을 연 유리에게 천천히 고개를 끄덕이고.
왕은 여러 종족을 천천히 돌아보며 약속을 입에 담았다.
"이것이 마지막 시련…… 살아남아 돌아온 자를 『영웅』
으로 인정하겠다."

수많은 이들의 목소리와 발소리에 섞여 식기 소리가 울
리고 있었다
왕성 내의 대식당이었다.
그러나 대식당이란 말은 이름뿐이고, 거의 병사들밖에
없는 대기소를 방불케 하는 장소였다.
그런 나무 테이블에 놓인 식사를, 피나는 말 없이 내려
다보고 있었다.
"왜 그러십니까, 피나 공? 식당까지 와서 아무것도 들지
않고."
"류루 씨……."
"옆에 앉아도 되는지요? 어젯밤에는 여러분에게 손을
내밀어드리지 않고 노래만 부르던 자이지만요."
그곳에 요정 음유시인이 지나갔다.
쟁반에는 채소 샐러드, 본인이 가져온 것으로 보이는 작

은 벌꿀 단지, 그리고 약간의 수프로 이루어진 간소한 식사가 놓여 있었다. 남성인지 여성인지 잘 분간할 수 없을 정도로 몸이 가녀린 이유를 어렴풋이 깨달은 피나는, 이내 느릿하게 고개를 가로저었다.

"……상관없어요. 언니…… 어흠, 왕녀님은 마음에 걸리지만, 우리가 했던 일이 더 막무가내였으니까요……."

"그거 다행이군요. 그럼 실례합니다."

본인이 말한 대로, 아르고노트와 피나가 당하는 모습을 보고만 있었던 류루는 박정하다고도 할 수 있지만, 그렇게 따지면 두 사람이 저질렀던 짓은 비상식적이었다. 유리와 가름스조차 힘을 빌려주지 못했던 상황을 돌이켜보면 일개 음유시인에게 도움을 청하는 것이 더 잔혹하다.

그러므로 아리아드네에 대해 언급하려는 입술을, 지금은 가로막았다.

나무 테이블을 끼고 정면에 앉은 류루에게, 피나는 띄엄띄엄 말을 시작했다.

"……아까 왕이 한 말을 계속 생각하고 있었어요. 그건 결국 싸우다 죽으라는 거죠?"

"십중팔구는요. 뭐, 살아 돌아올 수 있다면 실력을 인정해 거둬주겠다는 것도 본심 아니겠습니까."

류루가 웃음을 머금은 채 고개를 끄덕였을 때, 2인분 발소리가 피나와 류루 쪽으로 다가왔다.

"남아 있는 인류의 영역을 서로 빼앗고 서로 죽이는 불모의 전쟁. 내가 추구한 건 이런 전장이 아니었는데 말일세.”

“인류의 숨통을 끊는 존재 역시 인류라니…… 비웃음이 나올 정도로 어리석어.”

“가름스 씨, 유리 씨…….”

다가온 드워프와 수인을 보며 피나는 고개를 들었다.

서로 다툰 흔적이 있는 귀중한 고기, 산더미처럼 쌓인 흑빵, 그리고 직접 잡아온 것으로 보이는 도마뱀의 통구이가 놓인 두 사람의 쟁반에 피나가 낯을 실룩거리고 있으려니, 류루가 싱글벙글 웃으며 물었다.

“어라어라, 여러분도 이쪽 자리로 오시다니. 어제는 화려하게 싸워놓고 피나 공과 아르고노트 공께 민망하진 않으신지요?”

“엘프와 달리 드워프는 사소한 데에 목매진 않으니까. 인정한 자와는 식탁을 함께 하고 술을 마시지. 그뿐이다.”

류루의 말에 다소 대항하듯 되받아치는 가름스.

내리치듯 쟁반을 테이블 위에 놓고는 자신도 털썩! 하고 자리에 앉는다. 엘프와는 충분히 거리를 두는 그 모습에 진저리를 치며, 유리도 피나의 오른쪽 옆에 앉았다.

“게다가…… 저쪽 자리보단 낫지.”

수인 청년은 그렇게 말하며 시선을 흘끔 돌렸다.

그의 시선이 향한 곳은 식당의 구석, 어디서 훔쳐 왔는지 대낮부터 맥주로 목을 축이는 평인 용병 『영웅 후보』들이었다.

"다음에 살아남으면 우리도 진짜 『영웅』…… 돈도 여자도 손에 들어온다! 여기까지 왔으니 다른 놈들을 걷어차서라도 해내고 말겠어!"

"그치만 전쟁이잖아? 이제까지 했던 싸움하곤 얘기가 달라."

"뭐 아무렴 어때? 적당히 도망쳐다니면 되지. 게다가 전쟁이라면 전리품도 맘껏 챙길 수 있다고!"

"하하, 그건 그래!"

큰 목소리를 낮추지도 않은 채 소란을 피우고 고함을 질러대는 4인조를 보며 유리는 경멸의 표정을 감추지 않았다.

"비열한 도적…… 더러운 하이에나들. 저런 게 옆에 있다간 밥이 목을 넘어가지 않을 거다."

"뭐, 거기 하프 남매가 싫다고 하면 다른 데로 가겠네만."

인상을 쓰는 유리의 정면에서 가름스가 이쪽을 보았다.

피나와, 그녀의 왼쪽 옆에 있던 아르고노트에게 말한 것이었다.

"……앉으세요. 저도 여러분에게 묻고 싶은 게 있으니까요."

조금 전부터 말이 없는 오빠를 대신해, 피나가 가름스와 유리를 맞아주었다.

각자 식사를 시작하고, 별다른 대화도 없이 시간이 흐르는 가운데, 식기가 빈 타이밍을 재 입을 열었다.

"……여러분은, 왜 『영웅 후보』에 지원했나요?"

"뜬금없군. 갑자기 왜?"

"여러분이 싸우는 동기를 알고 싶어서요. 유리 씨의 사정은 이미 들었지만…… 여러분에 대해 하나라도 많이 알면 앞으로 서로 도울 수 있지 않을까 해서요."

흘끔 유리의 눈치를 살피며 솔직한 심정을 토로했다.

전쟁이라고 하는 익숙지 않은 단어를 듣고 불안한 마음이 들기도 했고, 자신들을 포함해 이곳에 있는 다섯 명은 신뢰할 수 있다고, 그렇게 느꼈기 때문이기도 했다. 적어도 아리아드네를 둘러싼 사건에서 대립하기는 했지만 그들은 낯선 자신들에게 성의를 다해주었다는 생각이 들었다.

이미 피나와 아르고노트에게 자기 이야기를 들려주었던 유리는 눈을 감고 아무 말도 하지 않았다.

하지만 반대하지도, 자리에서 일어나지도 않았다.

"그건 약점에 파고들 틈을 주는 것과 종이 한 장 차이지만…… 뭐, 괜찮겠지. 너희의 성격은 싸우면서 나도 잘 알았으니."

그런 피나와 유리의 흉중을 아는지 모르는지, 가름스가 전사의 도리에 따르겠다는 듯 제안에 응했다.

"내 목적은 고향을 탈환하는 거다."

"고향을?"

"그리운 론자 산맥…… 축복받은 대지의 결정은 이미 괴물 놈들에게 유린당했다. 내 고향은 흔적도 없이 멸망했어.”

놀라움을 드러내는 피나에게, 가름스는 먼 시절의 기억을 떠올리듯 조용히 말했다.

“지금은 씨족도 뿔뿔이 흩어져서…… 이 분노와 억울함은 결코 마를 일이 없다.”

무성한 수염으로도 감출 수 없는 드워프의 깊은 감정에 피나는 침통한 표정으로 입을 다물 수밖에 없었다. 지금 세상에서는 흔해빠진 이야기라고는 하나, 흘려넘길 수도 없거니와 안이한 동정을 입에 담을 수도 없었다.

그런 그녀를 대신해 류루가 물었다.

“당신이 언제나 허리에 차고 있는 그 검도 일족의 유품인지요?”

“눈치가 빠르군. 맞았어. 이건 동포들 사이에서 전해져 내려오는 고대의 무구. 언젠가 론자에 도사린 마물 놈들에게 꽂아줄 내 맹세의 검이지.”

가름스는 식사 자리에서도 놓지 않고 허리에 찬 굵고 짧은 검을 주먹으로 쿡쿡 쥐어박았다.

일족의 무기에 등을 돌리는 일 없이 가슴을 펴고 말한다.

“나는 반드시 고향을 되찾을 거야. 그러려면 무기도 필요하고 돈도 필요하지. 병사도, 힘도. 그래서 이 왕도에 왔어. 인류 최호의 낙원인 이곳에.”

“아무리 『보상』을 약속했다고 해도 그 왕이 고분고분 병사를 빌려줄 것 같진 않다만.”

"도중에 되찾은 영토를 주겠다거나 하면 돼. 내 말이 거짓이 아니란 걸 증명하기 위해서라도, 무훈은 필요해."

끼어든 유리에게 코웃음을 치며 대꾸한다.

오른손을 그저 꽉 쥐어 그 굴강한 위팔에 알통을 만들어 보이며 가름스는 대담하게 말했다.

"그『상승장군』미노스인지 뭔지와 동등한 무훈을 세우면 왕도 불만이 없겠지."

"…………. 류루 씨는요?"

가름스가 싸울 동기와 각오를 한 차례 들은 피나는 다음으로 류루를 보았다.

"저 말인가요? 한번 말씀드렸다고 생각하는데…… 이 눈이 본 것을 노래로 만들고 멀리 떨어진 곳으로 옮기기 위해서지요."

"시시하군. 노래나 읊조릴 시간이 있으면 무기를 들고 싸우면 될 것을. 엘프라도 활은 들 수 있을 텐데."

"하하, 농담도 잘하시는군요. 이 가느다란 팔로 얼마나 싸울 수 있겠나요. 저는 여러분 중 그 누구보다도 먼저 죽을걸요."

"흥, 겁쟁이 엘프놈."

어제 왕성의 안뜰에서 치러졌던『선정의 의식』에서 아르고노트와 피나에게 들려주었던 말을 반복하자, 기회를 놓칠세라 가름스가 대들었다. 엘프와 대립하기 일쑤인 드워프의 말을 류루는 깔깔 웃어넘겼다.

"이거 귀가 따갑군요. ……하지만, 그렇군요. 제가 노래에 집착하는 이유를 더 자세히 들려드린다면──『희망』을 위해서랍니다."

"『희망』?"

그 단어에 피나가 반응하자, 음유시인은 "예"라고 고개를 끄덕이더니 눈을 감고 천천히 말을 시작했다.

"정의, 사랑, 우정, 용기…… 미화된 허식이 아닌, 진정한 생명의 조각을 모아, 노래를 듣는 이에게『씨앗』을 심어주고 싶은 것입니다."

그런 음유시인의 말에, 피나는 알지도 못하는 요정 마을의 경치를 머릿속에 환영처럼 떠올렸다.

"씨앗은 이윽고 새싹이, 새싹은 꽃이, 그리고 꽃은 잎을 불러 수목이 되지요. 한 그루로는 폭풍을 면할 수 없는 나무도 모이면 강건한 숲이 되지 않겠나요?"

자연이 풍부한 삼림에 내리쬐이는 따뜻한 볕뉘.

꽃은 흔들리고, 바람과 춤을 추며, 녹색의 노래를 연주한다.

자신의 안에 흐르는 절반의 피가 엘프의 원풍경을 상기시킨 것인지, 류루의 목소리에 피나는 어느샌가 귀를 기울이고 있었다.

그리고 그것은 크든 작든 다른 이들도 마찬가지였다.

"이 암흑의 시대를 초월하려면 인류가 단결할 수밖에 없으니까요. 종족의 울타리를 넘어, 그야말로 커다란 숲으로 모습을 바꿀 수밖에는.”

“너…… 설마 다시 회복될 수 있을 거라고 생각하나? 마물에게 멸망당하기를 기다리기만 하는 이 세계에서?”

귀를 기울이던 유리가 놀란 표정으로 물었다.

“글쎄요 글쎄요, 그건 저도 잘. 그렇기에, 는 아니지만, 기대의 의미도 담아 용사들이 자아낼 노래를 기다리는 것이랍니다. 사람들을 일으켜줄 『희망의 노래』를.”

“……모르겠군. 전혀 모르겠어. 싸우지도 않는 애송이인가 하면, 꼭 현자 같은 눈을 가지고 있으니.”

처음에는 얕잡아보는 눈빛을 보내던 가름스도 이제는 조용한 표정으로 신음하듯 말했다.

“대부분이 숲에 틀어박혀 있는 요정 중에서 너 같은 별종은 별로 없겠지.”

“그럴까요? 저와 비슷한 생각을 하는 분도 의외로 가까이에 있을 텐데요?”

류루는 웃음을 거두지 않은 채 표표한 태도로 흘려넘겼다.

“가까이에……?”

피나가 고개를 갸웃거리자, 음유시인의 눈은 자신의 옆으로 향했다.

조금 저부터 계속 말없이 눈을 감고 무언가를 생각하는 백발의 청년에게로.

잠시 후, 각자의 식기에서 음식이 자취를 감추었다.

꼴깍 목을 울리며 물을 마시고 한숨 돌린 피나는 마지막으로 불쑥 중얼거렸다.

"……이젠, 엘미나 씨에 대해서도 알면 좋겠지만요."

"그 아마조네스는 왕도 측의 『개』였잖아."

"맞아. 왕이 보냈던 첩자였지. 손을 잡을 일은 없을걸. 우릴 염탐하고 있었던 것만도 불쾌한데."

소녀가 중얼거리는 말에 유리와 가름스가 눈살을 찌푸렸다.

그 으스스한 아마조네스가 라크리오스 왕의 부하였다는 것은 아리아드네 연행 때 이미 다 알게 되었다. 유리와 가름스는 엘미나 본인만이 아니라, 그 사실을 숨겼던 라크리오스 왕이나 왕도 측에게도 비난을 퍼부었다.

"게다가 전에도 말했을 텐데. 그건 사는 세계가 다르다고. 우리한테는 없는 척도, 이해할 수 없는 관념으로 움직이지."

"……!"

"내기해도 좋아. 우리가 마음에 안 드는 행동을 보이면 그놈은 틀림없이 우리 앞을 가로막을 거다."

유리가 조금 무서울 정도로 진지한 표정을 지으며 피나에게 다짐했다.

피나가 헛숨을 삼키자, 류루 또한 고개를 끄덕였다.

"저도 그 점은 유리 공과 같은 의견입니다. ……하지만 『엘미나』라는 이름…… 분명 모를 텐데도 어디선가 들어본 적이 있는 듯하군요……."

언제나 종잡을 수 없는 음유시인은 문득 웬일로 석연찮은 목소리를 냈다.

미간에 살짝 주름을 잡으며 눈을 감은 요정에게 모두들 의아하다는 시선을 보내고 있으려니, 이내 대충 표정을 거두고 선선히 생각을 중지했다.

"뭐 필요하면 언젠가 생각이 나겠지요. 하던 말로 다시 돌아가자면, 피나 공은 왜 그렇게까지 신경을 쓰는 겁니까?"

"……모르겠어요. 하지만 무언가 마음에 걸려서……."

질문을 받은 피나는 눈꼬리를 늘어뜨렸다.

엘미나와 만나, 언제부터인가 말로 표현할 수 없는 감각을 품고 있었다.

구태여 말하자면 『공감』일까?

그녀의 무엇에 공감하려 하는지 알 수 없다는 시점에서 우스운 억측임에는 틀림없었지만.

"왕이여…… 정말 괜찮았던 건가? 그 사내를 죽이지 않아도."

알현실.

피나 일행이 식당에 있을 때, 사람들을 치운 홀 내에서 엘미나의 감정 없는 목소리가 울려 퍼졌다.

"왕녀에게서 모종의 『정보』를 들었을지도……."

"상관없다. 놈을 보아하니 틀림없이『핵심』에는 이르지 못했을 터. 네가 말한 것과 같은 버러지라면 처분은 언제든 가능하다."

옥좌에 깊이 몸을 묻고 앉은 라크리오스 왕은 담담히 말했다.

"게다가 마침……『어리석은 자』가 필요했지."

그러더니 이내 눈을 뜨고는, 누런 이를 드러내며 추악하게 웃었다.

으스스하다는 말로밖에 표현할 수 없는 웃음에 엘미나는 베일 안에서 슬쩍 표정을 바꾸어 경멸의 감정을 숨겼다.

"내 손바닥 위에서 놀아나도 좋고, 놀아나지 않아도 좋고……. 그때가 오면 한껏 이용해주지. 크하하하……."

한바탕 몸을 흔든 왕은 천천히 웃음의 충동을 거두고는 이내 메마른 시선으로 아마조네스를 꿰뚫어 보았다.

"엘미나, 너는 소중한『여동생』의 곁으로 돌아가라. 상처 하나 입히지 않도록 호위해라."

"……알았다."

왕과 오른팔, 혹은 주인과 신하.

그런 말 따위와는 어울리지 않을 정도로 냉담하게, 두 사람의 대화는 끝났다.

두 사람의 관심은 사실 단 한 명의『점술사』에게 쏠려 있었다.

"……그건 그렇고, 이봐, 광대. 아까부터 왜 말이 없냐."

대식당에서 유리의 다소 난폭한 목소리가 흘러나왔다.

그것은 평소 시끄러운 것만이 장점이었던 광대의 침묵을 으스스하게 여겼기 때문이기도 하고, 동생에게 맡겨놓은 채 어젯밤의 사건에 대해 말하려 하지 않는 데 대한 짜증 때문이기도 했다.

"어제의 미친 짓은 대체 뭐였어? 왕녀랑 무슨 일이 있었던 거야?"

"유, 유리 씨! 오빠는, 지금은…….."

"너한테 안 물었어. 광대, 그 입을 열고 뭐라고 말이라도 좀 하면 어때."

어젯밤 아르고노트의 슬픈 모습을 떠올린 피나가 말리려 했지만 유리는 듣지 않았다. 호박색 두 눈으로 노려보자 청년이 이윽고 눈을 떴다.

"……그랬지, 미안해. 맞아. 지금 해야 할 말이 있었어."

엄숙히 고개를 끄덕이고 자세를 바로 하더니, 뜸을 들이며 일행을 둘러본다.

그리고, 말했다.

"그건 즉—— 류루, 너 남자야, 여자야?"

© kakage

"이 분위기에 그 얘기가 왜 나와?!?!"

웨어울프의 늑대 펀치가 테이블 위에 작렬했다.

한껏 뜸을 들여놓고는 완전히 뜬금없는 화제를 투하한 광대에게 분노의 포효를 터뜨렸다.

"분위기 좀 파악하세요 오빠! 근데 저도 궁금하긴 했어요!"

"그래, 나도 엘프의 빈궁한 몸 따위에는 전혀 관심 없다만 자꾸 고개가 갸웃거릴 정도로는 궁금했다!!"

피나도 가름스도 눈썹을 치켜세우고 입을 크게 벌리면서도 아르고노트의 의문에 편승했다. 심지어 가름스는 몸을 앞으로 내밀며 빠른 어조로 주워섬겨댔다. 유리는 유리대로 바보가 늘어났다며 이마를 손으로 짚고 두통을 참았다.

긴장감이 높아진 웨어울프 이외의 종족.

덜컹! 소리를 내며 의자에서 일어나서는 임전태세.

동료의 시선이란 시선이 한 명의 엘프에게 집중포화.

그런 가운데, 해당 음유시인은 어떤가 하면, 조용한 웃음을 머금고 있었다.

"핫핫핫. 핫핫핫핫."

"웃어넘기려고 해요?!"

"집요하군 류루! 포기하고 불어! 그게 싫다면 벗어!"

신선 같은 웃음소리에 하프엘프의 경악이 겹쳐지고, 광대가 영혼의 포효를 터뜨렸다.

　백발 광대에게는 즉각 옆에서 늑대 펀치가 날아들어 철썩! 하고 바닥에서 지저분한 소리를 냈다.

　"언어란 진실과 거짓이 함께 하는 것. 저에게 그럴 마음이 없더라도 여러분의 귀는 항상 의심을 가지게 되겠지요. 다시 말해 남자일지 여자일지, 여러분이 관측할 수 없는 이상 저의 성별은 이 얇은 옷 아래에서 끊임없이 변화하는 것이랍니다."

　"크으윽, 드워프는 알아먹지 못할 철학을!"

　"철학은 무슨 철학이야……."

　"증명할 방법이 있다면 그것은 조금 전 아르 공이 말씀하셨듯 몸에 걸친 이 옷을 벗는 것뿐. 그러나, 아아, 진심으로 유감스럽게도 저는 엘프. 일족의 관습에 따라 함부로 맨살을 남에게 드러낼 수는 없답니다."

　웃음을 머금은 채 말을 잇는 류루에게 가름스가 으르렁거리고, 유리는 진저리난다는 표정을 감추려고도 하지 않았다.

　음유시인이 담담하게 증명 불가능성을 설파하자, 아르고노트가 아래쪽에서 불쑥 부활했다.

　진지한 얼굴로.

　"그렇다면 친목을 다지기 위해 우리와 목욕을 하러 가자!"

　"그렇군, 좋은 생각일세! 우리 아니면 거기 하프 아가씨, 어느 쪽을 따라갈지에 따라 이 난제가 결론이 나겠지!"

　"그게 좋은 생각이냐……?"

"하지만낭자애든여자애든좋으니부디저랑같이가주세요 부탁드립니다!!"

아르고노트의 말을 가름스가 받고, 유리가 어이없다는 표정으로 중얼거리고, 다시 아르고노트가 숨도 쉬지 않고 허리를 직각으로 굽히며 애원했다.

쓰레기를 대하는 표정으로 쳐다보는 피나, 『저 자식들 시끄럽잖아』 하는 시선을 보내는 주위의 병사들과 다른 『영웅 후보』들.

그런 의문의 열기를 퍼뜨리는 공간에, 류루가 보내는 것은 싱글벙글 눈을 활처럼 구부린 현자의 웃음.

"제가 남자라 한들 여자라 한들, 피나 공과 목욕하는 것이 유일한 정답 아닐는지요?"

""그, 그건 그래……!"""

충격에 사로잡힌 남자 ×3.

정사논쟁도 새파랗게 질려버릴 절대적인 해답에 아르고노트도 가름스도, 유리까지도 경악해 얼어붙었다.

"같은 처지였다면 나도 틀림없이 피나랑 했을 거야. 그리고 최근 성장의 극치에 달한 가슴을 지긋이 관찰했겠지……!"

"이 바보 오빠――!!"

마침내 하프엘프가 분노의 철권을 어리석은 오빠에게 작렬시켰다.

호쾌하게 테이블 한구석으로 날아가 병사들이 비명을

지르며 일어나고, 그러거나 말거나 류루는 유려한 몸짓으로 궁정시인과도 같이 인사했다.

"그렇게 되어 제가 남자일지 여자일지는 어둠 속으로. 여러분의 기대에 부합하지 못하여 송구스럽습니다."

"뭐, 류루는 나보다도 가슴팍이 얇으니 남자든 여자든 상관없겠지~."

다시 불사성을 발휘해 별일 아니라는 양 일어난 아르고노트의 코멘트에, 류루는 웃음을 머금은 채 구물텅 순간이동해서는 선 채로 아르고노트에게 암록을 걸었다.

"으엣, 끄아아아아아아아아아아아아아아아아아악?!"

변함없이 온화한 웃음을 머금고 있는 엘프와 달리, 지저분하게 울려 퍼지는 평인 청년의 비명.

불사신 킬러의 관절기가 더 큰 소리를 내며, 아르고노트를 망가진 소음발생 오르골로 만들어놓았다.

"아야야야야야야야야아―――?! 팔이, 팔이이이이이이이이이이이이이이이이이이?!"

"뭐라고 말씀하셨던가요, 아르 공?"

"화, 화내는 걸 보니 역시 여ㅈ――ㅏ아아아아아아아아아아아아아아아아악?!"

"화내기는요. 그럴 리가요. 물론 이 행위와 저의 성별은 아무런 관계도 없고말고요. 네, 물론. 핫핫핫."

기술이 더욱 강해져 자신의 팔 관절에서 연주되는 파괴의 선율에 아르고노트의 말은 중간부터 절규로 바뀌었다.

이럴 수가!

류루는 리라를 뜯는 것만이 아니라 인체를 쥐어뜯는 데에도 일가견이 있었군!

같은 소리를 할 여유도 없었다.

그렇다기보다 절찬 비명을 뽑아내고 있었다.

"관절이이! 관절이 끝장나아아아아아아아아아아아아아아아아아아아악?!"

미친 소처럼 발을 바동거려봤자 역효과, 고삐를 너무나도 쉽게 조종하듯 류루의 기술이 더욱 깊이 작렬했다. 류루의 웃음도 더욱 깊어졌다.

솟아나는 청년의 절규에 병사들은 움직임을 멈추고, 평인 용병『영웅 후보』들도 낯을 새파랗게 물들였으며, 피나는 부들부들 떨기까지 했다.

"……역시 싸울 수 있었잖아."

가름스는 무거운 장탄식을 한 차례.

어이없다는 표정을 짓는 드워프의 시선 너머에서, 으아아아아아아아아아아아아아아아아아아악————?! 하는 아르고노트의 대음성이 식당을 넘어 왕성에까지 울려 퍼진 것이었다.

잠시 후.

"바보 때문에 유야무야됐지만…… 결국 그 왕녀는 뭐였던 거야?"

오후가 이미 지나 대식당에서 사람들의 모습이 거의 사라졌을 무렵.

식탁을 에워싸고 앉아, 아직 남은 영웅 후보 중에서 유리가 입을 열었다.

팔을 문지르며 아직도 훌쩍훌쩍 우는 멍청한 오빠를 진저리난다는 듯 노려보던 피나는 고개를 갸웃했다.

"뭐였던 거냐고 하시면……?"

"곤경에 처했으니 도와줬다는 너희도 웃기지만, 대체 **뭐가** 왕녀를 몰아붙였던 거야? 애초에 왜 성에서 도망쳤대?"

유리의 지적에 피나는 흠칫했다.

가름스도 같은 생각이었는지 덥수룩한 수염을 만지작거리며 발언했다.

"왕의 말대로라면, 왕족으로서 울분이 쌓여서 그랬다지만…… 뭐, 곧이곧대로 받아들일 수는 없겠지."

"하긴…… 언니를 데리고 돌아가는 것뿐인데도 병사들, 아니, 왕족의 움직임이 너무 과했던 것 같아요……."

의구심을 품은 피나와 가름스를 가만히 바라보던 류루가 옆에서 슬쩍 정보를 덧붙였다.

"이 라크리오스 왕가는 예외 없이 『단명』한다고 들었습니다. 그 고령의 왕을 제외하면, 왕족은 현재 왕녀 아리아드네 하나뿐."

"네……?!"

"측실도 포함해, 왕비조차도 붕어했다는군요."

그 내용에 피나는 귀를 의심하고 말았다.

"왕족이 둘이라니…… 그, 그러다 대가 끊기는 거 아닌 가요?"

"그렇기에 왕녀를 혈안이 되어 찾았다고 한다면 그것도 수긍이 가기는 합니다만…… 도통 뭐가 뭔지."

그들이 품은 위화감에도 어느 정도 앞뒤가 맞는 가설은 있다고 음유시인은 말했다.

그래도 애매모호한 침묵이 아인들 사이에 흘렀다. 사람의 모습이 사라진 대식당에서 다들 입을 다문 가운데, 아르고노트는 고개를 들고 덧문 밖을 보았다.

하늘은 푸르고, 햇살은 눈부셨으며, 달은 아직 보이지 않았다.

"밤이 됐다…… 시작할까."

그리고 달이 나타났다.

시간은 흘러, 이미 하늘은 어둡다. 어둠이 왕도를 지배했다.

어렴풋이 구름이 걸린 달의 모습은 일부가 이지러져 있었다. 머잖아 가득 찬 달의 얼굴이 보일 것이다. 홀 구조의 주랑에서 하늘을 올려다보며 아르고노트는 그렇게 생각했다.

"보초를 선 병사들……."

금속이 마찰하는 소리를 내며 갑주를 걸친 병사들이 주랑을 나아간다.

숨을 죽이고 기둥 뒤에 몸을 숨긴 채 주위를 살피던 아르고노트는 심홍색 눈을 가늘게 떴다.

"그럼 사용해주지, 나의 은밀술—— 엿보기 위해 함양한 오의를 똑똑히 보라!"

죄 많은 극의를 요령도 좋게 작은 목소리로 외치며 아르고노트는 어둠 속에서 춤을 추었다.

펄럭이는 망토를 그림자와 함께 약동시키며 기둥에서 기둥으로, 복도에서 계단으로.

때로는 작은 돌멩이를 던져 일부러 소리를 내 병사의 주의를 애먼 방향으로 돌리면서, 어둠에 잠긴 왕성을 홀로 달려나갔다.

"샤샥, 샤샤샥, 샤샤샤샥—!"

1층부터 시작된 은신은 2층, 3층, 4층으로 올라갔다.

옆으로도 넓은 성의 구석구석, 층마다 방마다, 거기에 비밀방의 유무까지 조사하는 것은 힘든 정도가 아니라 광기의 소행이었으나, 어둠 속에 춤추는 광대는 평소 보이지 않는 근면함과 꼼꼼함을 발휘하며 왕성을 철저히 뒤졌다.

그가 낳아 헤매는 것은 금발과 눈물에 젖은 청벽색 눈동자.

"공주…… 어디 있지? 방에 갇혀 있다면 역시 최상층

일까?”

중얼거리면서, 소리도 없이 벽에 등을 밀착시켰다.

모퉁이 너머를 슬쩍 엿보고 아무도 없다는 것을 확인한 다음 걸음을 내딛으려 했으나.

“……아니, 그보다도…… 이 성은 뭔가가 이상해.”

발을 멈춘 채 코를 울렸다.

‘현란한 장식으로는 미처 숨길 수 없는『피 냄새』……. 그야 권모술수의 소굴인 왕성에는 이런 게 있게 마련이지만…… 그래도 이건 **지나치게 강해.**’

말로 하는 것도 저어될 정도였다.

알현실로 이어지는 정규 통로를 벗어나면 벗어날수록, 배어든 냄새는 농후해지고 일반인인 아르고노트조차 알아차릴 정도가 되었다. 벽에 걸린 왕족의 초상화, 같은 간격으로 늘어선 갑주, 복도에 깔린 새빨간 융단, 촛농이 아닌 거무스름한 무언가가 묻은 촛대. 대체 얼마나 많은 피의 비를 이런 것들로 덮어 감추었단 말인가.

수인인 유리는 이미 알아차렸을까?

시시한 정치의 전장이라 생각해 구태여 입 밖에 내진 않았던 걸까?

“이 정도로 성에 배어든 냄새는 이제까지 맡아본 적이 없어. 어중간하게 얼버무리려 하는 탓에 쓸데없이『위화감』이 더 심해.”

그래도 **성**이라는 것을 아는 아르고노트가 보기에는 이 사위스러움은 이상할 정도였다.

안쪽에 고인 어둠을 응시하며 소리를 내지 않고 벽에서 몸을 떼고 천천히 복도 너머로 나아갔다.

"내가 생각한 것보다도 더…… 아니, 나 따위가 생각하지 못할 정도로 기분 나쁜『무언가』가 도사리고 있다는…… 그런 생각이 들어."

그 직후였다.

"경고할게, 아르고노트. 그 이상 찾는 건 관둬."

얼음장 같은 목소리가 등 뒤에서 들려온 것은.

"!!"

어깨를 흠칫 떤 아르고노트는 그 즉시 뒤를 돌아보았다.

어느새 나타났는지, 긴 복도의 중심에는 두 팔꿈치를 두 손바닥으로 받친 흑발의 소녀가 서 있었다.

"당신이 아직 어리석은 삶을 구가하고 싶다면."

"넌 분명…… 점술사 오르나?"

유별난 의상과 아마조네스 특유의 갈색 피부는 그리 쉽게 잊을 수 있는 것이 아니었다.

전에 만났을 때와는 다른 분위기를 두른 소녀에게 압도당하는 감각을 맛보며, 아르고노트는 혀를 움직였다.

"……뭘 알고 있는 거지?"

"끝없는 어둠, 인간의 업이라고나 할까."

답은 담담하고도 추상적이었다.

불분명한 문자의 나열에 아르고노트는 입을 다물었다가, 솔직하게, 정면에서, 자신의 속내를 틀어놓았다.

"……난 공주를 만나고 싶어. 그걸로 평생의 이별이라니, 그런 건 인정할 수 없어."

"그건 반했다는 뜻이야? 아니면 네 것으로 만들고 싶다는 추한 수컷의 본성? 혹은 옥좌에 굶주린 얄팍한 야망?"

늘어놓는 말과는 달리 무표정을 조금도 바꾸지 않는 오르나는 단언했다.

"뭐가 됐든 왕녀와 만나게 할 수는 없어. 그녀가 상처 입을 뿐."

"그렇구나……. 넌 상냥하구나."

아르고노트는 슬쩍 미소를 지으며 그렇게 말했다.

소녀의 얼굴은 희미하게 일그러지며 짜증을 내비쳤다.

"……두 번 말하지 않겠어. 이 이상 캐려 하지 마. 가엾은 시체가 하나 남게 돼."

"그래도 나는 가겠어. 공주와 다시 한번 만나러 가겠어."

결코 물러나지 않는 아르고노트에게, 오르나는 두 눈을 바늘처럼 가늘게 떴다.

"그래…… 넌 내가 두 번째로 싫어하는 인간이야."

"!"

"분수를 이해하지 못하는 어리석은 자만큼 감당 못 할 존재도 없지. ……최악의 위선자."

그리고는 딱 잘라 경멸의 감정을 드러냈다.

“……참고로 첫 번째는?”

“——구제할 가치도 없는 추악한 마물.”

소녀의 답에는 가차 없는 혐오가 존재했다.

해당하지 않는데도 예리한 칼날로 찢어발기는 듯한 착각이 아르고노트의 귓가에 느껴졌다.

‘정말 차가운 눈이다……. 나와 나이도 별로 차이 나지 않을 것 같은 소녀가…… 대체 이제까지 뭘 보고 온 걸까?’

얼음장 같은 시선을 정면에서 받아내고 있으니 목덜미에 식은땀이 고이는 기분이었다.

서로를 바라보는 두 시선이 얽혔다.

“경고는 했어. 이 이상은 같이 못 놀아줘.”

그렇게 말하고 오르나는 몸을 돌렸다.

등을 향한 그녀에게 아르고노트가 얼른 몸을 내밀었다.

“기다려줘! 공주가 있는 장소를 가르쳐줄 수 없을까?”

“몰라. 게다가 안다 해도 너한테는 안 가르쳐줘.”

“그럼 공주에게 전해줬으면 하는 말이 있어!”

“……너, 대화가 성립되지 않는다는 소리 자주 듣지 않아?”

“하하, 어떻게 알았어?”

발을 멈추고 처음으로 어이없다는 표정을 보이는 소녀에게, 아르고노트는 환한 웃음을 보였다.

금세 진지한 표정을 짓고는 꾸밈없는 맹세를 바쳤다.

"——공주, 다시 한번 당신을 만나러 가겠습니다! 반드시 만나서 이번에야말로 진심으로 웃게 만들어드리죠! 그렇게 전해줘!"

"…………."

오르나는 눈만을 흘끔 향한 후, 이내 떠나버렸다.

촛대의 불빛으로도 걷어낼 수 없는 어둠 저편을 향해 사라져가는 뒷모습을 바라보던 아르고노트는 입술 사이로 중얼거리는 목소리를 떨구었다.

"……이번에도, 마지막까지 웃지 않았어."

——구제할 가치도 없는 추악한 마물.

소녀가 내뱉은 말이 머릿속에 메아리쳤다.

"『마물』…… 지상에서 날뛰고 다니는 괴물을 말하는 게 아니라…… 사람인가?"

"——오르나."

복도에 울려 퍼지던 소녀의 발소리가 우뚝 멈추었다.

왕성 안뜰이 내려다보이는 복도에서 걸음을 멈춘 오르나의 전방, 그림자 속에서 배어 나오듯 나타난 것은 한 아마조네스였다.

"엘미나……."

"그 남자와 접촉하지 마라."

눈살을 찌푸리는『동생』에게『언니』가 충고한다.

오르나는 그런 충고에, 청년을 상대했을 때보다 훨씬 차가운 안광과 함께 되받아쳤다.

"듣고 있었을 텐데?『경고』해줬을 뿐이야. 어디의 어떤 암살자가 혈안이 되어 시체를 늘리려 하니까."

"…………."

정곡을 찔렸다는 듯 엘미나는 입을 다물었다.

소녀와 아르고노트의 접촉은 우연이 아니었다. 하물며 선의도 아니었다.

눈앞의 아마조네스가 움직이고 있음을 알아차렸기에 『앞질러 왔던』 것이었으며, 이 이상 왕성에 피의 냄새가 감도는 것을 꺼려한『경멸』이었다.

잠시간의 공백에 이어, 엘미나는 얼굴 아래쪽을 가린 베일 속에서 입술을 움직였다.

"……그 남자는 이상하다. 평범하고 어리석은 주제에 주위를 끌어들여선 무언가를 일으키지."

그것은 그녀의 의구심이었다.

말도 안 될 정도로 나약한 수컷이면서, 타고난 전사인 엘미나에게 경종 소리를 가져다주는 헤아릴 수 없는 무언가.

그것은 그야말로『미지』에 대한 곤혹이었으며 경계였다.

"『영웅 후보』놈들도, 왕녀도, 놈에게 물들었다. 너까지 놈의 독에 물들어버린다……."

"무슨 짓을 하든 내 마음일 텐데. 명령하지 마."

그와 동시에『동생』을 근심하는 애정의 반증이기도 했다.

엘미나의 말에 오르나는 갈색 피부에 노기를 띠었다.

말투는 냉담하고 차갑게 내치는 것 같으면서도 표정을
짜증과 경멸 사이에서 떨었다.

"……나는 너를 지킨다. 너를, 계속 지킨다."

베일 안에서 지은 엘미나의 감정은『슬픔』이었다.

"난, 네가……."

"그래, 나는 당신을 싫어해. 언니."

오른손을 뻗으려 하는 엘미나의 행동을 제지하고, 가로
막듯, 고막 위를 미끄러져 떨어지는 드높은 발소리 한 걸
음을 울렸다.

그리고는 막힘없이 걸어 나간 오르나는 엘미나의 옆을
지나쳐, 엇갈려, 딱 잘라 거부했다.

엘미나의『동생』이 떠나간다.

복도가 고독한 침묵에 싸였다.

이제까지 수많은 피에 젖었던 팔에 어울리지 않을 정도
로, 그녀는 눈을 내리깔았다.

CHAPTER

6장

광대 논쟁

무거운 금속제 문이 소리를 내며 열렸다.

누군가가 들어온 기척에 아리아드네는──『감옥』안에서 고개를 들었다.

"……오르나?"

"바보 같은 왕녀님…… 자기 발로 돌아오다니."

어스름한 지하 감옥 안에서 각등을 든 병사를 대동하고 나타난 오르나는 그야말로 새장에 갇힌 왕녀의 모습에 연민을 보냈다.

아리아드네의 옷은 왕족에게 어울리는 것으로 바뀌어 있었다.

어떤 광대와 도시를 돌아다니던 마을 아가씨의 의상과는 다른 순백색 드레스.

왕녀의 미모를 돋보이게 하는 예장이었지만, 이런 감옥에는 어울리지 않는 것이다. 모순이라는 금제가, 속박이라는 왕의 의지가, 혹은 『운명』이라는 이름의 보이지 않는 사슬이 소녀의 싱그러운 몸에 감겨 있었다.

그 가엾은 모습에, 감정을 철저히 감추려는 듯 눈을 가늘게 뜬 오르나는 호위병과 감시병에게 눈짓을 했다.

병사들은 투구 안에서 눈살을 찌푸리는 기척을 풍기기는 했으나, 왕의 손님에게는 거역할 수 없는지 각등을 들고 자리를 떴다.

쇠창살 너머로 소녀들만이 남은 가운데, 두 번 다시 도망치지 못하도록 갇혀 있던 아리아드네는 희미한 웃음을 지었다.

"……미안해, 오르나. 날 성에서 도망치게 해준 건 당신이었지?"

규방의 규수와도 같이, 왕성 깊은 곳에 숨어 있던 힘없는 왕녀가 겨우 혼자서 병사들의 눈을 따돌릴 수 있을 리가 없었다. 충동에 사로잡힌 채 성을 뛰쳐나왔던 소녀의 도주 경로는 누군가가 뒤에서 마련해주었던 것이 틀림없었다.

오르나는 대답하지 않았다.

그러나 입을 다문 채 살짝 눈을 내리깐 그 표정이 모든 질문에 대한 답이었다.

"손님이면서 나 같은 사람을 위해 위험을 무릅쓰다니……고마워, 오르나."

싸늘한 돌바닥에 앉은 채 웃으며 감사를 표하는 소녀에게, 오르나는 침묵으로 대답할 수밖에 없었다.

잠시 후, 하다못해 그 미소에라도 보답하고자 입을 열었다.

"……전해달래. 그 이상한 남자…… 아르고노트가."

"에?"

"말해줄 생각도 없었지만…… 아무것도 모르는 그 남자의 말이 너를 괴롭고 슬프게 한다는 건 알지만……."

아리아드네의 눈이 웃음의 형태에서 멀어졌다.

오르나가 입에 담은 것은 망설임과 변명.

가엾은 소녀에 대한 이해와 갈등.

"하지만 이런 세상에서도 한 명은 네 삶을 바란다는 걸……
그걸 알 권리는 있다고 생각하니까."

그리고 최소한의 작별 선물.

"『공주, 다시 한번 당신을 만나러 가겠습니다. 반드시 만
나서 이번에야말로 진심으로 웃게 만들어드리죠』……."

광대의 메시지를.

소녀의 영웅이 되고자 하던 사내의 말을.

감정을 지운 입술로, 읊조렸다.

멍하니 움직임을 멈추고 있던 아리아드네의 두 눈에, 천
천히 물방울이 맺혔다.

"아르고노트…… 정말 바보 같은 사람. 어리석은 사람.
정말 못되고 잔혹한 사람……!"

어두컴컴한 감옥 안, 꽉 감긴 눈꺼풀에서 빛의 입자가
수없이 넘쳐났다.

광대의 마음을 나무라는 눈물이지만, 그것은 기쁨과 미
칠 듯한 애절함의 반증이기도 했다.

"그리고, 누구보다도 상냥한 사람……!"

새어 나오던 소녀의 목소리가 오열로 바뀌어간다.

차가운 쇠창살을 사이에 둔 경계 너머, 얼굴을 두 손으
로 가리고 흐느끼는 아리아드네의 모습에, 오르나의 표정
은 슬픔에 잠겼다.

"오르나…… 당신은 내게 말을 전하지 않았어. 그런 걸

로 해줘."

"……원래, 그럴 생각이었어."

"……고마워."

눈물 섞인 목소리에, 감정을 죽이고 대답했다.

고개를 들고 웃지도 못하는 소녀에게 등을 돌린 채, 오르나는 감옥을 떠났다.

'오열이 들려온다…….'

계단을 오르는 그녀의 등에 닿는 것은 하나뿐.

'아직 열여섯도 안 된, 공주의 흐느껴 우는 목소리…….
나는 그것이 들리지 않는 척한다.'

계단을 다 올라, 무거운 문을 열고, 조용히 닫는다.

바깥에서 기다리던 병사에게 따라오지 말라고 하고, 자신 이외의 그 누구도 없는 복도를 걷던 오르나는 발을 멈추었다.

"……아르고노트, 정정할게."

별빛이 그 어떤 위로도 되지 못하는 밤하늘을 올려다보며, 중얼거린다.

"내가 가장 싫어하는 건…… 무력하고, 아무것도 하지 못하는 나 자신……."

"공주에게 말을 전해주셨나요!"

따위의.

어젯밤 소녀의 고뇌는 조금도 알 바 없는 목소리를 낭랑하게 울리는 광대에게, 오르나가 험악하면서도 진심으로 밉살맞다는 표정을 지은 것은 어쩔 수 없는 일이었다.

"왜 당신이 여기 있는 거야……."

장소는 아침 햇살이 들어오는 성내의 어떤 방.

내장은 왕족의 것과 비교해도 꿀리지 않을 정도로 호화로웠다. 사치 따위 용납되지 않는 이 시대에 반들반들한 전신 거울이며 흑단 책상, 귀중한 책이 담긴 커다란 책장, 아름다운 수정을 비롯한 금은보화를 뿌려놓은 점성술용 도구까지. 라크리오스 왕이 준비해 하나한 객실이었다. 세련미 따위 바라지 않는 손님의 의향을 무시한 것이었다. 그런 왕에게 하다못해 반항이라도 하듯 책상이며 침대 위에는 꺼내놓은 채 꽂지 않은 책이며 벗어놓은 옷이 난잡하게 어질러져 있었다.

방의 주인인 점술사는 어이없다는 표정을 지으며, 예고 하나 없이 실내에 쳐들어온 아르고노트를 흘겨보았다.

"여긴 내 방인데. 어떻게 알아냈어? 애초에『영웅 후보』는 아침부터 훈련이 있었을 텐데?"

"땡땡이치고 왔지! 실력 차이가 너무 나서 절망만 했거든!"

"시원시원한 쓰레기구나, 당신."

사내를 보는 눈이 오물을 보는 냉기를 머금는 가운데,

당사자인 아르고노트는 태연하게 다가왔다.

"그래서 전해주셨나요?! 물론 전해주셨겠죠! 공주는 어떻던가요?! 잘 지내던가요?!"

"……전하긴 뭘 전해. 나한테 그럴 의무는 없어."

오르나는 한 박자를 두고 딱 잘라 말했다.

그리고 아르고노트의 입이 뭐라 말하기 전에 바늘처럼 날카로운 시선을 꽂아주었다.

"이 이상 캐물을 거면 병사를 부르겠어."

"윽……."

"난 손님이야. 가능하면 권력은 쓰고 싶지 않아. 알아서 나가줘."

입을 세모꼴로 구부린 아르고노트에게 오르나는 어딘가 자포자기한 것처럼 말했다. 그 어조는 마치『네 목을 베어버리는 건 손가락 까딱하는 것보다 쉬워』라고 말하는 듯했다.

내치는 듯한 말투와 함께 청년에게 등을 돌리려 했던 소녀는, 그제야 깨달았다.

"……빠안~."

아르고노트가 미간에 주름을 잡은 채 자신을 응시한다는 것을.

"……왜?"

"공주 못지않게 당신도 웃지 않는 사람인걸. 왜 이 나라 사람들은 이렇게 무뚝뚝하고 냉담하고 고집스러운지!"

"나 화내도 되지?"

싸늘한 표정 그대로 소녀의 손이 주먹을 쥐는 것을 알아
차리자마자 사내는 신속히 한 걸음 뒤로 물러나 간격을 벌
렸다. 아마조네스의 철권을 맞으면 오물의 바다를 펼칠 자
신이 있는 사내. 그의 이름은 나약하고 얼빠진 아르고노트
라고 한다.

그런 나약한 사내는 1초 전의 행동과는 달리, 공연히 거
들먹거리며 지껄였다.

"결정했다! 난 당신도 웃게 만들고 말겠어!"

"아?"

"두 소녀를 웃게 만들지 못하는 게 무슨 남자야! 내가 추
구하는 『영웅』이라면 이 정도는 아무렇지도 않게 해낼 수
있을걸!"

사내는 『영웅』을 맹신하고 있었다.

광대는 『영웅』이 될 날을 꿈꾸고 있었다.

그리고 그의 맹신과 꿈이란, 이상을 추구하는 과정 그
자체였다.

분수를 알든 모르든, 배는 머나먼 바다를 건너갈 뿐이다.

느닷없이 힘찬 목소리로 말하는 아르고노트와 달리, 오
르나의 눈은 여전히 싸늘했다.

"그건 무슨 뜻이지? 왕녀하고 나한테 양다리를 걸치고
바람을 피우겠다고?"

"영웅은 색을 즐긴다고도 하지! 좋았어, 엮어주마 『영웅

일지」!『아르고노트는 미소녀 두 사람과 마음을 나누고 웃음보를——」."

"불쾌하니까 집어치워."

일지를 꺼내 깃털 펜을 놀리려 하는 아르고노트에게 오르나는 처음으로 물리력을 행사했다.

손가락을 펼친 손등을 수평으로 휘둘렀다.

손을 얻어맞은 아르고노트는 "아우치!" 하고 호들갑스럽게 아파했다.

"……그만 나가. 당신을 상대하고 있으면 지쳐. 난 사실은 아무것도 하고 싶지 않아."

그런 청년의 모습에, 말 그대로 노려보는 것도 지쳤는지 소녀는 깊은 한숨을 쉬었다.

"어차피 멸망을 맞을 세계…… 뭘 해도 의미는 없고, 전부 다 허사로 끝날 테니까."

소녀의 모습에서 벗어나 숫제 체념에 사로잡힌 은자 같은 옆얼굴을 보이는 오르나. 아르고노트는 장난기를 거두고 그런 그녀를 빤히 바라보았다.

"……당신은 공주와도 다른 것 같군. 그녀는『운명』이라는 단어를 원망하는 것 같았지만, 당신은 염세적이라고 해야 할까…… 그 눈에 아무 희망도 담고 있지 않은 것처럼 느껴져."

"대단한 추리네. 칭찬해줄게. 그 똑똑한 추측대로 난『절망』하고 있어. 이 세상 모든 것에."

아르고노트의 통찰에, 오르나는 빈정거림을 담아 긍정했다.

그러는 동안에도 소녀의 얼굴에는 비웃음 하나 담기지 않았다.

"인류의 세상은 곧 끝나. 그럼 품고 있는『절망』에 괴로워할 일도 없이, 식물처럼 아무것도 느끼지 않은 채 말라가는 편이 낫잖아?"

오르나라는 소녀는 그야말로 웃음을 잊어버린 사람 그 자체였다.

태평하고 시끄러우며 우스꽝스러운 아르고노트와는 정반대의 인물.

광대가 춤을 추는 무대를 아무리 감상해도 표정 하나 움직이지 않는, 철과 얼음의 소녀.

동시에 그것은 지금이라는 절망의 시대를 체현하는 존재이기도 했다.

아르고노트는 잠시 눈을 감았다.

심홍색 광채를 감춘 후, 천천히, 눈꺼풀에서 태어난 흐림 없는 눈을 소녀에게 향했다.

"……당신은 점술사였지? 그럼 마지막으로 점을 쳐줘."

"누구를? 당신을? 아니면 여동생? 혹은 뿔뿔이 헤어져버린 왕녀님?"

사내가 바란 것은 그 중 어느 것도 아니었다.

"이 세상의 앞날을."

"————."

염세와 경멸을 구사하던 소녀의 얼굴이 오직 경악으로 물든 첫 순간이었다.

"당신이 무엇에 절망하고 있는지 나는 몰라. 하지만 말을 액면 그대로 받아들인다면, 당신은 앞날이 없는 세계에 절망하고 있을 거야. 그렇다면 우선 그 우려부터 떼어내 주지!"

말을 잃어버린 오르나에게, 아르고노트는 말의 폭풍을 늦추지 않았다.

소녀가 웃지 않는다면 자신이 대신 깔깔 웃어주겠다는 양, 입가를 틀어올리며 몰아붙였다.

"바로 내가, 당신의 비관을 모조리 논파해주고 말겠어!"

그리고 마련된 것은 광대의 가극이었다.

관중인 소녀가 조금도 웃지 않는다면, 놀란 그녀의 손을 잡고 억지로 끌어내 함께 무대 위에서 춤을 추면 그만.

춤을 추고 노래하고, 우스꽝스러운 싸움을 연기해, 철가면의 소녀로부터 감정을 끄집어내 주리라.

"자아! 뭘 하나, 점술사 오르나! 시원시원한 쓰레기 남자 따위한테 설복당하는 게 겁나?!"

막은 오르고 있다.

조그만 방은 광대의 계략에 이미 극장으로 변하고 말

았다.

 망토를 펄럭이며, 끊이지 않는 웃음과 함께 대담무쌍하게 도발하는 아르고노트. 오르나는 그를 노려보듯 눈을 가늘게 떴다.

 "……아아, 그랬구나. 네가 했던 말을 이해하겠어, 엘미나."

 소녀의 입술에서 흘러 떨어진 것은 조그만 독백.

 "이 남자는 이렇게 우리를 독으로 물들여가는 거구나."

 그 독을 이해하면서도, 점술사 소녀는 광대의 도발에 넘어가 주었다.

 "좋아…… 같이 놀아줄게. 그 헛짓에."

 "좋았어! 그러면 나와 당신, 둘만의 설전을 시작해볼까!"

 튕기는 손가락.

 시작된 것은 『광대 논쟁』.

 끊임없이, 격렬하게 펼쳐지는 말다툼.

 그것들이 가극이 되어, 광대와 점술사는 언어라는 검으로 서로를 베어 나갔다.

 "인류는 멸종의 위기에 직면했어. 이건 흔들림 없는 사실."

 선수는 오르나.

 그 목소리는 얼음으로 된 현악기를 퉁기는 듯했으며, 눈보라가 연주하는 겨울의 독주와도 같았다.

차례를 양보한 아르고노트의 콧대를 꺾어주고자 세계의 상황을 들이댔다.

"수많은 마을이 지금도 불타고 파괴되고 무너지고 있지. 이런데도 희망을 가지는 게 잔혹하고 부조리하지 않아?"

"아니지! 『체념』과 『패배』를 한데 뭉뚱그려서는 안 돼! 그건 인류의 가능성을 죽이는 행위야!"

이에 이어지는 아르고노트의 반론.

되받아치는 목소리는 낭랑하고, 얼굴에 두른 웃음은 대담했다.

냉기를 띤 북풍을 향해 태양 행세를 하는 솔리스트가 되어 마주 노래한다.

"겁이 나는 건 이해해. 떨리는 것도 이해해! 하지만 우리는 싸워야 하고, 절대 자살지원자가 되어서는 안 돼!"

업템포는 주특기. 억양은 이미 광대의 것.

절도 있게, 리듬감 있게, 막힘없이.

작은 새가 함께 있으면 지저귈 것 같은, 그런 노랫소리로 소녀를 감싼다.

"나는 스스로 멸망의 길을 나아가는 거야말로 가장 『어리석은 짓』이라고 생각해!"

두 사람의 귀는 환청을 듣는다. 한층 높아진 현악기의 음색을.

소녀의 입술은 한순간의 공백을 새기고 얼음의 현악기를 옆에 두었다.

"……그래도 싸우지 못하는 사람은 있어."

자신의 감상까지 담긴 정적의 간주.

하지만 광대는 애가(哀歌)를 멈추지 않았다.

활달한 봄바람과도 같이 웃어버린다.

"이런 우연이 있나! 나도 그래! 하지만 목소리를 높일 수는 있지!"

자신만만하게 지껄이고, 소녀의 놀란 감정을 앗아가더니 두 팔을 벌리며 노래한다.

"웃음소리를 내고, 어두운 공기를 날려버리고, 선택받은 자들에게는 성원을! 싸우지 못하는 사람이라도 할 수 있는 일은 얼마든지 있어! 목소리를 내지 못하는 자에게 내일은 찾아오지 않아!"

동생 뒤에 숨어 있기만 하던 시끄러운 사내는 그야말로 성원을 체현하는 자.

제대로 싸우지는 못하지만, 사내는 오늘도, 지금도 유쾌하게 춤추며 노래한다.

『할 수 있는 일은 없다』는 비관을 부정하는 존재 증명을, 오르나는 가증스럽다는 듯 노려보았다.

"……한 마디도 지지 않는구나. 정말 이상한 남자."

"하하하! 자아, 다음!"

경멸과 진저리가 섞인 오르나의 눈빛에, 아르고노트는 웃음소리를 선율로 바꾸었다.

전초전은 끝.

막간은 없다.

사내의 표표한 말을 끝으로 다음 악장이 열린다.

"당신이 말하는 희망은 전부『궤변』이야. 지금 이 세상에서 일어나는 일들은 더 잔혹해."

건반을 두드리듯 오르나의 어조가 강해졌다.

눈빛도 더욱 날카로워져 칼날처럼 광대를 노려본다.

"대륙 끝에 있는『구멍』. 그곳에서는 지금도 말 그대로『무한』한 마물이 넘쳐나고 있어."

"이 세상을 멸망시킬 종언의 원천?"

"그래. 아무리 없애도 끝이 없는 백수(百獸)의 괴물들. 놈들보다도 약하고 유한한 인류가 굴복하는 건 당연해. 멸망은 이제 멈추지 않아."

"그건 점을 친 결과?"

"아니, 예정조화. 약속된 절망이지. 기적 따위 일어나지 않아. 내가 어머니를 잃었던 것처럼, 모두들 잃을 거야."

절망의 합주. 한데 겹쳐진 체념의 선율.

얼음이 떨어지고, 소녀가 숨겨놓았던 어둠만이 극장에 떠올랐다.

그렇다면 이때라는 양, 사내는 영웅들의 오라토리아(신성담)을 노래한다.

"그거야 알 수 없지! 저 피아나 기사단처럼 용기 있는 자들이 이 세상에는 존재하니까!"

"피아나 기사단의 무훈은 나도 들었어. 하지만 그들의

활약은 역시 국지적이지. 대국이 움직이는 일은 없어.”

“그렇다면 그렇다면,『영웅』의 목소리가 겹쳐지기만 한다면! 그건『무한』을 넘어설 외침의 파도로도 바뀌겠군!!”

오르나가 내민 반론의 검에 겹치듯, 아르고노트의 목소리가 높아졌다.

노랫소리를 외침으로 바꾸어, 자신이 그린 희망의 풍경을 들이댔다.

“사람이 외치고 있는 한 새로운『영웅』은 계속 태어난다! 그건 어떤 마물도 물리칠 인류의 검, 암흑의 시대를 뒤집는 빛이지!”

“그런 일은 일어나지 않아. 그런 공상은 책 속의 세계에나 존재하는 거야.”

아르고노트가 말하는 환상의 풍경을, 오르나는 현실의 얼음 칼날로 베어버렸다.

개선하는 영웅을 맞이하는 민중이, 하늘을 수놓는 무수한 꽃잎이 먼지 덮인 페이지에 기록된 비참한 종잇조각으로 전락한다.

“영웅담 따위, 그냥 동화일 뿐……. 현실은 더 잔혹하게 우리에게서 희망의 싹을 뽑아.”

그것은 진리다.

수많은 책이 각색과 도금을 가해 후세 사람들에게 달콤한 꿈과 허식의 용기를 준다.

과거의 역사에 진짜 영웅이 얼마나 존재했는지는, 그야

말로 하늘만이 안다.

지금의 세계는『절망의 시대』.

결코『영웅의 시대』가 아니다.

"마물에게 유린당하는 이 세계에『신』따위는 없으니까!"

소녀는 매달릴 신앙도, 교리도 가지지 않았다.

웃지 않는 점술사는 별을 읽는 어두운 눈으로 단언했다.

한때의 침묵.

이번에는 아르고노트가 입을 다물고, 노랫소리를 거둔 채 무음의 간주에 몸을 맡겼다.

그러나 그것은 다음 가극으로 가기 위한 도움닫기일 뿐이었다.

"『신』따위는 없다. 그렇다면 묻지.『정령』이란 대체 무엇일까?"

"……!"

두 사람만의 무대에 던져진 물음에 오르나는 처음으로 말문이 막혔다.

"하늘에서 내려오신 기적의 체현자들은 왜 우리에게 힘을 빌려줄까? 인간의 지혜로는 헤아릴 수 없는 신비의 힘으로 왜 우리를 구할까?"

이 세계에는 불이며 물, 번개며 바람 등 대자연의 힘을 관장하는『기적의 화신』이 분명히 관측되고 있다. 어떤 아인족에게도 속하지 않는 그녀들은 마치 하늘의 목소리에 이끌린 것처럼 마물에게 저항하는 사람들에게 힘을 빌려주는 것이다.

오르나도 모를 리 없었다.

다름 아닌 이 라크리오스 주변에도 『정령의 소문』이 떠돈 적이 있었다.

『정령』은 존재한다. 그녀들의 숨결은 아르고노트와 오르나가 느낄 수 있는 장소에 뿌리내리고 있었다.

"그건 『신』이 있어서가 아닐까? 그녀들의 존재야말로 『신』의 증명 그 자체가 아닐까?"

"……."

"만약 신들이 하늘에서 지켜보고 있다면, 우리는 그들이 웃게 해주어야지!"

사내 또한 매달릴 신앙도, 교리도 가지지 않았다.

그러나, 그렇기에, 광대는 우스꽝스럽게 춤을 춘다.

하늘의 바다와 그곳에 잠든 초상의 존재를 몽상하며, 그런 초월한 존재조차 포복절도하게 만들겠노라고, 목소리를 높이고 팔다리를 흔들어 무대 위에서 날뛴다.

비명은 환성으로.

비극은 희극으로.

팡파르를 부르듯, 서툰 피리 소리와 함께 광대행진곡을 연주한다.

"사람이 자아내는 이야기로! 이 세계는 멸망해가는 대지가 아니라고, 강한 의지를 보여야지!"

"사람이 자아내는 이야기……?"

움직임을 멈추었던 소녀를 향해, 아르고노트는 오른팔을 뻗었다.

"점술사 오르나! 지금이 바로『영웅신화』다! 우리가 가장 새로운 전설이 되어 미래를 이어나가자!"

그리고 광대는 세계를 비출 거라 믿는『희망』의 이름을 말했다.

"그렇게 너의『절망』도, 세계의 암흑도 전부 씻어버리는 거야!"

두 사람의 설전은 여기서 끊어졌다.

환영 속의 선율은 사라지고, 무대의 빛이 꺼졌다.

그리고 남은 것은 정적뿐.

사내가 내민 손을, 소녀는 결코 잡으려 하지 않았다. 그 대신, 가만히 응시했다.

"……인류 그 자체를 신화로 이끈다. 그러기 위해『영웅』이 있다고?"

"그래. 세계는『영웅』을 원하고 있어."

아르고노트는 엄숙히 고개를 끄덕였다.

"하지만 아무도 나서지 않는다고 한다면, 어쩔 수 없지, 내가 나설 수밖에! 다시 말해 그런 거야!"

그리고 이내 평소의 장난스러운 웃음을 머금고, 영웅의 뜻을 과시하듯 말했다.

입가를 틀어 올리고 하얀 이를 빛내며.

"……내가 졌어."

"오오, 이해해준 거야?!"

조용히 인정한 오르나에게, 아르고노트는 한 술 더하듯 왼손까지 내밀어 두 손으로 소녀의 손을 잡으려 했으나.

"그래. 헛소리를 뛰어넘는 몽상…… 당신의 머릿속이 얼마나 꽃밭인지 잘 알았어."

"오흑!"

"나로서는 따라잡을 수도 없는 차원에서 망상을 하고 있는걸. 이기려 했던 것 자체가 잘못이었어."

쌀쌀맞은 말에 두 팔과 함께 바닥으로 추락했다.

소녀의 경멸은 어이없다는 감정으로 바뀌었다.

엎어진 청년을 내려다보며, 시간 낭비였다는 양 한숨을 쉰다.

"……하지만, 그래. 그런 공상을 진심으로 떠드는 사람은, 이제까지 없었지."

잠시 후, 긴 흑발을 쓸어 귀 뒤로 넘기며 마녀처럼 눈을 가늘게 떴다.

"좋아, 아르고노트. 당신에게 『예언』을 내려줄게."

"『예언』……?"

"그래. 우스꽝스러운 『예언』이지. 『카룽가 황원(荒原)』은 알아?"

"응…… 왕도가 침략자와 싸울 다음 전장. 우리 『영웅 후보』도 사흘 후에 갈, 전쟁의 무대지."

그것은 라크리오스 왕에게 아르고노트를 비롯한 『영웅

후보』들에게 주어진 마지막 시련의 지명이었다. 녹음이 풍부한 왕도의 남부에 펼쳐진 황폐한 대지라고 들었다.

"카룽가 황원의 정북향, 다시 말해 왕도를 나온 직후의 정남향. 그곳에 펼쳐진 험준한 협곡에서『어떤 일』이 일어나."

"『어떤 일』……?"

"내 점에 따르면, 그곳에 당신을『기다리는 사람』이…… 아니, 당신의『운명』이 있어."

그 입술은 웃음을 머금지는 않았지만, 눈은 비웃는 것과도 같이 가늘어진 채.

『수수께끼』를 내듯, 점술사 소녀는 광대의 앞길을 예언했다.

"『그것』을 보고도 절망하지 않는다면, 왕녀가 어디 있는지 가르쳐줄게."

"……! 정말이야?!"

"그래. 절망하지 않았다면 말이지."

"웃……?"

아르고노트는 표정을 진지하게 바꾸고 약속하는 오르나에게 몸을 내밀었으나, 이내 몸을 멈추고는 자기도 모르게 갈팡질팡했다.

사내를 바라보는 소녀의 눈은 메마른 달관에 지배당하고 있었던 것이다.

"아르고노트…… 역시 당신은 내가 싫어하는 사람. 그 태평한 얼굴, 비탄에 잠겨 추하게 일그러져버리라지."

소녀의 얼굴에 떠오른 것은 역시 혐오였다.

하지만 그 혐오는 천천히 떨어져 나가고, 안에 숨겨져 있던 슬픔과 절망이 한순간 흘러나왔다.

"……그리고, 모든 것에서 도망쳐버리라지. 그러길 기도하겠어."

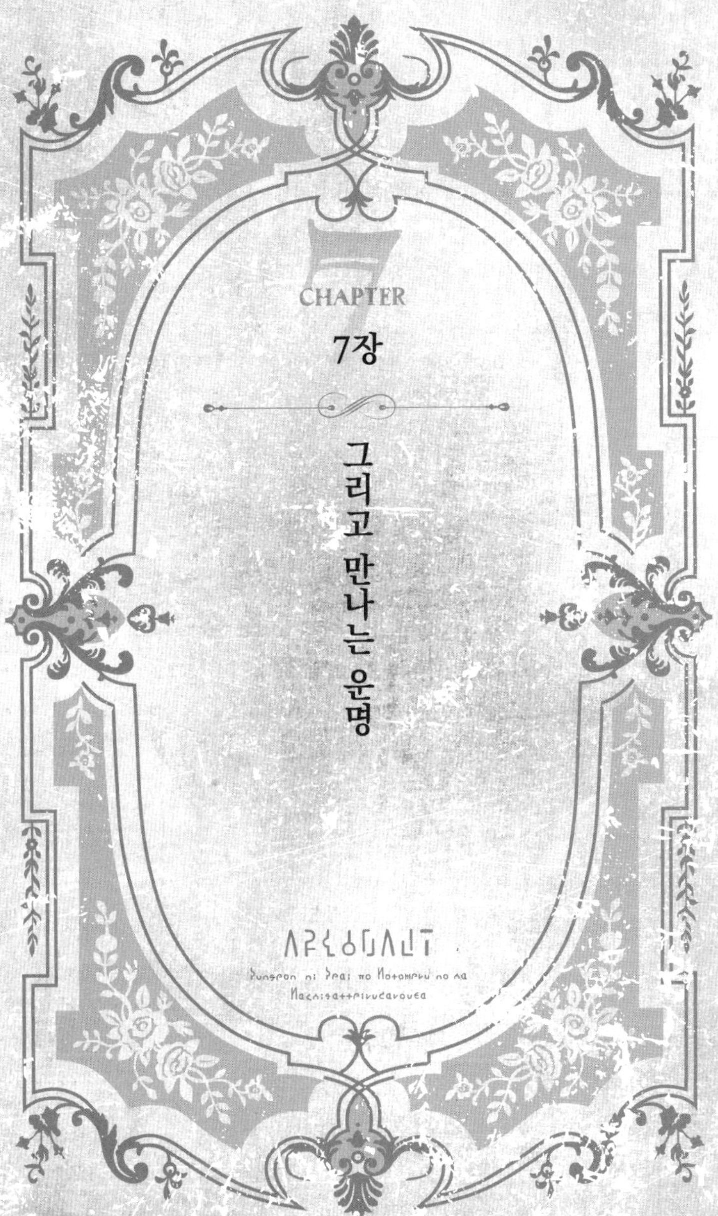
CHAPTER

7장

그리고 만나는 운명

ARROGANT

눈에 들어오는 경치는 모두 적동색으로 물들어 있었다.

고스란히 드러난 바위, 잡초 한 포기 돋아나지 않은 균열투성이 대지. 『황막(荒漠, 거친 사막)』이라는 말이 이렇게까지 잘 어울리는 장소도 드물 것이다.

인공물은 존재하지 않고, 동물도 없으며, 널브러진 것은 마물이 먹다 남긴 사냥감의 뼈뿐. 여기에는 무참한 사람 뼈도 포함되어 있었다. 공기는 탁해서 마치 점성을 띤 것처럼 무겁게마저 느껴졌다.

하늘 또한 무거운 잿빛에 덮여 있었다.

그 땅의 이름은 『카룽가 황원』.

낙원을 덮은 창공이 멀어진 왕도 남쪽에 펼쳐진 영역이었으며, 『영웅 후보』들이 투입된 마지막 시련의 땅이다.

"이곳이 카룽가 황원……."

어떤 『광대 논쟁』으로부터 사흘 후 아침.

피나는 눈앞에 펼쳐진 대지를 바라보며, 무의식중에 가슴을 한쪽 손으로 누르고 있었다.

요정의 피를 반 이어받은 몸이 이 황량한 경관에 술렁여 생기를 빼앗기는 듯한 감각에 사로잡혔다.

"황원이라니 잘도 갖다 붙였군. 여기에 비하면 황야가 그나마 비옥해 보여."

"거듭되는 전쟁으로 죽은 불모의 대지라고 해야 할까요……. 사람의 마음도 이렇게 되진 않았으면 좋겠군요."

소녀의 곁에서 가름스와 류루가 그런 말을 건넸다.

드워프 전사는 대형 워해머를 어깨에 걸머진 채 코웃음을 치고, 엘프 음유시인은 탄식하는 기색을 보이며 리라에 적막한 선율을 실었다. 헤아릴 수 없는 처참한 전쟁과 마물의 유린으로 죽은 황원은 말없이, 그저 메마른 바람 소리만을 낼 뿐이었다.

"그보다도 그『상승장군』인지는 어디 있는 거야? 훈련에도 안 나타나고, 먼저 전장에 포진했다고 들었는데…….."

그런 가운데, 유리가 날카로운 시선을 사방으로 돌렸다.

주위에는 유리를 비롯한『영웅 후보』외에도 최소 천 명이 넘는 왕국의 병사들이 모여 있었다.

모두가 갑옷과 투구로 몸을 감싸 얼굴도 종족도 구분할 수 없었으나, 유리의 시야에 비치는 것은 일개 병졸들일 뿐이다. 왕도를 수호한다는 뇌명을 떨치는『미노스 장군』쯤 되면 이런 병사들의 바다 속에서도 한눈에 알아볼 수 있을 것이다. 만약 그런 존재가 아니라면 무패 신화는 헛소문이라는 뜻이 된다.

"얼마나 대단한 자인지 내 눈으로 확인하지 않고선 마음 놓고 등을 맡길 수 없지."

"…………."

늑대 부족의 본성인지 실력을 가늠하려는 듯한 유리의 옆에서, 아르고노트는 혼자 잠자코 있었다.

"──주목!"

곧 날카로운 목소리가 날아들었다.

목소리의 주인은 병사와는 다른 검은색 갑주로 몸을 감싼 기사장.

투구로 얼굴을 가린 장신의 사내는 이 시대에는 귀중한 기마에 올라탄 채 병사들과 『영웅 후보』들을 노려보았다.

"정찰 부대에 따르면 일각 후 적군이 보일 거리까지 도달했다고 한다! 개전의 순간이 다가왔다!"

쳐들어오는 외래의 위협은 평인과 수인의 연합이라고 한다.

남쪽에 존재하는 소국이며, 왕도를 함락시키려 한다는 것이다. 대화의 단계는 이미 지나 ──라크리오스 왕이 교섭 테이블에 앉으려고조차 하지 않았다는 소문도 있다── 침략자들은 왕도 측 못지않은 병력으로 눈앞까지 다가왔다. 더 안 좋은 점은, 대이동을 거듭한 적군은 마물들을 끌어들이며 북상한다는 것이다. 싸움이 시작되면 황원 부근에 사는 마물도 소리를 듣고 몰려들 터.

벌써부터 불안을 감추지 못하는 피나가 남쪽에 펼쳐진 지평선을 바라보다가,

"그래서 작전이 중요하다만── 전투가 시작된 것과 동시에 적병은 **지나가게 놔둔다**! 반복한다. 적병은 지나가게 놔둔다!"

전달된 작전의 내용에 "어?" 하며 자기도 모르게 기사장 쪽을 돌아보고 말았다.

"아군 진영을 지나쳐 보낸다고……? 제정신인가? 적어

도 드워프의 병법은 아니구먼."

이해할 수 없다는 표정을 지은 것은 가름스도 마찬가지였다.

유리, 그리고 류루까지도 눈썹을 의아함의 형태로 일그러뜨리는 가운데, 기사장은 고함과 함께 갑옷을 철컹 울렸다.

"우리 군의 후방에는 저 유명한『뇌공』미노스 장군이 계신다! 적을 진영 깊은 곳까지 유인해 협곡으로 몰아넣기만 하면 우리의 승리는 약속된 것과 마찬가지! 병사들이여, 오늘도 장군의 새로운 전설이 세상에 새겨질 것이다!"

우오오오오오오오오오오오오오오오!!

벌써부터 승리의 함성과도 같이 병사들의 환호성이 쩌렁쩌렁 울려 퍼져, 가름스는 수긍할 수는 없지만 대충 알겠다는 양 콧방귀를 뀌었다.

"결국 장군한테 맡긴다 이거군. 나약한 평인 놈들."

"……장군이, 별동대?"

드워프의 옆에서 수인 청년만이 의구심을 보이고 있으려니, 기사장은『영웅 후보』들에게도 지시를 내렸다.

"『영웅 후보』는 제3사단과 함께 남동쪽에 포진한다! 마물의 대공세가 예측된다! 이에 맞서 격멸하라! 그러면 제군의 건투를 빈다! 위치로!"

다시 환호성이 울려 퍼지고, 병사들의 사바톤 소리가 군가와도 같이 거친 소리를 이어나갔다.

대부분의 병사들이 황원을 똑바로 남하하는 가운데, 그

자리에 남은 『영웅 후보』들은 제3사단과 함께 남동쪽으로 발을 돌렸다.

"흐음. 용사의 노래를 실어 나르고 싶은 저로서는 용명을 떨치는 장군의 모습을 꼭 한 번 보고 싶었는데…… 아쉽군요."

드디어 시작되려는 전투를 앞두고 류루가 실망했다는 양 묘한 곡을 튕기기 시작해, "맥빠지는 연주는 집어치워!" 하고 가름스의 빈축을 샀다.

아르고노트는 분위기를 누그러뜨리고자 표표하게 행동하는 음유시인을 쳐다보았다.

원래 같으면 자신이 맡았을 역할을 류루에게 떠넘기고 말았다.

"…………."

"오빠? 아까부터 왜 그래요? 평소에는 시끄러운데 계속 입을 다물고 있다니."

동생도 그런 아르고노트의 분위기를 알아차렸다.

당황한 정도는 아니지만 어딘가 걱정하는 듯 물어본다.

"역시 긴장한 건가요? 전쟁이니까……."

"아니……."

아르고노트는 짧게 대답하고는, 도망치듯 시선을 왕도 방향으로 돌릴 수밖에 없었다.

'그때 오르나의 얼굴이 머릿속에서 떠나질 않아……. 지금도 계속 불길한 예감이 들어…….'

점술사 소녀와 헤어진 후로, 계속 그녀가 한 말의 진의를 찾고 있었다.

몇 번이나 말을 고찰했지만, 답에는 도달할 수 없었다.

"……나의 『운명』이라."

중얼거린 목소리만이 회색 하늘로 빨려 들어갔다.

누구도 막을 수 없는 시간의 흐름이 카룽가 황원을 전장으로 바꿔놓았다.

오래도록 들리지 않았던 사람과 사람의 함성이 황원 남쪽에서부터 쩌렁쩌렁 들려오는가 싶더니, 서로의 무기와 방어구를 맞부딪치는 둔중한 금속음이 울려 퍼졌다.

전투가 시작되었다.

남쪽을 바라보는 『영웅 후보』들이 그 사실을 깨닫자마자, 마물들의 흉악한 포효가 따라왔다. 동포끼리 서로를 죽여대는 어리석은 인류를 비웃으며 덮쳐들어 눈 깜짝할 사이에 붉게 물든 발톱과 이빨이 맹위를 떨쳤다.

그리고 피나 일행이 있는 남동쪽 전장에도 같은 광경이 펼쳐지기까지는 시간이 걸리지 않았다.

"사람과 싸우지 않아도 되니 처음에는 안심했지만요……!"

땅을 기어오듯 질주하는 그레이 울프를 요정의 지팡이 《옛 숲의 주문 가지》로 튕겨 날려버렸다. 송곳니가 부러져 땅바닥에 나뒹구는 마물을, 가름스가 거목처럼 굵은 오른발로 즉시 짓밟아버렸다.

"에잇, 왕도 놈들! 힘든 일은 우리에게 떠넘겼겠다! 무슨 놈의 마물이 이렇게 많아!"

가름스의 말대로였다. 주위에서 날뛰는 이형의 숫자는 백, 이백 정도가 아니었다. 인간 사이의 고함과 피 냄새에 이끌린 마물은 지형 때문이기도 한지 남동쪽 전장에 속속 모여들고 있었다.

대형 워해머를 휘두르는 그의 괴력에 말려들지 않도록 움직이는 피나의 뺨에도 굵은 땀방울이 흘러내렸다.

"게다가 힘도 강해요……! 병사분들도 밀리고――."

"우와아아아아아아아아악?! 사, 살려줘――!!"

소녀의 신음을 가로막는 절규와 미친 듯이 춤을 추는 피보라.

라이거 팽의 먹이가 된 병사에게서 솟은 미지근한 핏줄기가 지팡이를 쥔 피나의 오른손에 묻었다.

병사의 처참한 죽음을 눈앞에서 보고 창백하게 질려 굳어버린 그녀를 향해, 머리 위에서 데들리 호넷이 날아들었다.

당하겠어――!!

하늘에서의 기습에 피나가 자신의 최후를 각오한 순간, 왼쪽에서 나이프가, 오른쪽에서 늑대의 그림자가 마물을 기점으로 교차했다.

『키이익──?!』

나이프에 날개를 맞고 갈고리 발톱에 양단당한 데들리 호넷은 단말마의 비명을 질렀다.

전자는 아르고노트가 빈틈없이 투척한 무기, 후자는 도약한 유리임을 피나가 알아차린 것은, 웨어울프 청년이 달려온 다음이었다.

"겁먹지 마! 이런 시대에 사람의 죽음 따위 이미 질리도록 봤을 거 아냐!"

"유, 유리 씨…… 고맙습니다……."

청년이 한손으로 어깨를 잡고 흔들어대는 바람에, 피나는 간신히 고개를 끄덕이며 대답했다.

그대로 소녀를 등 뒤로 감싼 유리는 마물의 바다를 노려보았다.

"물러나서 우리 뒤에서 영창해! 시간이 걸려도 돼! 낮은 화력으로는 아무것도 못 하니까!"

전황을 바꿀 『화력』을 요구하며 유리가 피나 대신 뛰어들었다.

마물의 피보라를 뿌려대는 웨어울프를 보며, 하프엘프 소녀는 황급히 장문영창에 들어갔다.

"앞도 뒤도, 왼쪽도 오른쪽도 지옥도. 그야말로 전쟁의 광경. 이거 언제 봐도 싫은걸요."

"네놈도 싸워!"

마치 아수라장에서 보여야 할 태도를 잘 아는 것처럼 가

벼운 몸놀림으로 마물의 공격을 샥샥 피하는 류루는 안전
지대라는 양 유리의 등 뒤에 숨어 있었다. 당사자가 노성
을 터뜨렸을 때,

"히, 히이이이익……?! 이딴 걸 어떻게 해먹어! 도망쳐,
도망쳐어어어어!"

"기, 기다려!"

"쳇, 무기까지 버리고 전장에 등을 돌리다니……! 창피
한 놈들!"

평인 용병 『영웅 후보』들이 도망치기 시작했다.

검이며 창을 땅바닥에 내팽개치고는 북쪽으로 향하는
네 사람의 뒷모습을 향해 욕설을 퍼붓던 유리는, 계속해서
부풀고 있는 의구심을 더 이상 무시할 수 없게 되었다.

'하지만 역시 위화감이 계속 커지고 있어! 왜 미노스 장
군을 여기로 투입하지 않는 거야!'

그것은 반쯤 『예상대로』 돌아가고 있는 전장에 대한 감
상이었다.

병사들은 계속해서 쓰러지고, 자기 위치를 벗어나 도망
치는 겁쟁이들까지 나타나는 판국이다. 여기서 떨어진 남
쪽의 전장이 어떻게 돌아가는지는 모르겠지만, 마물이 더
해져 혼전이 벌어졌다면 상황은 결코 좋지 않을 것이다.

'단 한 명의 영걸은 있기만 해도 병사의 사기를 크게 높
인다. 그 유용성을 처음부터 버리고 별동대로 운용하다
니……?'

복병의 유용성은 유리도 인정한다.

하지만 그런 군략은 그에 맞는 장소에서 그에 맞는 존재를 배치해야 비로소 제대로 돌아가는 것이다.

가장 중요한 조직의 중앙을 텅 비워놓고 성공하는 기책 따위 있을 리 없다.

하물며 마물이 뒤섞인 대난전속에서.

"우리 부족과는 전혀 달라…… 평인의 전술은 어떻게 돼먹은 거냐!"

유리의 욕설이 터져나오는 가운데, 은근히『영웅 후보』들을 지원하던 아르고노트도 그 터무니없는『위화감』의 정체를 밝히려는 듯 주위를 둘러보았다.

"광대, 뭘 멍하니 서 있나! 우리한테서 떨어지지 마라!"

"……그래."

가름스의 노성에 공허하게 고개를 끄덕이면서, 청년은 즉시 그들과 함께『사선』위에서 물러났다.

그 직후 발동된 피나의 포격.

엮어낸 주문을 방아쇠 삼아 발동한 홍련의 화포는 마물의 대군을 소각하며 수많은 절규를 뽑아냈다.

끊어졌다가는 다시 연주되는 노랫소리.

영창의 원천을 사수하는『영웅 후보』들.

그런 것을 되풀이하며, 피나의 대형 마법이 작렬하기를 일곱 차례.

황원의 지형이 과거의 형태를 잊을 무렵, 방대한 흙먼지를 토하는 남동쪽의 전장에서 꿈틀대던 마물의 그림자는 사라지고 없었다.

"……끝났어요. 겨우, 격퇴했어요. 하지만……."

지팡이를 두 손으로 쥔 채 피로에 찌든 모습을 감추지 못하는 피나는 아연실색해 주위를 둘러보았다.

"우리 말고는, **전멸**……. 그럴 수가……."

불탄 마물의 주검, 그리고 대량의 재 이외에 펼쳐진 것은 비참한 시체로 변한 갑옷의 묘지였다.

"몇 겹으로 쌓인 시신에 부러진 무기들……. 이것이 세계의 실상……. 정말 얄궂군요……."

"대단한 『시련』이구먼……."

이번만큼은 류루의 목소리에도 거짓 없는 비탄이 맺혔으며, 가름스도 탄식을 내뱉었다.

류루의 말마따나, 바로 지금 이 시대를 나타내는 세계의 축도이자 지옥도에 피나는 무력감을 품은 채 가만히 서 있을 수밖에 없었다.

"……끝났으면 이동한다! 적군을 상대하는 본대는 어떻게 됐지?!"

일그러진 표정으로 피로를 감추며 호흡을 가다듬은 유리는 피나와 다른 이들을 돌아보았다.

웨어울프의 말에 반대하는 이는 아무도 없어, 장비를 정돈하고 최소한도의 보급을 마친 후 황원 남쪽으로 진로를 잡았다.

발이 빠른 유리를 선두로 달려간 『영웅 후보』들. 하지만 그들은 이내 발을 멈추게 된다.

짐승의 귀를 쫑긋 세우고 의아하다는 표정을 짓는 수인의 유도에 따라, 절벽처럼 우뚝 솟은 바위 위로 올라갔다.

"우와아아아아아아아아아아악!"

남쪽 방면의 전장을 거의 한눈에 내려다볼 수 있는 절벽 위에서는, 더 이상 귀를 기울이지 않아도 병사들의 비명이 잘 들려왔다. 움직임도 잘 보였다. 파죽지세로 전진을 이어나가는 적군에게 쫓기듯, 라크리오스 군은 북쪽으로 북쪽으로 도망치고 있었다.

"저게 뭔가……. 왕도 병사들은 싸울 생각도 없나?"

"간신히 유도하고 있는 것처럼 보이기는 합니다만…… 저건 더 이상 전술이 아니라 그냥 도주. 위치의 포기로군요."

전사로서 눈을 의심하는 가름스의 옆에서 류루까지도 당혹감을 감추지 못했다.

개전하기 전, 기사장은 분명 『적을지**나가게 놔둔다**』는 지시를 내렸으나, 이런 상황에서는 아군의 포진 따위 아무 의미도 없다. 적병에게 유린당하고 비참하게 등을 드러낸 채, 무기까지 내팽개치는 판국이었다. 많은 라크리오스 병사가 추격당해 땅바닥에 쓰러져가는 가운데, 적도 아군도 그저 북상을 이어나가고 있었다.

"적군이 기세를 타고 계속 이쪽으로…… 어, 어떡하죠, 오빠?"

"…………."

동요하는 피나의 물음에, 아르고노트는 가만히 눈 아래의 광경을 바라보았다.

이윽고 병사들이 나아가는 북쪽 방향으로 눈을 향했다.

——카룽가 황원의 정북쪽, 다시 말해 왕도를 나온 직후의 정남쪽.

——그곳에 펼쳐진 험준한 협곡에서 『어떤 일』이 일어나.

——내 점에 따르면, 그곳에 당신을 『기다리는 사람』이.

——아니, 당신의 『운명』이 있어.

오르나의 말이 뇌리에 몇 번이고 되살아났다가는 사라졌다.

"……큭!"

어느샌가 아르고노트는 등을 떠밀린 것처럼 달려가고 있었다.

"오빠?!"

"이봐, 어디 가는 거야!"

피나와 유리의 목소리가 들려왔지만, 그의 등은 멈추지 않았다.

류루는 혼자 청년의 뒷모습과 그가 향한 방향을 보고 모두에게 말했다.

"……따라가 보죠."

"전장을 우회해 북상을 계속하는군……. 어디로 가는 겐가, 저 광대는?"

초중량 워해머를 걸머진 점을 감안하더라도 드워프라 아무래도 다리가 짧은 가름스가 제일 뒤에서 쿵쿵 뛰는 가운데, 주위의 경치는 계속해서 바뀌고 있었다.

절벽처럼 우뚝 솟았던 바위너설은 그야말로 계곡을 이루게 되어, 산까지는 아니더라도 일그러진 형상의 언덕으로 이루어진 『협곡』이 펼쳐지게 되었다. 고스란히 드러난 바위벽은 강철처럼 희미한 청백색을 띠었으며, 식물의 모습이 전혀 보이지 않기도 해서 매우 싸늘하게 비쳤다. 이곳에도 마물이 출몰하는지 암반에는 핏자국으로 보이는 붉은 흔적이 곳곳에서 보였다.

왕도를 나왔을 때 남서쪽의 평원을 경유하는 형태로 『카룽가 황원』에 도착했던 그들은 라크리오스 정남쪽에 펼쳐진 광경을 처음 보고 말로는 형언할 수 없는 으스스함을 느꼈다.

"……! 보세요, 저기!"

골짜기 밑바닥을 바라보며 계곡 위를 나란히 달리던 피나가 아래를 가리켰다.

그곳을 나아가는 것은 사기가 충만한 대군이었다.

"전진——! 겁쟁이 왕국군은 이제 없다! 왕도를 함락시

켜라!!"

라크리오스 군을 물리친 적군이었다.

적장으로 보이는 수인 사내가 깃발을 들고 외치자, 수많은 포효가 그 뒤를 따라 골짜기를 휩쓸었다.

"적군이 벌써 여기까지?! 본대는 뭘 하고 있는 거야!"

"왕도가 코앞이잖아?! 이대로 가다간……!"

유리와 가름스의 비난, 그리고 우려가 터져나왔다.

이 자리에 5명밖에 없는『영웅 후보』들이 이곳에서 뛰어내려봤자. 저만한 숫자의 병사들을 막을 방법은 없다. 분투도 허무하게, 적은 일기가성으로 왕도의 목줄까지 나아갈 것이다.

계곡을 뒤흔드는 무수한 발소리가 왕도 함락의 초읽기를 시작했을 때,

"!!"

아르고노트 일행은 먼저『그곳』에 도착했다.

광대한 공간이었다.

계곡 일부 그 자체를 뭉텅 도려낸 것처럼 부자연스럽게 펼쳐져 있어, 마치 주인이 사라진 거룡의 둥지를 연상케 했다. 혹은 거무스름한 하늘의 색과도 맞물려 지옥으로 가는 입구 같기도 했다. 특이한 광물이라도 함유되었는지 지면과 벽은 군데군데 희미한 붉은색으로 물들어 있었다. 정면인 북쪽, 좌우인 동서로는 깎아지른 단애절벽이 우뚝 솟아 공간 그 자체를 냉담하게 내려다보고 있었다.

북쪽 계곡 위에서 내려다보게 된 피나 일행은 눈 아래의 광경을 가만히 살폈다.

"탁 트인 공간……? 협곡 바닥에 이런 큰 장소가……?"

"그보다도…… 뭐지, 저『문』은?"

피나의 옆에서 유리가 중얼거린 목소리가 향한 곳은 북쪽의 암벽에 세워진『인공물』이었다.

그것은 그야말로『철문』이었다.

폭도 높이도 2층 건물 정도는 될 것 같았다.

몇 겹이나 되는 쇠사슬로 엄중히 봉인되어 지금은 굳게 닫혀 있다.

"암반을 뚫어 만들었나……. 설마 왕도 지하로 이어지는 건가?"

지형과 위치관계를 보고 가름스가 아연실색해 중얼거렸다.

곧, 이리저리 구부러진 남쪽 길에서 수많은 병사가 나타났다.

뽀족한 귀를 뒤흔드는 승리의 함성에 류루가 괴로워하듯 신음하며 목소리를 쥐어짜냈다.

"적병이 골짜기 밑바닥으로 몰려들고 있습니다……."

막연한 불안감에 사로잡힌 듯.

명확한 흉조에 불안해하듯.

이윽고, 어디서라고 할 것도 없이『지진』같은 소리가 울리는가 싶더니—— 쿠우웅, 하고.

북쪽의『철문』이 세로로 갈라졌다.

'문이 열린다――.'

아르고노트의 시선이, 문 사이에서 생긴 암흑의 틈새로 빨려 들어갔다.

마치 안쪽에서 휘둘러진『괴력』에 굴복하듯, 사슬이 팅겨 날아간다.

굳게 닫혔던 문짝이 삐걱거리는 소리를 낸다.

으르렁거리는 목소리를 내며.

뻥 뚫린 어둠의 턱을 드러낸다.

들려오는 것은『발소리』로 여겨지는 땅울림.

움직임을 멈추는 무수한 병사들.

협곡의『문』이 완전히 열렸다.

'안에서, 나타난 건――.'

『운명』.

소녀가 예언했던, 거대한 갑옷을 입은『운명』이, 수많은 눈앞에 모습을 나타냈다.

"중후한 갑옷에, 우레의 문장이 새겨진 투구, 휘감긴 사슬, 그리고 거대한 배틀액스……."

"혹시 저게……."

아연실색한 류루와 피나의 목소리가 그것의 정체에 도달했다.

"왕도의 수호자…… 미노스 장군."

가름스가 중얼거린 목소리 너머에서, 온몸을 갑옷으로

뒤덮은『굉뢰장군』은 경련하듯 몸을 떨었다.

이 시커멓고 탁한 하늘 아래에서 더더욱, 유구한 감옥으로부터 해방된 것처럼.

"뭐냐, 저 거구는……. 아니, 그보다도 혼자 적군을 상대할 생각인가……?!"

전율에 빠지려 하는 유리가 다음으로 품은 것은 막대한 의구심이었다.

협곡 밑바닥으로 밀려드는 적군의 수는 최소 수천. 라크리오스 군이 제대로 싸우지도 않고 도주만 했으므로 적군의 대부분이 상처 하나 없이 남아버렸다.

겨우 혼자서 나타난, 말 그대로 거대한 문지기의 위용에 압도당했던 적군도, 이내 제정신을 차린 듯했다. 엄연한 피아간의 우위성을 확신하고, 기마에 탄 평인 사내가 장검을 쳐들었다.

"거, 겁내지 마라! 적은 단 하나! 놈을 물리치고 왕도로 진격하라!"

전의를 재장전한 승리의 함성이 울려 퍼졌다.

뜽 울리는 소리를 내며, 수천 군세가 해일이 되어 단 한 명의 문지기에게 쇄도한다.

"오오——."

후퇴해야 할까.

왕도를 수호하기 위해 승산이 없는 유린에 참전해야 할까.

유리와 가름스의 뇌리에 스친 한순간의 망설임. 그러나

그것은 결과적으로 의미를 이루지 못했다.

『상승장군』은 경련을 온몸에 퍼뜨린 다음 순간, 벼락과도 같은 목소리를 터뜨렸던 것이다.

"──── ㅇㅇㅇㅇㅇㅇㅇㅇㅇㅇㅇㅇㅇㅇㅇㅇㅇㅇㅇㅇㅇㅇㅇㅇㅇㅇㅇㅇㅇㅇㅇㅇㅇㅇㅇㅇ!!"

가공할 하울링.

원시적 공포를 환기시키는, 단순한 **포효**.

그 굉음성만으로 병사들의 발은 부자연스럽게 정지하고, 기마가 두 발로 서며 날뛰어, 적군은 내부에서부터 무너지고 돌격의 기세가 끊어졌다.

"────────."

아르고노트는 눈을 크게 뜨며 몸을 벌렁 젖혔다.

"~~~~~~~~~~~~?!"

피나는 두 귀를 막으며 몸부림쳤다.

"이 포효는……!"

모든 것을 날려버리는 풍압의 착각마저 느낀 류루가 창졸간에 모자를 눌렀다.

계곡 위까지 들린 거대한 굉음에 유리와 가름스까지 압도당하는 가운데, 협곡 밑바닥에서 그『연회』가 시작되었다.

"우, 우와아아아아아아아아아아아아아아아아아악?!"

눈을 의심할 만큼 거대한 도끼가 내리꽂혔다.

폭발한다.

참격이니 구타를 넘어선 『폭쇄』로 갑옷을 입은 병사들을 가루로 만들어버렸다.

갑주의 금속조각과 살조각으로 이루어진 비가 잠깐 연쇄한 직후, 공황이 펼쳐졌다.

"끄아아아아아아아아아아아아아악?!"

등을 돌린 채 앞을 다투어 도망쳐가는 자들을 향해, 팔에 감겨 있던 사슬을 수평으로 휘두른다.

너무나도 흉악한 사선이 달려가는가 싶더니, 어떤 이는 몸통 위쪽이 뜯겨 날아가고, 어떤 이는 선혈을 뿌리면서 **찌그러졌다.**

도끼가 대지를 쪼개는 파열음.

휘둘러진 사슬이 모든 것을 박살 내는 파괴음.

사신의 낫보다도 처참한 강철과 선혈의 명멸이 눈 깜짝할 사이에 골짜기 밑바닥—— 이제는 지옥으로 전락한 전장을 채색했다.

"뭐야 이게……. 대체 뭐냐고 이게에에에에에에에?!"

"항복한다! 항복할 테니까——— 끄허억?!"

절규도 투항도 하나같이 의미가 없었다.

짐승이 으르렁거리듯 갑옷을 삐걱거리며 거대한 그림자가 달려나갔다.

일반인이라면 사람 하나를 쉽게 짓눌러버릴 만한 중장갑을 걸쳤음에도 포탄처럼 준민하게 땅을 박차면, 병사들의 절망은 켜켜이 쌓인 절명으로 바뀌어갔다.

"히익……?!"

자신의 발밑, 바위벽 바로 밑에 달라붙은『인간이었던 것』을 보고 피나의 낯이 창백해졌다.

그녀의 옆에서『영웅 후보』들 또한 그 폭위에 얼어붙었다.

"……너무 강해."

"이건 전투가 아닙니다……. 이건 그야말로『학살』……."

가름스가 땀을 흘리고, 류루가 시인의 가면을 잃었다.

"……거대한 쇠사슬을 휘둘러서 사람도 마물도 찢어버리는, 그 벼락과도 같은 모습에 붙은 별명이——『뇌공』."

유리가 중얼거린 것은 과거 남매에게 들려주었던 것과 같은 말.

자신도 풍문으로 들었던 말의 진위를 직접 보고 경악해 소리를 질렀다.

"말도 안 돼……. 정말로 만군을 혼자 없앤다는 건가?!"

아르고노트만은 주위와 분리된 시간의 틈바구니에서 얼어붙어 있었다.

'불안감이 사라지질 않아——.'

그것은 전율이다.

'심장 고동이 가라앉질 않아——.'

그것은 본능이다.

'이거 거짓말이지? 아니, 그렇지만—— 아아, 저것은, 설마——!!'

단 한 사람, 사내는 광대의 가면을 떨어뜨린 채 주위보다도 먼저『그것』의 정체에 도달하고 말았다.

튀어 오르는 거대한 쇠사슬과 투척 되는 도끼의 굉음.

정지했던 아르고노트의 시간이 깨져나간 순간.

그 직후.

——질걱, 하고.

비명이 끊이질 않는 전장 속에서도 그『노골적인 소리』가 공연히 크게 울렸다.

"…………에?"

입술에서 굴러 떨어진 피나의 중얼거림이 까마득히 아래, 골짜기 밑바닥으로 굴러갔다.

거대한 그림자가 꿈틀거렸다.

사람을 물어뜯은 이형의 그림자가, 이내 하나가 되고, 꿀꺽 삼켰다.

"훅—, 후욱—……! 우워어어어어어어어어어어어어어어어어어어어어!!"

입으로 시뻘건 피를 뚝뚝 흘리며.

마침내 벗겨져 날아간 거대 투구에서 커다란 뿔을 드러내며.

추악한『소』의 형상을 환희로 떨며,『미노스 장군』이라 불리던 **괴물**이 굉음성을 터뜨렸다.

"헥……? 앗—— 으가아아아아아아아아아아아아아아아아아아아아악?!"

시간이 멈춘 골짜기에서 한 병사가 그림자에 덮인다.

눈을 든 그가 마지막으로 본 것은 자신을 집어삼키려 하는 추악한 이빨이 늘어선 입, 그리고 자신을 모조리 씹어 부수는 붉은색과 검은색의 교반(攪拌)이었다.

그가 마지막으로 잡아먹히며 터뜨린 통곡을 시작으로, 병사들의 이성이 붕괴되었다.

"""으, 으아아아?!"""

이리저리 도망치는 사람들.

건드리기만 해도 대상을 도려내고 부수는 굵은 손가락에 붙들리고 찢기고 잡아먹히는 몸통과 팔다리.

질걱질걱 씹는 소리.

붉은 경치가 골짜기를 가득 메웠다.

"사람을………… **먹고 있어?**"

자신의 말을 병사들의 절규가 긍정한 순간, 무릎에서 힘이 빠져나간 소녀는 자신의 입을 막았다.

"우욥, ~~~~~~~~~~~~~~~~?!"

너무나 강렬한 혐오감이, 몸에 흐르는 요정의 피가 장절한 거부반응을 일으켜 피나는 참지 못하고 구토했다.

그런 소녀의 곁에서 얼어붙어 있던 유리는 차츰 몸을 부들부들 경련시키더니, 마치 두려워하는 것처럼 귀와 꼬리를, 온몸의 털을 곤두세웠다.

"……뭐야 저게. ……뭐냐고, 저『괴물』은?!"

동요와 공포에 빠진 고함은 이를 웃도는 비명에 금세 덧칠되었다.

아비규환의 목소리가 이어졌다.

『문』이 열려버린 협곡은 말 그대로 지옥으로 바뀌었다.

붙잡히고, 짓이겨지고, 먹히고, 탐식당하고, 빨리고, 뜯기고, 씹혀 부서지고, 삼켜지고, 내뱉어진다. 갑옷과 사슬을 걸친—— 아니, 갑옷과 사슬에 **봉인당했던**『괴물』은 야수성이라 부르기에는 너무나도 미지근한 괴물성을 보이며 폭식을 되풀이했다.

이 세상의 것이라고는 여겨지지 않는 광경을 아연실색해 바라보는『영웅 후보』들은, 깨닫고 말았다.

이 공간은 적을 함정에 빠뜨리기 위한 처형장이 아니라.

먹이를 끌어들이기 위한『식사장』이었음을.

"도, 도망쳐라, 도망쳐어어어어어어어?! 어서 퇴각하라고오오 오오오오오오오오오오오오?!"

미노스가 등장하고부터 팔다리도 목도 얼어붙은 채 아무것도 못 하던 적의 장군이 겨우 후퇴의 호령을 터뜨렸다.

무능의 낙인이 찍히기 전에 유일한 대항책을 세운 그는 겁을 먹고 말의 기수를 돌려 전속력으로 달아났다.

방해가 되는 아군 따위 돌아보지도 않고, 몇 번이나 부딪치며 억지로 튕겨내고는 왔던 길을 되돌아가고자 유일한 퇴로를 향해 달려들었다.

그러나 그때—— 폭발.

"앗……?! 기, 길이…………."

골짜기로 이어지는 외길이, 유일한 퇴로가.

코를 찌르는『화약』의 냄새와 함께 붕괴되어 가로막혔다.

앞을 막는 바위와 토사의 벽.

까마득한 계곡 위, 피어오르는 불똥을 뒤집어쓰며 묵묵히 내려다보는 라크리오스의 기사장와 병사들.

그것을 아연실색해 올려다보던 적장은 꽉 쥐고 부들부들 떠는 주먹을 기점으로, 막을 수 없는 격분을 온몸으로 퍼뜨렸다.

"…………왕도의 개자식들아아아아아아아아아아아아아아아아아아아아!!"

비분에서 원념으로, 그리고 통곡으로.

병사들은 고깃덩어리가 되어『괴물』의 배 속으로 빨려들어간다.

"이건 전쟁이 아니다……. 저딴 것이 뜨거운 전투일 리가 있나! 저건…… 그냥『식사』다!!"

가름스는 외쳤다.

전장에서 결코 동요하는 법이 없었던 드워프는 이리저리 미친 듯이 춤을 추는 내장의 연회를 세상 그 무엇보다

© kakage

도 혐오했다.

"날아드는 사슬, 내리꽂히는 도끼…… 가엾은 병사들은 터져나가고 혈육이 춤을 추며 갇혀버린 협곡은 붉게 물드는구나…….."

류루는 노래했다.

떨려서 리라를 튕기지도 못하는 손가락을 대신해, 눈 아래의 광경을 그 입술에 남기고자 창백하게 질린 채 가사를 이어나갔다.

"소문 이상의 대장군, 붉은 번개를 터뜨리는 『뇌공』. 투구를 부수고, 주둥이를 벌려, 인육을 그 입에—— 아아, 그러나, 이것은…… 아아……! 이딴 것은 노래로 만들 수 없어!!"

그러나 그것도 이루어지지 않았다.

세상을 유랑하는 음유시인조차 그 광경에 핏기를 잃은 채 전율을 노래했다.

"왜냐면, 저것은——!!"

비명을 지르듯 외치는 류루의 말을 이은 것은 아르고노트.

선 채로 얼어붙은 사내는, 있어서는 안 될 현실을 중얼거렸다.

"『미노타우로스』…………."

그날, 그들은 『절망』의 의미를 알았다.

『절망』의 이름은 시체를 탐식하는 전쟁의 소, 『미노타우로스』.

『낙원』이라던 왕도는 인류의 적을 **키우고 있었다**——.

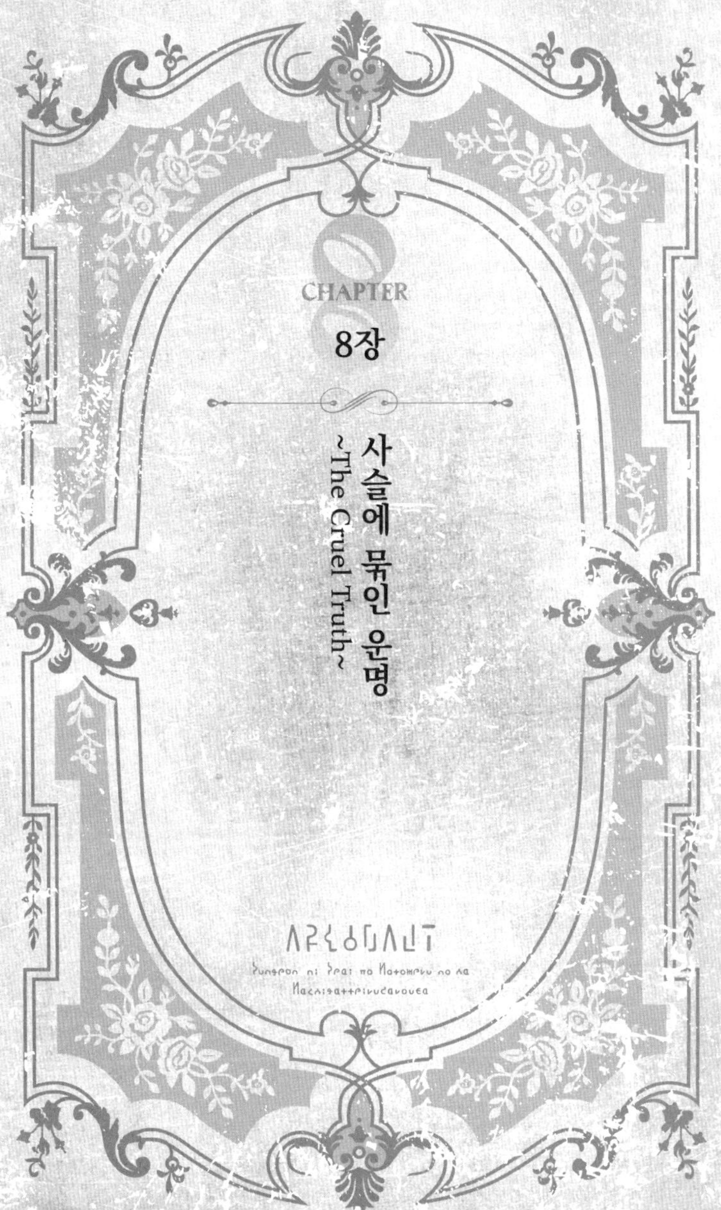

CHAPTER
8장
사슬에 묶인 운명
~The Cruel Truth~

그것은 대체 무슨 『장난』이었는지.

멸망을 맞이하려는 나라에, 하늘로부터 한 가닥의 『사슬』이 떨어졌다.

단지 그것에 불과한 이야기——.

"오르나!"

비명을 지르듯 쌍여닫이문이 활짝 열렸다.

한바탕 비라도 쏟아질 것 같은 어두운 먹구름을 창가에서 바라보던 오르나는 천천히 고개를 돌렸다.

"어서 와, 아르고노트. 무사했구나. 다시 만나서 기뻐…… 그렇게 말하면 되려나?"

말과는 달리 전혀 마음이 깃들지 않은 음성, 눈빛을 보며 숨을 헐떡이던 아르고노트의 얼굴이 낭떠러지에 몰린 것처럼 일그러졌다.

라크리오스 왕성, 객실이라고 말하기에는 지나치게 호화로운 방의 주인에게, 아르고노트는 몸을 부딪치듯 다가섰다.

"뭐야 그건! 어떻게 된 거야, 그건?!"

"설명이 필요해? 봤을 거 아냐, 그 괴물을."

아침부터 펼쳐졌던 『카룽가 황원』에서의 전쟁 종결로부터 이미 몇 각이 흘러.

서쪽으로 기운 해가 보이지 않는 저녁 어스름이 다가오려는 가운데, 한눈도 팔지 않고 자신에게 달려왔을 평인 사내를, 오르나는 싸늘한 눈으로 바라보았다.

"사람을 먹어치우는 마물……『미노타우로스』를."

"……큭?!"

소녀가 확실히 입에 담은『괴물』의 이름에 아르고노트는 말문이 막혔다.

"왕도는 그 마물을 **키워서** 외적을 제거하고 있어."

"……말도 안 돼. 마물을 키우다니! 그런 건 불가능해!"

소녀가 담담히 밝힌 사실에, 아르고노트는 견디지 못하고 받아치며 외쳤다.

헝클어진 본능과 이성의 틈바구니에서 필사적으로 자신을 붙들어매고 있는 청년을 보며, 오르나는 역시 동요하지 않은 채 말을 이었다.

"그래. 인간의 힘으로는 도저히 무리겠지. 하지만 이 나라에 한『기적』이 떨어져 버렸어."

"『기적』……?"

"지금으로부터 3대 이상 전의 라크리오스가 통치했던 시대…… 이 왕도도 예외 없이 마물 때문에 멸망의 위기에 직면했어."

소녀가 들려준 것은 이 나라의 역사였으며, 모든 것의『시작』이었다.

"그때 하늘에서『빛』이 떨어졌지. 그 정체는 불가사의한 빛을 띤, 결코 끊어지지 않는 한 가닥의『사슬』."

아르고노트의 뇌리에 잠시 상상의 광경이 스쳤다.

깊은 어둠에 지배당한 상공에서, 왕도를 향해 떨어지며 빛나는 사슬.

그리고 상상 속에서『은색으로 빛나는 사슬』을, 아르고노트는 선명하게 떠올릴 수 있었다.

"당시의 라크리오스 왕은 나라를 멸망시키려 하던 흉악한 맹우에게 그 사슬을 던져서…… 보기 좋게 사로잡았어."

왜냐하면 아르고노트는 그『사슬』을 직접 보았으므로.

"설마……."

"그래. 그건 괴물을 지배하는『신비의 사슬』이었어. ——라크리오스 왕가는『아티팩트』라고 부르지."

아르고노트는 떠올렸다.

그 협곡 밑바닥에서 펼쳐지던 처참한 연회를.

그리고 폭식의 원류였던『괴물』에게 감겨 있던 굵고 긴 은색 사슬을.

『미노타우로스』가 무기로 쓰기까지 했던 그『사슬』이 바로 오르나가 말하는『아티팩트』였던 것이다.

"하늘의 장난인지, 아니면『정령』의 산물인지, 아무튼 왕도는『미노타우로스』를 제어할 방법을 얻었지. 그다음은 당신도 본 대로. 왕도는 지금까지도 마물이나 침략자를 상대로 미노타우로스를 갖다 붙이고…… 상대를 섬멸하고 있어."

그럴 리가.

그런 일이 가능할 리가.

입에서 튀어나와야 할 말은 도저히 목소리를 이루지 못했다.

아르고노트는 논리나 이성을 전부 날려버리는 그『실물』을 보고 말았으므로.

그 신비와 참극으로 이루어진 광경을, 본능으로 이해하고 말았으므로.

감정을 배제한 오르나가 들려준『마물의 사역』이라는 트릭에 아르고노트는 아연실색해 말을 잃었다.

"——웃기고 앉았어!!"

유리의 노성이 터졌다.

왕성 복도에서, 돌벽을 후려쳐 부숴버린 그의 주먹에 피나의 어깨가 흠칫 떨렸다.

"그게『상승장군』의 정체라고?! 그렇다면 왕국의 수호자란 건,『뇌공』의 정체란 건……!"

"……그런 인간은 처음부터 없었다. 있었던 것은 거짓된 가면을 뒤집어쓴 흉악한『괴물』."

분노와 씁쓸함 속에서 쥐어짜낸 유리의 말을, 험악한 표정의 류 루가 간신히 냉정하게 이어받았다.

병사들에게 들키지 않고 겨우 왕성으로 귀환한『영웅 후보』들 속에서 피나는 낯을 창백하게 물들인 채 떨고 있었다.

“『왕도』 절대평화의 이유는…… 왕가가 『괴물』을 사역해서, 마물이 됐든 인류가 됐든…… **잡아먹게 하고 있어서?**”

아르고노트가 앞뒤 가리지 않고 달려가 오르나의 방으로 뛰어든 것과 같은 시각.

피나 일행 또한 『낙원』이 숨겨왔던 『왕가의 어둠』을 알고 말았다.

“안전신화는 무슨! 인류 최후의 영역은 무슨! 가증스러운 마물을 이용해서까지 살아남고 있었다니……!”

당장이라도 균열을 일으킬 정도로 주먹을 움켜쥐는 가름스.

유리 못지않은 분노를 자아내며 드워프 전사는 고함을 질렀다.

“이 나라는 사람이 사람인 이유까지도 저버린 건가!!”

“이것이 『낙원』이라 불리는 성지의 정체. 웃음이 나오지?”

오르나가 그 말과는 달리 무표정하게 말했다.

이 라크리오스라는 나라에 뿌리내린 심연의 정체를.

“인류 최후의 보루가 인류 그 자체를 배신하고 있었던 거니까.”

“……큭!!”

아르고노트는 입술 안에서 이를 악물었다.

최악의 진실에 휘청거리려는 다리를 필사적으로 붙들어매며, 샘솟는 의문을 간신히 문장으로 바꾸었다.

"어떻게…… 어떻게 넌 그런 걸 알고 있어? 손님인 점술사가 국가에 관한 기밀을, 어떻게……!"

"아무려면 어때, 그런 거야. **지금의 당신에게** 나에 대한 건 아주 사소한 일일 텐데."

오르나는 대꾸하지 않았다.

대신 눈을 바늘처럼 가늘게 뜨고, 조금도 웃지 않은 채, 『또 하나의 사실』을 들이댔다.

"아르고노트. 당신에게 한층 더 『절망』을 안겨주지. 아티팩트에는 『대가』가 필요해."

"『대가』……?"

"『사슬』이 지배의 효과를 지속시키려면, 묶어놓은 존재에게 정기적으로 『제물』을 바쳐야만 해."

"뭐──."

아르고노트의 반응을 기다리지 않고 소녀는 그 절망을 들이댔다.

"그리고 『제물』이란, 사슬을 사용한 피를 잇는 계보…… 다시 말해 『왕족』이야."

불길한 예감이, 격렬한 심장 고동 소리가 되어 아르고노트의 가슴속에서 뛰었다.

소녀의 입이 무슨 말을 하려는지, 그녀의 얼음장 같은 시선이 예언하고, 심홍색 눈이 떨렸다.

"…………잠깐. 잠깐 기다려줘. 그렇다면, 설마……!"

"그래. 다음 『제물』은———— 왕녀 아리아드네."

눈이 비추는 세계에, 돌이킬 수 없는 균열이 일어났다.

"————그럴 수가!!"

다음 순간 아르고노트는 목을 터뜨리고 있었다.

온갖 감정이 수많은 도화선이 되어 얽히고, 절규가 되어 작렬을 맞이했다.

"그런 일이, 그런 일이 있어도 된단 거야?! 그렇다면 공주는, 그녀는, 처음부터……!"

"그래. 가엾은 『제물』이 될 『운명』이었어. 괴물과 같은 『사슬』에 사로잡힌…… 약속된 희생."

하얀 머리칼을 마구 휘젓는 아르고노트를 보며 오르나의 눈빛은 바뀌지 않았다.

담담한 어조로 사실만을 열거한다.

"왕녀는 나라가 말하는 『백』을 위한 희생이 될 『운명』을 도저히 받아들일 수 없었지. 아니, 계곡 고통스러워하고 두려워했어."

그리고 아르고노트의 눈과 시선을 얽었다.

"하지만 그녀는 마지막에는 스스로 제물이 되길 결심했어. 다른 사람도 아닌 당신이라고 하는 『하나』와 만났으니까."

"───────────────."

"……평범한 소녀 아리아로서 대해준 당신이, 이 왕도에서 조금이라도 오래 살아가기를 바라고."

아르고노트의 호흡이 멎었다.

온도를 머금지 않았어야 할 오르나의 눈은 슬픔을 내비쳤다.

터무니없는 아이러니.

아르고노트는 아리아라고 하는 『하나』를 구하기 위해 노래하고 춤을 추었는데, 아리아는 『아르고노트』라고 하는 『하나』를 알았기에 『백』을 위해 희생되려 한다.

소녀를 웃게 하려던 광대의 희극은, 소녀에게 비극과도 같은 비장한 결의를 싹틔우고 말았다.

아리아드네에게, 희극은 희극으로 충분할 수 없었던 것이다.

"그럴, 수가……."

마치 발밑이 무너진 것처럼 아르고노트는 한 걸음, 두 걸음 뒤로 비틀거렸다.

그런 꼴사나운 모습을 보인 사내를, 오르나는 눈을 부릅뜨고 노려보았다.

"아르고노트. 당신은 말했지. 『신들은 있다』고."

소녀의 눈에 깃든 것은 비난과 모멸.

"좋아, 인정해줄게. 천상에서 떨어진 『사슬』은 그야말로 신들이 존재한다는 증거. 그리고 우리는 보기 좋게 그 『사슬』에 놀아나고 있어. 스스로 살아남기 위해, 같은 인류까지도 마물에게 붙여주면서, 울부짖는『제물』을 바쳐서……."

그리고 체념과 경멸.

"그렇게 우스꽝스럽게 파멸해가는 우리를, 하늘에서 지켜보고 있다면. 신들이란 건 성질 고약하고 비열하고, 아주 쓰레기 같은 존재겠네."

"……크윽?!"

증오로까지 발전한『신』에 대한 규탄에 아르고노트는 뒷걸음질 쳤다.

"분명 지금의 네 얼굴을 보고 손가락질하며 웃고 있을 게 틀림없어!"

그녀에게서 들어보지 못했던 큰 목소리가 터져 나왔다.

방이 진동하고, 금세 정적에 잠겼다.

아플 정도의 무음이 고막을 꿰뚫었다.

반면, 심장의 폭주는 결코 끝날 줄을 몰랐다.

얼음조각처럼 굳어버린 아르고노트는 억지로 입술을 비집어 열었다.

"……어디 있어. 공주는, 그녀는 지금, 어디 있어?!"

떨리는 목소리가 이내 외침으로 바뀌었다.

왕도의 어둠에 빠졌으면서도 여전히 몸을 내미는 아르고노트. 오르나는 눈살을 찌푸렸다.

"『절망』한 거 아니었어? 이 추악한 도시의 정체를 알고. 그런데도 그녀가 어디 있는지 알아내서 뭘 하려고?"

"구해낼 거다! 그것 말고 있겠어?!"

"……미리 말해두지만 당신의 행동은 전부 감시당하고 있어. 이대로 나아가면 기다리는 건『파멸』뿐."

어리석은 이를 관철하려는 사내의 모습에, 오르나는 날카로운 눈빛과 납처럼 무거운 말로『충고』했다.

그 납 같은 음성은 감정을 드러내지 않으려 하는 것처럼 들리기도 했다.

"당신처럼 의분에 사로잡혔다가 왕성 안에서 처리당한 사람이 몇 명이나 있었지."

"알 게 뭐야! 난 가겠어!"

"……안 돼. 난 살인자가 되고 싶진 않아."

"그럼『죽게 내버려 두는』건 괜찮고?! 공주를…… 그런 여자아이를!"

"…………."

오르나의 얼굴이 침통하게 물들었다.

눈을 내리깔고, 잠시 침묵을 두른 소녀는 아무런 경멸도, 혐오도, 증오도 담지 않은 채 그저 아르고노트를 바라보았다.

"……가르쳐줄 수 없어. 왜냐면 지금 당신은『절망』하고 있으니까."

어리석은 자의 손끝이 경련했다.

"사람에게, 이 나라에게."

절망에 삐걱거리는 가슴을 꿰뚫는다.

“……큭!”

다음 순간, 아르고노트는 마치 도망치듯 달려나갔다.

오르나에게 등을 돌리고, 문을 부수듯 열어젖히고는 한 소녀를 찾으러 나갔다.

“……소용없어, 아르고노트. 지금의 당신에게는 무리야.”

홀로 남은 방에서 오르나는 독백했다.

“자기 자신을 잃어버리고『광대』가 아니게 된, 정의감에만 사로잡힌 당신 따위, 평범한 사람과 마찬가지.”

마지막으로 시선과 함께 연민을 바닥으로 떨구었다.

“왜냐면 당신은……『영웅』이 아니니까.”

달린다.

왕족의 거성이라는 것도 잊고, 무례하기 짝이 없는 발소리를 무턱대고 울렸다.

왕족 따위가 아닌, 오직『왕녀』라는 사슬에 묶인 한 소녀를 위해, 아르고노트는 왕성의 복도를 달려나갔다.

“맹우가 나타났던 협곡의『문』…… 그게 왕성으로 이어져 있다면, 마물이 있는 곳은 지하!”

머릿속에 떠올린 것은『카룽가 황원』과 왕도 주변의 지리.

라크리오스에서 봤을 때 남쪽으로 펼쳐진 협곡지대는 큰 고저차가 존재했다.

『미노타우로스』가 나타났던 문이 왕도와 직결되어 있다면, 그것은 지하에 존재할 수밖에 없다.

긴급 시에 왕가 사람이 피난하기 위한 비밀통로, 혹은 그런 척도로는 헤아릴 수 없는 『무언가』가 그들의 발밑에 펼쳐져 있다.

"공주는 이미 끌려간 건가? 아니면 근처에 사로잡혀 있나? 모르겠어, 모르겠지만, 갈 수밖에 없어!"

『제물』인 아리아드네가 성의 고층에 사로잡혀 있다고 생각하기는 힘들다. 다시 탈주할 기회를 주지 않기 위해서라도 감금되어 있을 가능성이 높을 것이다.

이를 감안하면, 생각할 수 있는 곳은 지하 감옥.

"아래로, 아래로 아래로 아래로!"

아르고노트는 서둘렀다.

성의 구조는 지난 며칠 사이에 거의 파악했다. 지하로 통하는 계단을 금세 발견해, 초조함의 땀을 흘리며 좁고 가느다란 계단을 단숨에 뛰어 내려갔다.

발소리가 메아리쳤다. 온갖 각도에서 고막을 두드려댔다.

마치 어리석은 이에게 손짓하듯, 지하로 이어지는 계단은 사내를 어둠 속으로 이끌고 있었다.

그리고 아래로 아래로 아래로, 이제는 몇 층이 있었는지도 모를 계단을 내려갔을 때.

"…………?"

위화감을 느꼈다.

‘이상해…… 지나치게 조용해. 나를 막는 사람이 없어. 병사조차 안 보여.’

왜 아무도 없지?

이곳은 왕가의 본거지 중에서도 본거지다. 최상층이 됐든 지하가 됐든 사람이 없으면 이상하다. 하물며 지금 아르고노트는 이성을 잃은 토끼나 마찬가지. 전장에서 귀환해 왕녀를 수색하는 이 행동이 알려지지 않았을 리가 없을 텐데도.

마비되었던 감각이 한 점의 이성을 되찾았다.

과열되었던 충동에 아주 얇은 한기가 스며들었다.

“이래서는 어두운 밑바닥으로——『나락』으로 유인당하는 것 같은——.”

“너무 많이 알았군, 아르고노트.”

“!!”

교활하고도 어두운 목소리가 어둠 안쪽에서부터 울려 퍼졌다.

계단을 다 내려간 곳, 지하라고는 생각할 수 없을 정도로 길고 넓은 석제 복도.

그 한복판에서, 남자를 기다리고 있었던 것처럼 그 노인이 서 있었다.

“아니, 잘 알아주었다고 해야 하려나. 이로써 너를 미련

없이『처분』할 수 있으니.”

“라크리오스 왕……!”

옥좌에 앉아있을 때와 전혀 다를 바 없는 분위기와 으스스함으로, 왕은 숨겨놓았던 의도를 드러냈다.

한번은 놀랐지만, 아르고노트는 예정조화였던 이 대치를 받아들였다.

라크리오스 왕이 왕녀의 도피를 도와준 남자를 좋게 생각하지 않았던 것과 마찬가지로, 아르고노트 또한 왕에게 캐물어야만 할 것이 있었다.

“대답해…… 왜『괴물』을 키우고 있는지. 왜 비참한『운명』을 자기 자식에게 강요하는지!!”

“왕족의 책무라고 할 수밖에. 국가는 선조이자 자손. 누구보다도 공경하고 귀여워하는 것은 당연한 이치 아니냐.”

군말은 필요 없다는 양 아르고노트는 단도직입적으로 모든『왜』를 터뜨렸다.

여기에 왕은, 이 상황에 어울리지 않을 정도로 태연히 대답했다.

“설령 피가 이어진 내 자식이라 해도,『백』 앞에서는『하나』를 잘라버려야만 하는 법.”

가증스러운 마물을 써서라도 국가를, 수많은 백성의 목숨을 지킨다.

아예 왕으로서의 책무를 관철하겠다는 그 변명을, 아르고노트는 아무 망설임도 없이 베어버렸다.

"틀렸어, 잘못됐어! 그게 위정자의 정론이라 해도, 당신은 거짓말을 하고 있어!"

"호오? 그렇다면 이 왕이 무슨 거짓말을 하고 있다는 게지?"

"마물의 존재를 은폐하고, 장군이라는 기호를 만들어낸 건 어째서지?! 다른 나라들과 손을 잡지 않고 쓸데없이 전쟁을 거듭하는 건 어째서야?!"

예전에 점술사 소녀와 펼쳤던 논쟁과는 거리가 먼 분노의 규탄. 시퍼런 진노의 불꽃.

가름스 같은 이들이 분개했던 것과 마찬가지로, 이 나라의 모순을, 요사스럽게 흔들리는 촛대의 촛불 아래 드러냈다.

"사람과의 전쟁, 그건 미노타우로스의『식사』가 아닌가?! 일부러 침략자를 끌어들여 마물의 배를 채워주고 있는 것 아닌가?!"

분노의 빛을 머금은 심홍색 눈동자가 낯빛을 바꾸지 않는 노인을 노려보았다.

한번 고개를 숙였던 노왕은 어깨를 떨기 시작하더니, 목에서 큭큭 울리기 시작하는 그 음색을—— 끔찍한 웃음소리로 바꾸었다.

"하하하!! ……눈치챘구나, 광대에에에."

옥좌 위에서 한 번도 보여주지 않았던 추악한 웃음이 드러났다.

"그건 잘 움직이고, 잘 굶주리지. 왕족의 제물 이외에도 대량의 『먹이』가 필요하거드은. 나라에서 내보내면 눈 깜짝할 사이에 민초 따위 다 먹어치우겠지."

"큭……!! 당신은 나라라는 『백』을 지키기 위해 인류라는 『천』을 살육하고 있어! 당신의 정론은 바로 『사론(邪論)』이야!!"

"그렇다면 가르쳐다오 아르고노트. 나는 어떻게 하면 좋았을까?"

아르고노트의 비난에, 왕은 웃음을 멈추지 않은 채, 오히려 유쾌하다는 듯 물었다.

"도시를 마물에게 위협당하고, 도움을 청하는 목소리는 타국에서 들어주지도 않고, 호락호락 백성을 죽게 만드는 어리석은 이 나는…… 부모도 형제도, 아내도 아이들도 마물의 배 속에 보내버린 나아느은, 대체 어떻게 하며어 어어언?"

"으윽?!"

왕이 터뜨린 것은 『광기』였다.

국가의 위정자로서 품은 번민과 갈등, 고뇌, 그리고 결단 너머에 당도해버렸던, 이미 망가진 노왕이 그곳에 있었다.

헛숨을 삼킨 아르고노트는 윤기를 잃고 말라비틀어져 주름투성이가 된 라크리오스 왕의 뺨에, 이미 말라버렸을 눈물 자국의 환영을 보았다.

이를 악문 아르고노트는, 그래도 왕의 과오를 눈앞에 들이대 주어야만 했다.

"끊어버렸어야 했어! 마물의 가호 따위!『제물』을 계속 바치면 언젠가는 공물이 다 떨어지는 게 당연하지!"

오르나가 말했던 정보를 대조해봐도 지금 왕도의 상황은 최악이다.

피 그 자체가 사라지려 하는 라크리오스 왕가의 실정은 도화선이 털끝만큼 남겨놓은 재앙의 폭탄이나 다를 바 없었다.

"그게 지금이다! 왕족은 당신과 공주만 남고 사라지려 하고 있어! 지금의 왕도는 거짓된 평화, 멸망이 약속된『악몽』이다!"

"하하하…… 그렇지, 이 라크리오스는 천년왕국에는 이르지 못할 모양이야. 하지마안, 아르고노트? 너는 착각하고 있군."

아르고노트의 격렬한 갈파에 라크리오스는 으스스하게 웃었다.

"『제물』은 처음에는 아주 사소한 것이었어. 하지만 차츰 힘을 키운 미노타우로스를 제어하지 못해 사라져간 왕가의 혈육은 가속하듯 늘어났고…… 제물에는『피의 농도』도 상관이 있다는 걸 깨달았을 때에는, 이미 때가 늦었지."

"!"

"외부인과 왕가가 아무리 연을 맺어도 모두 허사였다."

허공에 먼 눈빛을 향하는 노인의 모습은 마치 어두컴컴한 무대 위에서 독백을 늘어놓는 1인극 같았다.

『사슬』을 썼던 자와 같은 농도의 피가 아니면『제물』의 효과는 충분히 발휘되지 않았다.

그것은 다시 말해『사슬』그 자체가 약속된 파멸이었다는 뜻.

이 얼마나 고약한 시나리오인가.

마치 성질 나쁜 신, 혹은 악마와도 같은 각본에 아르고노트는 현기증마저 느꼈다.

"나도 말이다아, 아리아드네는 놓고 싶지 않았어……. 그 녀석은 왕비를 쏙 닮아서, 정말 아름다우니까아……."

왕은 그때 갑자기, 한껏 개탄하면서 중얼거렸다.

"왕도를 존속시키기 위해서는 그 녀석에게 얼른 **손을 댔어야 했는데**…… 히히, 이 몸에도 아직은 부모의 마음이란 게 남아 있었나보지."

"……큭!"

완전히 일그러져버린 소름 끼치는 웃음. 아르고노트의 온몸에는 소름이 돋았다.

망가졌다.

이 나라는, 그리고 이 나라의 어둠에 사로잡힌 모든 이들은 망가져 버렸다.

아르고노트의 온몸을 지배하는 것은 분노가 아닌, 슬픔.

얼굴에 떠오른 것은 해탈의 경지에 이른 듯한, 연민을

감추지 못하는 웃음이었다.

"왕, 당신은 이미…… 제정신마저 놓아버린 건가?"

돌아온 것은 균형을 잃고 무너지는 동굴 같은 가가대소였다.

"제정신을 유지하면서 어떻게 이 시대를 살아갈 수 있겠나! 어떻게 미치지 않을 수 있겠나! 무리지! 무리 아니냐고!"

머리카락을 잃은 머리를 물어뜯듯 열 손가락으로 헤집어댄다.

잇새로 타액의 침을 늘어뜨리고 벌어진 눈에 흉흉한 기운을 머금은 그 모습은 그야말로 인간을 버릴 수밖에 없었던 『괴물』 같았다.

아르고노트는 주먹을 쥐고, 악다물었던 턱을 떼어냈다.

"……왕이여, 지금이라도 늦지 않았다. 미노타우로스를 쳐야 한다! 마물에게 의존하지 않는 치세를, 다시 한번!"

"그럴 수는 없어어. 『아티팩트』는 그야말로 『하늘의 계시』. 고약한 신의 은혜였다 해도, 그걸 감수하지 않고선 왕도가 존속할 길은 없어."

"그렇다면 내가 그 마물을 어떻게든 해주지! 공주를 구해내고 말겠어!"

"분수 모르는 짓도 작작 해라, 광대. ──어차피 너는 여기서 끝난다."

으스스하게 웃기만 하는 왕의 얼굴에 처음으로 분노가 깃들었다.

끊임없이 틀린 선택을 내릴 수밖에 없었던 자신의 길과 결단의 앞길을 빼앗기지 않겠다는 양, 어리석은 외부인을 노려보며, 악마의 손가락처럼 가늘고 우툴두툴한 손을 들었다.

그 직후, 십자를 그리는 좌우 복도에서 수많은 병사가 나타났다.

"다들 들어라! 왕녀가 **성에서 사라졌다!**"

아르고노트가 경악하는 사이에, 왕은 자신의 좌우에 도열한 병사들에게 목소리를 높였다.

"모든 것은『영웅 후보』중 하나, 아르고노트의 소행! 놈은 파렴치하게도 왕녀에게 집착해 욕을 보인 후 끌고 나간 것이다!"

"뭐?!"

"백성들에게 전하라! 포고를 내려라! 국외에도 알려라! 아르고노트에 의해 왕녀가 소식이 끊어졌다고!"

나락까지 발을 들였던 어리석은 이에 대한 조소.

병사들은 아무 의문도 품지 않고 왕의에 따르기만 하는 인형으로 전락했다.

"왕명을 고한다── 아르고노트를 체포하라!!"

와아아아아아아아아아아아아아아아아아아아아아아아아 아아아아!

병사들의 포효가 지하 복도에 쩌렁쩌렁 울려 퍼졌다.

자신의 등 뒤에서도 병사들의 벽이 나타났다.

이쪽으로 달려오는 갑옷의 해일에, 자신을 에워싸는 악의의 감옥에, 아르고노트는 눈을 한껏 크게 떴다.

"설마…… 처음부터 나를?!"

"히히히…… 마침 필요했거든. 이용할 수 있는 『어리석은 자』가."

추악한 웃음을 머금으며 라크리오스 왕은 아르고노트를 조롱했다.

"이로써 왕녀가 사라진 이유도 생겼지. 너 또한 나의 『제물』이다."

"……!"

"자아, 파멸하라 아르고노트!"

왕의 명령과 동시에, 병사들의 창이 아르고노트에게 쇄도했다.

살상의 가감 따위 없는, 그저 몸통과 머리만 남아있으면 된다는 듯한 제압에 아르고노트는 창졸간에 바닥을 박찼다. 그리고 넘어졌다.

포위당해 퇴로가 사라졌기에 그것은 자살행위였다. 스스로 병사들의 발밑으로 굴러가, 몇 번이고 차이고 밟혀도 적의 시야에서 벗어나고자 했다.

병사들은 고스란히 허를 찔렸다.

에워싸고 달려들었던 병사들끼리 서로의 창으로 자신

들의 갑옷을 후려치다가 비틀거리고, 바닥으로 도망친 아르고노트의 모습을 놓쳐버렸다. 발이 걸려 넘어지면서 동료까지 넘어뜨리는 자가 속출하는 가운데, 아르고노트는 어깨를 발로 차이고 머리를 얻어맞고 손가락뼈에 금이 가고 코에서 피를 흘리며, 비참한 사바톤의 숲을 헤집고 나아갔다.

"크으으으으으……! 젠장!"

"아니?!"

"놓치지 마라! 쫓아가!"

감옥의 가장 뒤쪽, 말단 병사의 눈앞에서 단숨에 뛰어올라, 나이프를 번뜩여 물러나게 만들고 포위망을 돌파했다.

상처투성이가 되어서도 지하통로에서 탈출하는 아르고노트를 병사장의 호령에 따라 라크리오스의 병사들이 서둘러 추격했다.

"도망쳤나…… 뭐, 상관없다."

촛대의 불빛이 일렁거렸다. 어두컴컴한 복도에 홀로 남은 라크리오스 왕은 동요하지도 않고 중얼거렸다.

"어떻게 굴러가든…… 너는 이미 끝났다, 어리석은 아르고노트."

바닥을 넘어 벽까지 뻗어나간 노왕의 그림자는 스스로 타락해 괴물이 된 것처럼 일그러진, 끔찍한 모양을 하고 있었다.

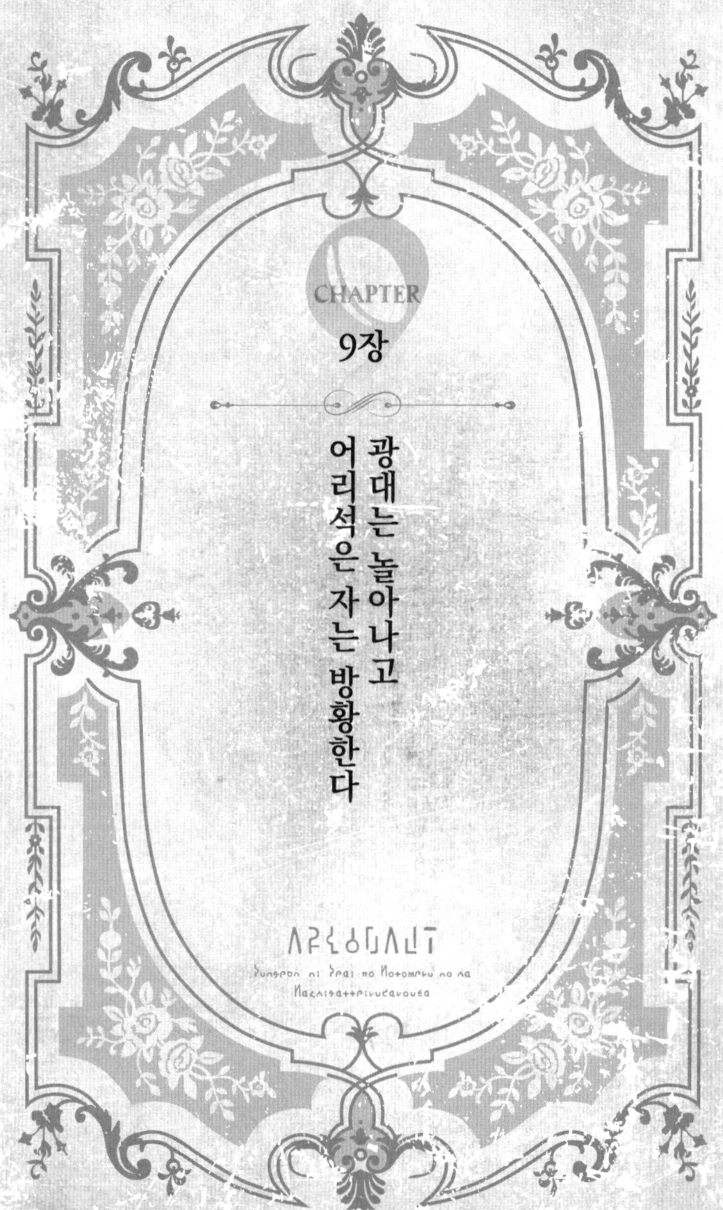

CHAPTER

9장

광대는 놀아나고
어리석은 자는 방황한다

불이 붙은 듯한 소동에 휩싸였다.

이제는 병사들의 발소리가 울리지 않는 곳 따위 없을 정도로 라크리오스 왕성은 소란스러워졌다.

"아르고노트가 아리아드네 님을 끌고 갔다! 놈은 이미 『영웅 후보』가 아니다! 왕을 거역한 역적이다!"

호령을 내린 것은 기사장.

칠흑의 갑옷을 덜그럭거리는 그는 미리 준비해두었던 대사를 따라가듯 목소리를 높였다.

병사들 또한 주어진 대본을 따르듯 행동을 개시했다.

그들이 연기하는 것은 참극.

희극을 짓밟는 인간의 악의가 관객 없는 무대 위에 광대를 매달아버리려 했다.

"성에 있는 모든 이들은 죄인 아르고노트를 잡아라!"

기사장의 지시에 오오오오! 하고 수많은 병사들이 호응했다.

성 전체가 쩌렁쩌렁 뒤흔들리는 듯한 착각이 느껴지는 가운데, 3층 복도에 있던 『영웅 후보』 중에서 피나는 아연실색했다.

"역적? 죄인? 왕녀님을 끌고 가……?"

그녀의 중얼거리는 목소리를 들으며 류루는 눈살을 찌푸리고, 유리와 가름스는 얼굴을 일그러뜨렸다.

음유시인과 전사들은 즉시 깨달았다.

전부 그 교활한 왕의 손바닥 위에서 함정에 빠졌음을.

"오빠가 그런 짓을 할 리가 없어요! 뭔가 잘못된 거예요!"

단 한 사람, 결벽한 엘프의 피에 따라 오빠의 무고함을 주장하는 피나에게 반론한 것은, 어디서인지도 모르게 나타난 아마조네스였다.

"왕의 명령이 떨어졌다. 그것이 유일한 사실이다."

"……?!"

"해명할 진실 따위 이제는 필요가 없다."

어둠을 응축한 듯한 엘미나의 두 눈에 꿰뚫려 피나는 말문이 막히고, 이마에 퍼런 핏대를 세운 가름스가 길길이 날뛰었다.

"입을 막겠다는 겐가! 아니면 전부 아르고노트에게 책임을 전가하겠다고?!"

"우리도 이미 가증스러운『장군』의 정체를 알고 있어!"

"그렇다면 어쩔 텐가? 거역하겠다고?"

드워프와 함께 유리 또한 앞으로 나서며 규탄과도 같이 목소리를 높였으나, 엘미나의 얼어붙은 태도는 흔들림이 없었다.

"전쟁에서 살아 돌아온 너희는 이미『영웅』…… 왕은『포상』을 내리겠노라 약속했다. 너희 자신의『비원』도, 여기서 버릴 텐가?"

"『『『……!』』』"

가름스와 유리의 얼굴이 씁쓸함으로 물들었다.

특히 유리에게는 그 효과가 절대적이었다.

부족의 미래를 짊어지고 왕도에 왔던 청년에게, 동포들을 보호할 수 있는 낙원을 놓친다는 것은 스스로 일족의 운명을 끊어버리는 것과 같았다.

그것이 『괴물』에게 보호받는 거짓된 낙원이라 해도.

"……아르 공을 함정에 빠뜨리고, 우리에게는 목줄을 채운다. 아아, 이 얼마나 교활하고…… 우스꽝스러운 촌극인지."

탄식하는 류루는 운명을 저주하듯 리라를 켰다.

"내가 보고 싶었던 『이야기』는 이런 것이 아니었거늘."

진퇴양난에 빠진 『영웅 후보』들에게 엘미나는 결정타를 꽂듯 무감정하게 선고했다.

"왕명이다── 따라라, 『영웅 후보』 놈들."

"성문을 닫아라! 아르고노트가 밖으로 도망치지 못하게 해라! 아직 근처에 있을 거다, 찾아내라!"

병사장의 노성이 울려 퍼지고, 이내 성문이 무거운 소리를 내며 닫혔다.

수많은 덩어리가 되어 움직이는 병사들은 성의 1층에서 최상층까지 빈틈없이 죄인을 찾으며 돌아다녔다.

계단을 위에서 아래로, 복도를 좌에서 우로 차례차례 왔다가는 떠나갔다.

"하아, 하아……!"

성 1층의 회랑.

지금 막 병사들이 떠나간 장소에서 숨을 죽이고 있었던 아르고노트는 한계가 온 것처럼 거친 숨을 몰아쉬었다.

그림자 속에 몸을 숨기고 이동을 이어나갔지만, 적의 눈을 완전히 벗어날 수는 없었다. 성문을 비롯한 퇴로는 차단되고, 병사들의 포위망이 슬금슬금 좁혀들면서 압박을 가한다는 위험한 감각이 따라다녔다.

"병사는 왕의 장기말…… 왕성에 있는 모든 인간이 내 적?! 오르나가 말했던 『파멸』이란 이거였나……!"

너무나도 철저한 움직임에 아르고노트는 자신이 고립무원에 빠졌음을 깨달았다.

왕성은 이미 『왕녀를 납치한 죄인』을 집어삼키려 하는 마물의 위장이 되었다. 아무리 무죄를 호소한들 왕의 명령이 내려진 이상 흰 것도 검은 것이 된다. 여기서 빠져나가지 못하면 아르고노트에게 미래는 없었다.

제대로 쉬지도 못한 채, 아무튼 성에서 탈출할 방법을 모색하고 있으려니,

"찾았다! 1층이다!"

"큭……?!"

마침내 발각되고 말았다.

피폐해진 나머지 머리 위쪽의 경계가 소홀해져, 2층의 복도를 이동하던 병사들에게 들켰다. 경적 소리가 울려 퍼

졌다. 아르고노트는 은밀술을 포기하고 달려나갈 수밖에 없었다.

계단을 뛰어 내려오는 해일과도 같은 발소리에서 벗어나듯 왕성 안뜰 쪽으로 향했다.

"꼴좋구나, 아르고노트!"

"!"

그때 앞을 가로막는 자들이 있었다.

4인조 사내들. 평인 용병 출신의『영웅 후보』였다.

"죄인으로 전락했다며~? 이제 네놈을 마음껏 괴롭혀줄 수 있겠구만!"

"늘 표표하던 네놈이 처음부터 마음에 안 들었다고!"

더할 나위 없는 대의명분을 얻은 사내들은 가학적인 눈빛을 감추려고도 하지 않았다.

성하마을에서 왕녀 아리아드네를 지키기 위해 한 방 먹여주었던 것도 아직까지 속으로 품고 있을 것이다. 긴 머리카락을 한데 묶은 두목 평인이 험악한 시선으로 아르고노트를 쏘아보았다.

"여기서『영웅 놀이』를 끝내주지!"

일제히 달려드는 네 개의 그림자.

등 뒤에서도 병사들이 육박하는 아르고노트에게 지금 막 숫자의 폭력이 엄습했다.

"크악?!"

유일한 장기인 도망 솜씨를 발휘해 필사적으로 피하고

위기를 모면하려 하지만 중과부적. 금세『영웅 후보』들에 게 공격당해, 창졸간에 내민 나이프 너머로 검에 튕겨나가 고 창의 수평베기에 날아가버렸다.

처음『선정의 의식』이 치러졌던 안뜰은 이미 린치의 장 으로 변해버렸다.

"커헉, 콜록……?! 크윽……!"

마침내 아르고노트의 무릎이 꺾이고 안뜰 한복판에 두 손을 짚었다.

『영웅 후보』들의 야만스러운 웃음소리가 울려 퍼지는 가 운데, 모여든 병사들이 이번에야말로 벗어날 수 없는 감옥 을 구축했다.

공개처형을 방불케 하는 광경이 펼쳐진 안뜰에, 한 아마 조네스가 성의 고층에서 소리도 없이 착지했다.

"끝났어."

"……웃?!"

여자의 손에서 나타난 사위스러운 어둠색 검이 빛을 뿜 어내 수많은 이가 지켜보는 아르고노트의 눈을 달구었다.

힘줄일까, 아니면 숫제 팔다리 중 하나를 잘라 움직임을 빼앗으려는 걸까. 잔혹한 칼날이 어리석은 제물을 향해 번 뜩이고,

"【계약에 응하라, 대지의 불꽃이여. 나의 명에 따라 폭력 을 불태워라】!"

바로 그때.

힘찬 불꽃의 영창이 울려 퍼졌다.

마치 엘미나의 뒤를 따르듯 고층에서 힘차게 발을 내디디며 뛰어내린 피나의 지팡이가, 상공을 올려다보는 병사들, 그리고 엘미나를 조준했다.

"【플레어 번】!"

허공에서 낙하하는 소녀의 몸이 반동으로 부유할 정도로 거대한 화염구가 발사되었다.

"끄아아아아아아아아아아아아아아아아아악?!"

왕성 안에서 작렬해도 될 화력이 아닌 폭염의 마법이 안뜰에 직격했다.

병사들과 『영웅 후보』들의 포위망 일각을 송두리째 날려버린 대화구에 이어, 우박처럼 쏟아지는 화염탄의 파편. 폭격의 충격으로 왕성이 끊임없이 요동치는 가운데 아르고노트에게 숨통을 끊으려 하던 엘미나에게 불꽃의 위협이 밀려들었다.

"쯧, 또야……!"

엘미나의 발이 땅을 박찼다.

아리아드네를 포박하려 했을 때 자신을 저지했던 하프 엘프의 마법을 가증스럽다는 듯이 노려보며, 뿌려진 탄막을 재빨리 회피했다.

아르고노트의 눈앞에서 물러나는 아마조네스를 곁눈질하며 안뜰에 착지한 피나는 혼란에 빠진 병사들에게 지팡이를 휘둘렀다.

"도망쳐요 오빠!!"

"피나……?!"

너덜너덜해진 오빠를 감싸듯 피나는 지팡이를 들어 병사들을 몇 번이나 기절시켰다.

눈 깜짝할 사이에 불바다가 펼쳐진 안뜰에 격노한 병사장의 목소리가 울려 퍼졌다.

"『영웅 후보』 피나! 놈은 죄인 아르고노트의 동생이다! 붙잡아라!"

"……! 관둬!! 피나, 도망쳐!"

잇달아 검을 뽑는 병사들을 보고 아르고노트가 비명을 질렀지만, 결코 완력이 뛰어나지 않은 하프엘프임에도 피나는 싸움을 멈추지 않았다.

"도망쳐야 할 건 당신이에요, 오빠!! 저보다 약하니까 평소처럼 맡겨달라고요!"

"피나……!"

"도망치는 재주 하나만 좋은 게 우리 오빠잖아요?! 그러니까 가세요!"

땀방울을 뿌리며 병사들과 자리를 바꾸며 뛰어다니는 피나가 여유 없는 목소리로 외쳤다.

이쪽을 돌아보지 않는 뒷모습이 고함으로 오빠에게 호소했다.

"어서!!"

찢어질 듯 통렬한 목소리에.

아르고노트의 몸은 비참할 정도로 떠밀려버렸다.

"크윽……!"

비틀거리려는 다리를 허우적거리며, 쓰러질 뻔하며 달려나갔다.

안뜰을 나가는 오빠의 뒷모습을 아주 잠깐 바라본 피나는 울면서 웃는 듯한 미소를 지었다.

"……난 저 사람에게 은혜를 갚은 걸까?"

오빠를 일편단심으로 생각해주는 동생의 소삭임은 이내 병사들의 야만스러운 발소리에 짓밟혔다.

"붙잡아아아아아!"

쇄도하는 병사들을 다시 노려보고 두 눈썹을 곤두세웠다.

자신을 잡으려 하는 손도, 자신을 지나쳐 오빠에게 가려 하는 발도, 몇 번이고 지팡이로 후려쳤다.

그리고 이그니스 파투스의 위험을 돌아보지 않은 채 드높이 노랫소리를 퍼뜨리고, 피나는 다시 한번 지팡이를 빛냈다.

"하아, 하아……! 피나, 피나……! 젠장!"

마법의 굉음이 솟구쳤다.

두 차례 세 차례 안뜰에서 일어나는 충격에 등을 얻어맞으며, 아르고노트는 고함을 지를 수밖에 없었다.

보호받고 말았다. 오빠가, 동생에게.

그 자리에서 병사들을 막을 수 있었던 것은 동생 쪽이었으며, 도망칠 수밖에 없었던 것은 약한 오빠.

둘 다 살아날 방법은 없었으므로, 피나는 선택했을 뿐.

그리고 어리석은 아르고노트에게는 선택권이 없었다. 그의 여동생만이 선택할 수 있었다.

그뿐이었다. 단지 그뿐인 이유.

거부해야만 했다.

웃어넘겼어야만 했다.

그러나 꼴사나울 정도로, 지금의 아르고노트에게는 부조리를 뒤집을 힘은 고사하고 수단조차 없었다.

"안 놓친다."

그때 무정한 목소리가 급속도로 다가왔다.

피나가 터뜨린 마법의 포우(砲雨)를 이겨내고, 오직 혼자 따라온 규격 외의 암살자.

엘미나.

구름다리를 달려가는 아르고노트의 얼굴이 초조함으로 일그러지는 가운데, 갈색 손이 뻗어 나와 백발을 움켜쥐고 잡아당겨 쓰러뜨리려 했으나.

"우ㅇㅇㅇㅇㅇㅇㅇㅇㅇㅇㅇㅇㅇㅇㅇㅇㅇㅇㅇㅇㅇㅇㅇㅇ!!"

그 자리를 가르듯 드워프가 대형 워해머를 내리찍었다.

제대로 경악하지도 못한 엘미나와 아르고노트가 좌우로 뛴 직후, 그들을 가로막듯 거대한 금속덩어리가 구름다리를 함몰시켰다.

"배신자 아르고노트 놈! 내가 벌을 주마!"

아르고노트를 향해 그렇게 외친 가름스는 다짜고짜 워해머를 옆으로 위로 막무가내로 크게 휘둘러대기 시작했다.

그것은 일종의 폭풍이었다. 벽을, 바닥을, 기둥을 몇 번이나 분쇄하고 바람과 함께 헤집는 괴력의 위협은 그 누구도 접근할 수 없게 만들었다.

"네놈! ……큭!"

엉터리로 휘둘러대는 워해머에 엘미나가 짜증을 냈지만, 그녀조차 함부로 접근할 수 없었다.

『배신자』에게는 맞히지도 않는 주제에 하마터면 얻어맞고 날아갈 뻔한 아마조네스는 뒤로 크게 뛰어 물러나 회피했다.

"요란하게 날려버릴 테니 준비해."

"……!"

엘미나가 멀리 물러난 것과 동시에 워해머가 바람을 가르는 가공할 소리 속에서 드워프가 슬쩍 속삭였다.

입술의 움직임으로 그것을 읽어낸 아르고노트가 눈을 크게 뜨고, 두 팔을 교차시킨 직후. 가름스는 워해머를 번뜩였다.

"우ㅇㅇㅇㅇㅇㅇㅇㅇㅇㅇㅇㅇㅇㅇㅇㅇㅇㅇㅇㅇㅇㅇ!!"

아르고노트에게 맞기 직전 살짝 기세를 늦춰 퍼 올리듯 상공으로 날려버렸다.

힘을 가감한 일격. 그러나 드워프의 완력에 의한 올려치기였다.

아르고노트는 새처럼, 혹은 공처럼, 거짓말같이 날아가 등 뒤에 우뚝 솟아 있었던 성의 다른 탑에 꽂혔다.

유리창이 요란하게 깨지는 소리와 함께 다시 성 안을 향해, 말 그대로 날아 들어갔다.

"……무슨 짓이냐."

"뭐긴 뭐야. 왕명인지 뭔지에 따라, 드워프답게 적을 상대했을 뿐이지."

짐승을 시선만으로 죽여버릴 것 같은 살기를 뿜어내는 엘미나에게, 가름스는 자기가 무슨 잘못을 했냐는 양 상체를 젖혔다.

자신은 전혀 명령을 어기지 않았다고 주장하며, 덥수룩한 수염 안에서 웃음을 머금는다.

"좀 멀리 날려버린 것 같긴 하지만."

"……싸구려 연기로군."

드워프의 으스대는 얼굴에 엘미나가 혀를 차고 있을 때 병사들이 달려왔다.

"엘미나 님! 하프엘프는 체포했습니다! 그 죄인 놈은……."

"저쪽 탑에 있다. 추격해."

이젠 가름스 따위 내버려 둔 채 엘미나는 등을 돌렸다.

아르고노트가 사라진 탑을 향해 병사들이 발을 돌리고, 아마조네스가 후방으로 돌아가듯 혼자 다른 방향으로 향하는 가운데, 혼자 남은 가름스는 대형 워해머를 어깨에 걸머졌다.

탑을 노려보듯, 그리고 사내를 질타 격려하듯, 중얼거렸다.

"……끝까지 도망쳐라, 광대. 이딴 결말은 참을 수 없다."

"끄윽?!"

유리 깨지는 소리와 함께, 아르고노트는 탑의 상층 복도에 내던져졌다.

한 치의 오차도 없이 유리창을 날려버렸다는 데에는 감탄했지만, 아무튼 아팠다.

얄궂게도 안뜰의 소동 때문에 병사들은 모두 1층에 내려갔는지, 아무도 없는 복도에서 아르고노트는 웃으려다 실패한 그런 표정을 지었다.

"……하, 하하하…… 좀 살살 보내주지……."

떨리는 손을 짚으며 간신히 몸을 바닥에서 떼어내고 있으려니, 그때 리라 소리가 울려 퍼졌다.

"류루……!"

"아르 공…… 함정에 빠지고 말았군요~. 당신 자신도 『제물』이 되어버렸네요. ……정말 안타깝습니다."

흩뿌려진 유리의 바다를 발굽으로 울리며 엘프 음유시인이 다가왔다.

어딘가 남의 일인 것처럼, 벽을 하나 친 것처럼, 그야말로 관측자처럼 말하며, 지금 아르고노트가 처한 상황을 탄식한다.

"이렇게 된 이상 저는 아무것도 할 수 없군요. 아니, 이렇게 되어서도 저는 지켜보고, 있는 그대로 노래할 수밖에 없답니다."

"웃……!"

"제가 힘을 빌려드린들 둘이 함께 잡혀버리는 것이 우리의 종막…… 그러나 『길』을 제시해드리는 것 정도는 가능하겠지요."

힘은 되어줄 수 없다고 확실히 밝히면서도, 류루는 손끝으로 튕기는 리라 소리의 분위기를 바꾸었다.

자신이 왔던 방향을 돌아보며, 그 가녀린 손가락으로 아르고노트에게 지시한다.

"이 탑의 지하로. 검은색 철문을 지나면 하수도…… 운이 좋으면 성 밖으로 빠져나갈 수 있을 것입니다."

"……!"

"서두르시지요. 이제 당신을 구해줄 사람은 더는 없습니다."

아르고노트가 눈을 크게 뜨거나 말거나, 이것이 내밀어줄 수 있는 마지막 손이라는 사실을 고한다.

청년이 제물이 되었음을 알고, 피나는 누구보다도 빨리 아르고노트에게 달려왔고, 가름스는 한바탕 연기를 해 저항했으며, 류루는 드워프와 재빨리 의논했는지 혼자 침착하게 상황을 조사한 후 도주 경로를 준비해주었다.

짧은 시간이라고는 하지만 고락을 함께 했던 『영웅 후보』

들은 아르고노트를 위해 바쁘게 뛰어다녀주었던 것이다.

『한 사람』을 제외하고.

"……『그』는?"

"……그분은, 모든 것을 잃은 가름스 공과는 달리 지켜야만 할 것이 있으니까요. 왕명에는 거역할 수 없지요."

비틀비틀 일어나 물은 아르고노트에게, 류루는 눈을 내리깔았다.

"마주쳐버렸다간 울부짖으며 당신을 공격하겠지요. 그러니…… 자아."

"…………."

뺨을 따라 피를 흘리고, 눈을 가늘게 뜨고, 이를 악물며, 아르고노트는 달려나갔다.

류루의 바로 옆을 지나쳐, 지하로 이어지는 계단을.

"……아아, 도망치거라 아르고노트. 굴욕을 양식 삼아, 지금만은 도망치거라."

어둠 속으로 향하는 뒷모습에 음유시인은 노래한다.

"어둠의 강을 헤집으며, 어디에도 없는 『희망』을 발견하리라 믿고."

조용히 연주하는 리라 소리가 그에게 빨려 들어갔다.

류루가 말했던 철문은 지하로 내려간 직후에 있었다.

손을 빌려주지 않겠다고 했으면서 마지막까지 음유시인은 잘 해주었던 것이리라. 그를 추격하는 병사들과 맞닥뜨리지 않은 채, 아르고노트는 겨우겨우 문을 밀어젖히고 하수도로 내려갈 수 있었다.

제대로 시야도 확보할 수 없는 어둠 속에서, 벽에 왼손을 짚으며 그저 나아갔다.

물의 깊이는 딱 무릎 정도.

처벅, 처벅, 두 다리가 물줄기를 헤집고 나아간다.

온통 상처투성이인 지금의 몸에 악취를 풍기는 오수는 마치 팔다리를 좀먹는 독이나 마찬가지였다.

한순간이라도 정신을 놓으면 흐르는 피와 함께 힘이 빠져나가 무릎이 꺾여버릴 것만 같았다.

"하아, 하아…… 큭——."

숨이 턱까지 차 넘어질 뻔한 몸을 간신히 붙들었다.

"……발을 들 수가 없어…… 눈앞이 캄캄해……."

비참한 추태를 떠올리며, 마음 한구석에 마가 끼려 한다.

"모든 것으로부터, 도망친다…… 나는……."

그때였다.

성의 지하에 펼쳐진 하수도의 문 하나가 열리더니, 어둠 속에서, 물줄기를 밟아 가르는 소리가 울린 것은.

"!"

고개를 든 아르고노트의 시야 너머, 어둠 속에서 뿌연 빛이 떠올랐다.

부러뜨린 촛대를 한 손에 들고 나타난 것은, 늑대 귀와 꼬리를 가진 자긍심 강한 전사였다.

"…………."

"……아아…… 만나고 말았네……."

이쪽을 노려보는 유리에게, 아르고노트는 자기도 모르게 웃음을 지었다.

"……왕명에 따라, 네놈을 체포한다."

"그렇구나……."

"……나에게는, 지켜야만 할 것이 있다."

"그렇구나……."

"……그걸 위해서라면 놈들의 심부름꾼이든 뭐든 되겠다. 긍지도 버리고."

"그렇구나……."

감정을 억누른 목소리가 몇 번이나 아르고노트를 때렸다.

주먹도 제대로 쥐지 못하는 애들 싸움처럼 힘없이, 미덥지 못하게, 백발 청년을 친다.

"마물에게 보호받는 거짓된 『낙원』이라고 해도……! 우리 부족에게는, 이젠 여기밖에 남아 있지 않으니까!"

당장이라도 피를 토하며 울음을 터뜨릴 것 같은, 그런 늑대의 포효에.

"그렇겠네……."

아르고노트는 조용히, 아무것도 부정하지 않고, 그저 웃기만 했다.

유리의 얼굴이 일그러졌다.

으스러져라 이를 악물고, 꽉 쥔 주먹을 쳐들었다.

"어리석은『영웅』의 낙인을 받아들인다 해도, 나는──!!"

왼손의 장저타가 날아들었다.

아르고노트는 그 일격을 피할 수 없었다.

너무나도 쉽게 날아가, 수로를 뒹굴고, 꼴사납게 쓰러졌다.

오수가 시커먼 꽃잎처럼 주위에 흩날렸다.

유리는 그 일련의 광경에 아연실색했다.

"…………뭐야 그게."

"………….'

유리의 중얼거리는 목소리에, 상체를 일으킨 아르고노트는 웃으려다 실패했다.

"뭐냐고, 그 꼬락서니가! 가볍게 밀치기만 했는데도 꼴사납게 다리가 꼬여선! 그 바보 같은 도망 솜씨는 어디로 갔어! 내 주먹 따위 피하고 손이 닿지 않는 곳으로 사라져보란 말이다!"

지금도 일어나지 못하고 있는 평인에게 웨어울프가 격앙했다.

"평소의 농지거리는 어디 갔어?! 도발은 안 하냐?! 날 혼란에 빠뜨리고는 이 지저분한 하수도에서 도망쳐보란 말이다!"

"………….'

"네놈이 말하는 『영웅』이란 겨우 이 정도로 끝나는 거였어?!"

그 노성에.

질타처럼 들리기도 하는 유리의 외침에.

아르고노트의 입술은 슬쩍 구부러졌다.

"……너는…… 역시, 상냥하구나……."

"크윽……!!"

만신창이로, 중얼거림과 함께 미소를 떨군다.

유리는 송곳니처럼 날카로운 덧니를 한껏 뿌득뿌득 갈며, 오른손을 힘껏 휘둘렀다.

촛대를 내팽개치고, 다시 한번 주먹을 쳐든다.

"우오오오오오오오오오!!"

이번에야말로 수인의 일격이 처참한 타격음을 연주했다.

충격은 하수도를 뒤흔들고 벽면에 균열을 새겼다.

갑옷도 무엇도 입지 않은 평인의 육체 따위 견딜 수 없는 위력에, 오수는 겁을 먹은 듯 헛숨을 삼키고, 돌조각만이 후둑후둑 떨어졌다.

"……?"

힘없이 늘어져 있던 아르고노트는, 자신이 **멀쩡하다는 것**을 깨달았다.

이유는 다른 것이 아니었다. 수인의 일격은 지면에 주저앉은 평인을 스치지도 않고, 바로 위의 벽에 꽂혔을 뿐이었다.

위화감은 금세 의문으로 바뀌었다.

『늑대』의 부족 최고의 전사라는 자가, 이 거리에서 공격을 실패할 리가 없다.

아직까지 떨어지는 돌조각을 머리에 맞으며, 아르고노트는 느릿느릿한 동작으로 머리 위를 올려다보았다.

촛대의 광원이 사라지고, 하수도가 다시 어둠에 휩싸이는 가운데, 그곳에 선 웨어울프의 윤곽만은 어렴풋이 알아볼 수 있었다.

거친 숨소리는 그가 바로 옆에 있음을 가르쳐주었다.

표정은 살필 수 없지만.

그래도 청년의 입술은 살짝 움직였다.

"……지금의 일격으로, 아르고노트는 죽었다. 나에게, **그런 척했다.**"

"!"

"네놈은 나에게서 용케 벗어난 거다! 광대 아르고노트는 교활하고, 도망치는 솜씨 하나는 좋으니까!!"

이 어둠 속이니.

역전의 전사라 해도 눈을 속일 수 있었을지 모른다.

이 악취 속이니.

날카로운 수인의 코도 속이고 **보기 좋게 도망칠 수 있었을지 모른다.**

그러니 왕명에 따른 유리가 아르고노트를 놓쳐버린 것도 어쩔 수 없다.

어둠 속에서, 두 청년은 분명히 시선을 얽으며, 한쪽은 눈을 크게 뜨고, 한쪽은 눈을 일그러뜨렸다.

"……너는."

"꺼져!!"

아르고노트가 중얼거리려는 뒷말을, 『늑대』의 전사는 그 이상 말하게 두지 않았다.

마치 쥐를 쫓아내듯 대갈일성하며 어두운 하수도를 뒤흔들었다.

"…………"

아르고노트는 말없이, 비참하게, 일어났다.

벽에 왼손을 짚으며, 유리로부터 걸어나갔다.

그러나 몇 걸음 나아갔을 때, 발을 멈추었다.

"……고마워, **유리**."

"!"

그 감사에.

입술에 실었던 그 이름에.

눈을 크게 뜬 유리의 뇌리에, 지금은 이미 먼 날처럼 느껴지는 당시의 광경이 되살아났다.

『진정한 감사를 하려면 그 사람의 이름을 알아야지!』

아직 왕도에 도착하기 전.

처음 만났던 황야에서, 광대 사내는 자신들을 구해준 웨어울프에게 그런 말을 했다.

"길어졌지만…… 감사하게 해줘. 『늑대』의 부족, 유리……."

어둠 속에서, 제대로 얼굴도 보지 못하는 것을 사과하듯.

눈과 눈을 마주하지 못한 채 말하는 것을 참회하듯.

아르고노트는 어둠 속에서, 분명히 돌아보며, 너덜너덜해진 얼굴로 웃었다.

"몇 번이나 나를 구해준, 자긍심 강한 수인……."

그 말에, 다시 한번 전사의 주먹이 떨릴 정도로 꽉 쥐어졌다.

"네놈은 진짜 얼마나……!"

가슴속의 감정이 엉망진창으로 헤집어져, 소용돌이치는 비분으로 얼굴을 한껏 일그러뜨리며, 유리는 그의 등을 향해 외쳤다.

"크윽………… 가버려!!"

유리의 말은 이번에야말로 그것으로 끝났다.

아르고노트 또한 아무 말도 하지 않았다.

처벅, 처벅, 힘없는 물소리를 터널 내에 울리며, 사내의 기척이 멀어져간다.

그동안 수인 청년은 고통을 견디듯, 계속 이를 악물고 있었다.

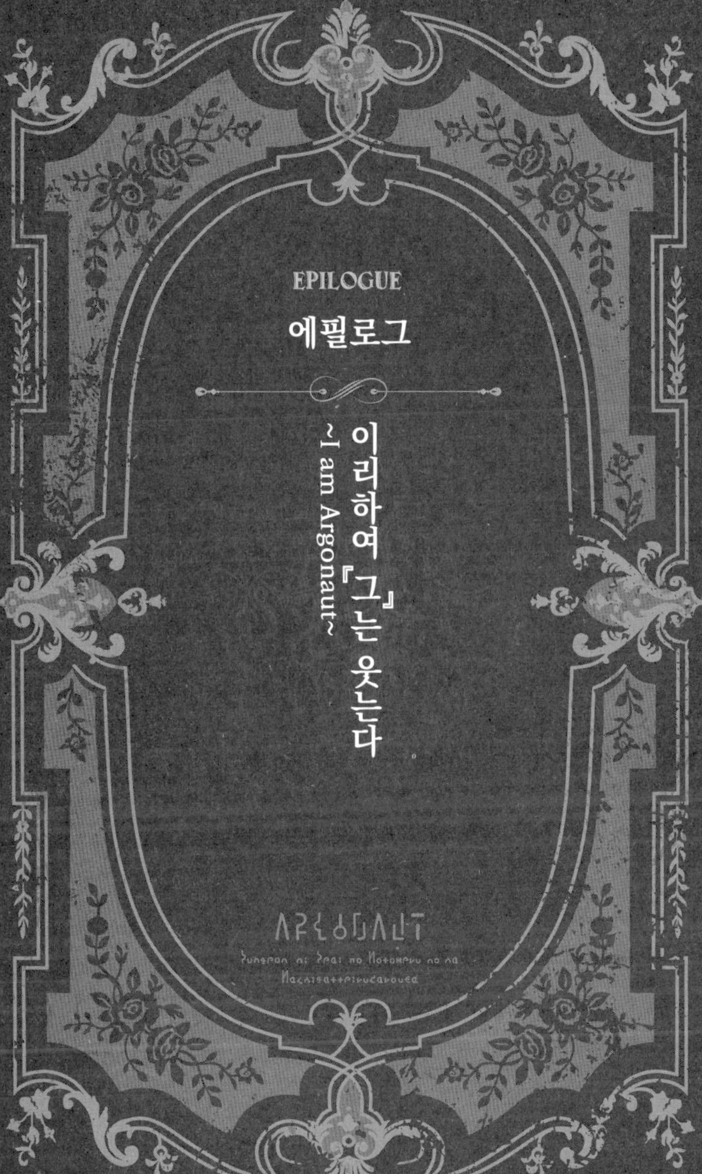

EPILOGUE
에필로그
이리하여 『그』는 웃는다
~I am Argonaut~

오수의 길은 하염없이 냄새나고, 무겁고, 비참했다.

혼자서 그저 걷기만 하는 하수도에 희망의 별빛 따위 당연히 없었으며, 출구가 없는 미궁에 사로잡힌 것 같았다. 그렇다면 이 어둠은 아르고노트에게는 지옥이리라. 왕녀 아리아드네를 제물의 사슬로 묶어놓고 어둠 속으로 끌고 들어간 운명의 외길과 마찬가지.

설령 이곳에서 무사히 살아남는다 해도 파상풍은 면할 수 없다. 어리석은 남자의 운명은 이미 다했다. 머리 한구석이 각본의 결말을 그렇게 맺었다. 하지만 아르고노트는 자신의 각본에 엮인 그 결말을 필사적으로 덧칠하며 새로운 문장을 쓰고 있었다.

우스꽝스러운 아르고노트는 걷고 또 걸었다.

속았다는 것도 깨닫지 못한 채, 코를 움켜쥔 채, 헥헥거리며 나아갔다.

냄새나고, 무겁고, 어두운 길을『에이 뭘, 금방 하늘 아래로 나갈 수 있어』라고 믿어 의심치 않았다.

꺼낼 수도 없는『영웅일지』에, 마음속으로 그렇게 휘갈겨 적으며, 숨을 헐떡이며, 광대를 연기했다. 연기해야만 했다.

그야, 이대로 막이 내려진다면, 그것은 희극이 아니라 비극으로 끝나버리기에.

자신을 감싸준 여동생은, 운명의 사슬에 묶인 또 한 명의 여자아이는, 참극으로 인생을 닫아버리고 만다.

그런 일은 있어서는 안 된다. 인정해서는 안 된다.

그러므로 발버둥치는 것을 그만두지 않았다.

아무리 어색한 웃음이라도, 웃음으로 보이지도 않는 웃음이라도, 멈출 수는 없었다.

희망을 믿는 활달함으로, 어리석은 광대를 연기하며, 걷고, 걷고, 앞으로 계속 나아갔다.

이윽고.

벽을 짚고 있던 왼손이, 위로 올라가는 계단을 발견하고, 굳게 닫힌 철문을 밀어 열었다.

"……성하마을."

어둠에 익숙해졌던 시야에 펼쳐진 것은, 어디선가 본 기억이 있는, 어스름한 뒷골목이었다.

고개를 들면 회색 하늘이 보이고, 몇 차례 떨어진 물방울이 뺨을 두드렸다.

저녁놀을 삼킨 두꺼운 구름. 지나가는 비일 것이다. 누군가의 눈물 대신 내리는 이 소나기는 팔다리에 도사린 권태감과 허무함을 씻어주지는 않겠지만, 분명 금방 그칠 것이다. 여행자이기도 했던 아르고노트는 그것을 알 수 있었다.

“성 밖으로 나왔구나……..”

그리 길지는 않은 시간, 그러나 앞이 보이지 않는 어둠 속에서 무한처럼 여겨지던 지하의 방랑으로부터 해방된 아르고노트는 한동안 혼이 빠져나간 빈껍데기처럼 멍하니 서 있었다.

하늘을 올려다보던 몸이 천천히 비틀거리더니 오른쪽에 있던 벽에 힘없이 기댔다.

몸을 떨듯 숨을 들이마시고, 내뱉고, 넋이 나간 상태에서 억지로 벗어난 아르고노트는 눈을 가늘게 뜨며 주위를 둘러보았다. 현재의 위치는 아마도 왕도의 서쪽 구역. 아리아드네를 추적대로부터 지키기 위해 이리저리 돌아다녔던 곳. 차가운 골목길의 구조와 분위기로 그렇게 추측했다.

피로의 신음소리가 울려 퍼지는 머릿속에 기합을 넣고, 생각을 몇 번이나 헛돌게 하면서 걸어나갔다.

가만히 있는 것은 어리석은 짓이다. 생각하면서 앞으로 나아가야 한다.

타개의 길과는 거리가 멀더라도, 도망쳐야만 한다. 살아 남아야만 한다.

아무리 절망이 닥친다 하더라도, 아르고노트는———.

“이봐, 들었어?! 왕녀님이 납치당했대!”

“!”

뒷골목을 나아가 도시의 대로로 접어들기 직전.

빗소리 너머에서 사람들의 목소리가 들렸다.

"뭐라더라, 『영웅 후보』인 아르고노트란 놈의 짓이라던데! 왕성의 병사들이 포고를 뿌리고 다녔어!"

"나도 봤어. 병사들이 인상 쓰면서 찾아다니던걸……. 왕녀님이 불쌍해……!"

"『영웅 후보』라면 도시 밖에서 온 외부인이잖아? 말도 안 되는 놈이네!"

분노와 슬픔에 찬 도시 주민들의 목소리를 듣고, 아르고노트는 숨을 죽일 수밖에 없었다.

벽에 몸을 기대 귀를 기울이자 심장이 마구 날뛰었다.

'병사들이 찾아다니고 있어……? 이미 내가 성하마을까지 왔다는 걸 알고 있구나……!'

성하마을로 통하는 하수도의 문을 모조리 조사하고 있을 것이 틀림없다. 이 주위에도 곧 추적대의 그림자가 닥치리라.

"이봐, 무슨 일 있었어?"

"오오, 당신 여행자야?! 사실은 말이지, 왕녀님을 납치해간 극악인이 이 도시에……."

문득 지나치던 평인이 낯설었는지, 주민 하나가 설명을 하려 했다.

하지만 돌아본 그는 몸을 멈추었다.

조금이라도 정보를 얻으려고 조바심을 내던 아르고노트 쪽을── 몸을 숨기고 있던 건물 쪽을 빤히 응시했다.

"……이봐, 저기 있는 녀석……."

흠칫 놀란 아르고노트는 튕겨나오듯 벽에서 몸을 떼고 그 자리에서 벗어났다.

하지만 늦었다.

서둘러 달려온 수많은 발소리가 도망치는 아르고노트의 등을 목격해버렸다.

"포고에 있었던 인상착의랑 같아! 네놈 아르고노트지!"

비가 오는 도시는 금세 소란스러워졌다.

공포와 흥분에 지배당한 민중에게는 변명도 반론도 통하지 않는다.

비로 뿌옇게 흐려진 거리를 달려나가는 아르고노트의 뒷모습은 그야말로 악행을 들킨 죄인의 것과 다를 바 없었다.

"아르고노트다! 악당 아르고노트가 있다—!"

"헌병님, 이쪽, 이쪽이에요!"

"개자식! 왕녀님을 내놔!!"

노성과 비명이 오갔다.

돌멩이와 썩은 과일이 날아들었다.

무언가가 뒤집어지는 소리가 몇 번이나 들렸다.

닥치는 대로 날아드는 돌에 몇 번이나 몸을 얻어맞고, 낯을 일그러뜨리며 비틀거리다가도 핏방울을 비로 지우며 아르고노트는 도망쳤다.

"헉, 헉, 헉……! 크으윽……!!"

마지막 힘을 쥐어짜, 땅을 박차고, 주민들을 따돌렸다.

머리 한구석이 붙들고 있는 왕도의 지도 조각을 따라, 도주 경로를 주파해, 물구덩이를 몇 번이나 박찼다.

달리고.

달리고

끝없이 도망쳐.

이윽고 발소리가 작아지고 숫자도 줄어들었을 무렵, 아르고노트의 두 다리는 완전히 말을 듣지 않게 되었다.

"…………아."

실이 끊어진 인형처럼 온몸에서 힘이 빠져나갔다.

몸이 앞으로 기울어지며 지면으로 빨려 들어갔다.

빗소리만이 주위를 지배하게 되고, 아르고노트의 몸에서 열기를 앗아가기 시작했다.

'……무릎이 풀렸어……. 손이 땅에서 떨어지질 않아……. 대체 얼마나 도망쳤던 거지…….'

그런 청년을, 말없는 정령들의 석상이 내려다보고 있었다.

그것은 인공의 샘. 전에 누군가와 함께 찾아왔던 분수 광장.

하늘은 맑고 분수가 푸르게 빛나던 그 날의 광경은, 지금은 비와 뒤섞여 범람한 강처럼 색깔도 소리도 차갑기만 했다.

'이성을 잃고, 함정에 빠져…… 동생을 희생하고, 동료들의 도움을 받고, 마지막에는 온정을 받기까지…….'

그런 가운데 아르고노트는 아주 작은 웃음을 지었다.

그것은 아주 작은, 자조의 웃음.

'아아, 정말——.'

"가엾구나, 아르고노트."

울려 퍼진 소녀의 목소리가 자조의 말을 이어받았다.

"그리고 비참하고, 꼴사납지."

"……오르나."

아르고노트가 고개만을 움직여 올려다보자, 그곳에 서 있던 것은 점술사 소녀였다.

무표정하고 무감정.

천을 뒤집어쓰지도 않은 채, 옷과 갈색 피부를 무수한 빗방울로 적시며, 오르나는 이쪽을 차갑게 내려다보고만 있었다.

"사람에게 속고, 왕에게 이용당하고, 많은 자의 의도에 놀아나고…… 모든 것을 잃었지. 동생도, 우정도, 인권까지도."

"…………."

"『영웅』의 그릇조차 아닌데도 어울리지 않는 꿈을 꾸었던 우스꽝스러운 남자의 말로."

이곳까지 다다른 아르고노트의 이야기를, 오르나는 그 말로 평가했다.

마치 예언자와도 같이.

비극과 참극의 편찬자처럼.

"나는 말했어. 이 이상 나아가면 반드시 『파멸』할 거라고. ……꼴좋구나. 고소해라."

"나를…… 비웃으러 온 거야?"

"그래, 맞아. 혼란에 빠진 성을 빠져나와서, 일부러 와준 거야."

무표정한 채 조롱하는 오르나에게, 아르고노트는 조용히 웃었다.

"그렇군…… 나를 비웃으러 와줬구나."

"……왜 웃고 있어?"

싸늘한 독백을 거듭할 뿐, 청중 따위 아무도 없는 자신의 어두운 무대에 유일하게 와준 『관객』에게 감사를 바치듯.

그 웃음을 보고, 오르나는 조용히 화를 내기 시작했다.

"난 당신이 싫어. 몇 번이나 말했지. 특히 그 『웃음』이 진짜 싫어."

"……"

"아무 것도 모르는 천하태평한 그 웃음이. 뭐든지 다 안다는 것처럼 굴고 있는 어리석은 자의 웃음이."

"……"

"그 웃음도 울며불며 소리치고, 괴로워하고, **나처럼** 바뀔 거라고 생각했는데———— 어째서 이런 상황에서 웃을 수 있는 거야?!"

짜증은 점점 커지고, 부풀고, 소용돌이를 치며 격정으로
변모했다.

고삐가 풀린 소녀의 고함성에 아르고노트는 당장이라도
꺾일 것 같은 고개를 들고, 비웃지도 않고 비아냥거리지도
않은 채.

미소를 지어주었다.

"……너는, 외로웠던 거구나."

그 웃음에.

오르나의 분노가 마침내 정점에 달했다.

"……!! 웃기지 마!!"

"크윽……?!"

날아든 발끝이 아르고노트의 어깨를 걷어찼다.

한순간 떠올랐던 사내의 몸이 금세 지면으로 돌아갔지
만 소녀의 분노는 가시지 않았다.

"동정? 연민? 당신이 나를?! 아무것도 모르는 주제에!"

"……그래, 아무것도 몰라. 하지만 너는 모든 걸 알고
서…… 계속, 괴로워했잖아."

너덜너덜해진 몸에 더 이상 힘은 남아있지 않을 텐데도,
그래도 뺨을 땅에서 떼며, 우스꽝스러운 광대는 누군가를
위해 일어나려 했다.

"아무것도, 할 수 없었으니까…………."

비가 가린 누군가의 눈물을 닦아주기 위해.

"——그럼 어떻게 했어야 한다는 거야!!"

하지만 그것은 지금의 오르나에게는 불꽃을 폭발시키는 기름에 불과했다.

무표정을 관철했던 얼굴은 이제는 분노의 형상으로 바뀌고, 억눌러놓았던 울분도 비참함도 전부 다 토해내며 충동의 포로가 되었다.

"『제물』을 바치지 않으면 사람이 죽어, 이 나라가 죽어! 하나를 버리지 않으면 백을, 천을 잃어!"

"커억……?!"

"『사슬』의 속박을 잃은 미노타우로스는 이 나라를 멸망시킬 거야! 여자와 아이들은 잡아먹히고, 남자들은 도끼의 먹이가 되고!"

충동은 그대로 발길질의 비가 되었다.

아직도 헤실헤실 웃으며 일어나려 하는 광대를 꺾어버리려는 듯, 과거의 무력한 자신을 증오하며 죽이듯, 몇 번이고 걷어찼다.

"그럼 그 왕의 『추악한 마물』이 시키는 대로 할 수밖에 없잖아! 『제물』을 바치고 살아남을 수밖에!"

몇 번이고, 몇 번이고, 몇 번이고.

"이딴 나라가 『낙원』이라고?! 웃기지 말라고 해!"

폭력 따위는 휘둘러본 적도 없는 어린아이처럼.

"난 너무 싫어! 이 나라도, 이딴 세계도, 나 자신도! 전부 전부!!"

눈물을 계속 참고 있었던 가엾은 여자아이처럼.

"너도, 절망해버려어어어어어어어어!!"

몇 번이고 걷어찼다.
어리석은 행동으로 충동의 분출구가 되기를 바라는 광대를 향해.
쏟아지는 비마저 떨게 했던 분노는 금세 흐트러진 호흡과 함께 갈가리 찢겨나갔다. 그 뒤에 남은 것은 깊은 후회와 비참한 부끄러움뿐.
소녀를 연민했던 것은 사실 하늘 쪽이었다.
빗발이 거세졌다.
모든 것을 녹여 씻어내려는 것처럼, 수평으로 뺨을 후려치는 바람과 비가 몰아쳤다.
주검처럼 쓰러진 사내의 앞에서, 피부에 달라붙은 앞머리로 눈을 가리며, 소녀가 고개를 숙였다.
그 자리에 생겨난 것은, 점술사의 예언대로, 잔혹한 현실에 거꾸러진 절망의 잔해 둘——
"그래도……."
——이었어야 했다.
시체가 되었던 사내의 손이 물구덩이 속에서 주먹을 쥔다.
당장이라도 꺼질 듯한 속삭임, 그래도 또렷이 들려온 목소리에, 소녀가 흠칫 고개를 들었다.

"그래도──!"

몇 번이고 속고, 몇 번이고 넘어지고, 몇 번이고 비웃음을 샀던 광대가, 몇 번이고 무대로 올라온다.

그가 도달한 희곡의 결말이 종막을 맞았다고 한다면, 너덜너덜해질 정도로 상처 입은 주먹은 끈을 잡고, 다시 막을 올려, 시나리오에는 없는 제2막의 종을 울린다.

아연실색한 소녀.

넋이 나간 하늘.

단 두 자리밖에 차지 않은 관객석 앞에서, 사내는, 이번에야말로 일어났다.

다치지 않은 곳이 없는 꼴사나운 몸.

그의 다리는 이제 춤을 출 수 없다.

당장이라도 무릎이 꺾여 땅바닥에 주저앉아버릴 것 같았다.

하지만 목은 움직인다. 노래는 부를 수 있다. 의지를 이을 수 있다. 그렇다면 사내의 가극은 끝나지 않는다.

울고 있는 것은 누구인가.

상처 입은 것은 누구인가.

이 비바람 속에서, 활짝 피어나야만 하는 작은 웃음은, 어디 있는가?

연민은 필요 없다.

위로도 필요 없다.

지금, 이 가극에 필요한 것은.

© kakage

눈앞의 객석에서, 이쪽을 올려다보는 소녀에게 전해야
만 하는 것은, 단 하나.

『나』는 웃을 거야.

"————————."

그『웃음』을 비추는 소녀의 눈이 크게 뜨였다.
"아무리 바보 취급을 당한다 해도, 아무리 비웃음을 산다
해도…… 아무리 절망한다 해도, 입가를 들어 올려줄 거야."
활처럼 구부러진 심홍색 눈이, 웃음을 맺은 입술과 함
께, 소녀의 가슴을 두드렸다.
"그렇지 않으면 정령도, 운명의 여신님도 미소를 지어주
지 않아."
절망 따위 웃어 날려버릴 듯한.
배를 잡고 몇 번이나 바닥을 굴러버릴 듯한.
그런 최고의『희극』을 전하고 싶다고.
그렇게 웃음을 지었다.
"……어째서."
움직였다.
실망의 비에 젖어, 자기혐오의 늪에 빠져, 절망의 사슬
에 묶여 있었던 오르나의 마음이.

어쩔 도리도 없이 흔들리기 시작했다.

"어째서, 너는, 그렇게……!"

쥐어짜듯 목소리를 떠는 소녀에게, 광대는 한마디로 답했다.

"그야…… 웃게 만들어야 하는 사람이, 눈앞에 있는걸."

"!"

"오르나…… 나는, 너도 구하고 싶어."

소녀들과 만난 후, 왕도에 도착한 후——『아르고노트』가 시작되었을 때부터, 조금도 달라지지 않았던 그의 마음을 내민다.

"너의 웃음을 보고 싶어."

소녀의 눈가에서 하늘의 물방울로는 숨길 수 없는 눈물이 넘쳐났다.

비가 울부짖는다.

바람이 소란을 피운다.

날뛰는 천둥은 구름 너머에서.

절망에 목숨을 잃고서도 희망을 놓지 않는 어리석은 사내를, 하늘은『영웅』이라 부른다.

"……무슨 소릴 하는 거야. 그렇게 너덜너덜해져선, 일어나는 것도 고작인 주제에, 무슨 소릴……."

소녀는 울었다.

구름이 흐려지고, 소나기의 기척이 멀어져가, 이제 이슬비로는 그 물방울을 가릴 수 없게 되었지만, 화를 내듯, 분한듯, 억눌렀던 감정이 넘쳐버린 것처럼 눈물을 쏟았다.

"나 같은 걸 위해, 무슨 소릴……!"

스스로도 제어할 수 없는 수많은 말과 마음에, 오르나가 가슴을 손으로 억누르며 필사적으로 견디던, 그때였다.

"찾았다, 저기 있다!"

"『!』"

광장으로 통하는 길에서 스무 명에 이르는 병사들이 밀려 들어왔던 것은.

"넌 포위됐다, 아르고노트! 비열한 쥐새끼, 여기서 벌을 내려주마!"

병사장이 갑옷의 대열을 가르고 앞으로 나왔다.

얼굴을 가린 투구 안에서 웃음을 머금고 있다는 것은 가학적인 목소리만 들어도 명백했다.

"잠깐만…… 기다려! 이자에게 손을 대지 마!"

"오르나 님? 여긴 무슨 일이십니까!"

손가락으로 쿡 찌르기만 해도 쓰러져버릴 것 같은 아르고노트를 얼른 등 뒤로 가린 오르나를 보며 병사장은 자신의 눈을 의심했다.

허리에 찬 칼자루에 손을 가져가 힘차게 발검한다.

"물러나십시오! 그 역적놈을 토벌하는 것은 우리의 일입니다. 이미 폐하의 윤허도 얻었습니다! 말 못하는『시체』만 가지고 성으로 돌아와도 상관없다고!"

"……큭! 안 돼, 내가 용납하지 않아! 이 자의 신병은 내가 맡는다!"

　오르나는 아르고노트가 본 적이 없을 만큼 필사적으로 왕의 처단을 저지하려 했다. 주위의 병사들이 당황하는 가운데 병사장만이 조롱하듯 콧방귀를 뀌었다.

　"무슨 소릴 하시는 겁니까. 손님이라고는 하지만 점술사 주제에.『장난』이 지나치면 관대한 폐하도 용서하지 않으실 겁니다."

　"……!"

　자신을 깔보는 사내에게 오르나의 얼굴이 일그러졌다.

　그다음 순간, 병사장이 뻗은 손에 붙들려 옆으로 밀려났다.

　"넌 여기서 끝이다, 아르고노트! 행방불명된 왕녀와 함께 네놈을 어둠에 묻어주마!"

　"큭……!"

　"하하하하! 죽어라!!"

　이것도 예정조화. 무시무시한 미노타우로스에 대한 것도, 제물인 아리아드네에 대한 것도 알고 있는 사내는 가가대소를 터뜨리며 아르고노트를 베려 했다.

　"──크악?!"

　그리고 붉은 꽃이 피었다.

　아르고노트의 목, 에서가 아니라, **병사장의 갑옷 이음매에서.**

　"하아, 하아……!"

휘청 쓰러지는 병사장의 등 뒤, 피에 젖은 나이프를 들고 있었던 것은, 부들부들 손을 떨며 어깨로 숨을 몰아쉬는 오르나였다.

"병사장님—?!"

"비수……?! 오르나 님, 무슨 짓을 하시는 겁니까!"

칼을 숨겨놓고 있었던 소녀에게 병사들이 일제히 고함을 지르며 동요하는 가운데, 아르고노트 또한 놀라움을 드러냈다.

"오르나……!"

"어쩔 수 없잖아……! 몸이 저절로 움직여버렸는걸!"

소녀는 다시 아르고노트를 등 뒤로 감싸며 노성을 지르듯 대답했다.

"널 죽게 만들고 싶지 않다고! 바보 같은 나는, 그렇게 생각해버렸는걸!"

병사들을 노려보며, 지금도 떨리는 등으로 자신을 지키려 하는 오르나의 모습에, 아르고노트는 말을 잃어버렸다. 그리고 동시에 이를 악물고는 자기도 허리에서 나이프를 뽑았다.

힘을 쥐어짜내듯. 자신도 소녀를 지키기 위해.

"네놈……! 애들아, 둘 다 한꺼번에 체포해라!"

부관이 분노해 고함을 질렀다.

저항의 태세를 보이는 『두 명의 죄인』에게 병사들은 모든 자비를 버렸다.

무뢰배처럼 흉포한 목소리를 터뜨리며 일제히 달려든다.

퇴로 없는 절체절명에, 서로 몸을 맞댄 아르고노트와 오르나가 마지막까지 저항하려 했던—— 그때.

"해치워, 우르스."

목소리가 들렸다.

이어서 발생한 것은『폭염』.

"끄아아아아아아아아아아아아아아아아아아아아아아아아아아아아악?!"

무시무시한 붉은색 파도가 병사들을 한꺼번에 날려버렸다.

마치 아르고노트와 오르나를 감싸고 지키려는 것처럼 지면에서 화염의 고리가 발생해, 사방에서 들이닥치던 병사들을 한꺼번에 날려버린 것이다.

맹렬한 불길을 뒤집어쓴 라크리오스 병사들은 등이나 어깨를 땅바닥에 부딪치며 모조리 정신을 잃고, 시커멓게 그을린 갑옷에서 몇 줄기나 되는 연기를 푸식푸식 피웠다.

"무슨……!"

"불꽃의, 마법……? 아니야, 지금 그건……."

오르나가 아연실색한 가운데, 이제까지 피나와 함께 행동했던 아르고노트는 알아차렸다.

눈앞에 펼쳐진 불바다는 단순한 요정의 마법이 아니라

는 것을.

더 상위의 『기적』이란 것을.

"여어, 구해주지 않는 편이 나았으려나?"

그 직후, 의문에 대한 답이 광장 바깥에서 들려왔다.

불꽃의 굉음성이 계기가 되었던 것처럼, 하늘에서 쏟아지던 비는 완전히 그쳤다.

넋이 나간 오르나와 아르고노트의 시선 너머에서, 불꽃이 발하는 빛을 받아, 어둠을 가르고 새빨간 머리카락을 출렁이면서, 모피 숄 같은 것을 몸에 두른 『청년』이 걸어나왔다.

"왕녀를 납치한 극악인이란 녀석을 보러 왔는데…… 암만 봐도 저놈들이 더 악당 같아서 말이야."

아르고노트는 그 목소리를 기억했다.

그것도 바로 조금 전. 도시 주민들로부터 도망칠 때 들었던 목소리다.

『이봐, 무슨 일 있었어?』

『오오, 당신 여행자야?!』

자신과 같은, 도시 바깥에서 온 여행자.

『이방인』인 그 인물에게 아르고노트는 눈을 크게 떴다.

"당신은……."

아르고노트와 오르나를 구한 붉은색이 춤을 추었다.

이글이글 타오르던 불꽃이 나선을 그리듯, 놀랍게도 청년에게 돌아가고 있었다.

© kakage

아르고노트도, 오르나도 그제야 깨달았다.

청년의 어깨, 그곳에 걸린 것은 **모피 숄**이 아니라, **붉은 색의 화신**이었음을.

타오르고, 일렁이며, 인간의 윤곽을 띠는『정령』이 환영처럼 무수한 불똥이 되어 청년의 등에서 떠올랐다.

"나 말이냐? 난 크로조. 그냥 크로조."

그가 든 것은 이글거리는 빛을 머금은 대검.

비막이용 외투를 내팽개치고, 찬란하게 빛나는 검을 어깨에 걸머진『크로조』는 씨익, 활달한 웃음을 머금었다.

"시시한 대장장이다."

광대의 행진은 끝나지 않았으며.

그럼에도 비극의 톱니바퀴 또한 멈추질 않았으니.

그렇다면 남은 것은 사내의 나팔이 한 척의 출항을 알리는 것뿐.

영웅은 자신의 손으로 운명을 이어나간다.

배우는 모두 모였다.

이것은 우리가 사랑한 희극——.

후기

본작 『아르고노트』는 Wright Flyer Studios에서 제작한 모바일게임 『던전에서 만남을 추구하면 안 되는 걸까 ~메모리아 프레제~』에서 공개되었던 대형 시나리오를 서적화한 작품입니다.

『아스트레아 레코드』에서 이어지는 영웅담 시리즈 제2탄입니다.

이쪽은 본편 주인공들이 활약하는 신의 시대 이야기가 아니라, 수천 년 전의 『고대』 이야기 되겠습니다.

이 『아르고노트』란 이야기는 『먼지를 뒤집어쓰고 있었던 이야기』입니다.

왜냐하면 처음에는 아르고노트에 관한 이야기는 공개할 마음이 없었고, 어디까지나 『던만추』라는 작품의 배후 설정으로 정리해놓을 생각이었거든요. 그러다가 『메모리아 프레제』가 전개되는 대형 기념 이벤트라는 기회를 얻어, 고민한 끝에 시나리오로 만들었던 것입니다.

『던전에서 만남을 추구하면 안 되는 걸까』라는 작품의 제1권이 세상에 나온 것이 2013년 1월. 그리고 보물상자 밑바닥에 잠들어 있었던 아르고노트의 초기 플롯 최종 갱신일은 2011년 6월 9일.

던만추라는 작품에 있어서도 제게 있어서도 에피소드 0이 되는 이야기입니다.

아주 특별하고 소중한 이야기를 이렇게 책으로도 낼 수 있게 된 것을 기쁘게 생각합니다.

벨과 티오나도 아는 영웅담 아르고노트란 대체 어떤 이야기일지, 현대에 전해져 내려오는 내용과 차이가 있는 건 어째서인지, 그리고 벨 일행과는 어떤 연관이 있는지. 수많은 비밀이 숨겨진『희극』을 여러분의 눈으로 확인해주시면 기쁘겠습니다.

그러면 감사의 말씀으로 넘어가겠습니다.

담당 우사미 님, 호화 특장판을 포함한 셀 수 없는 진력에 진심으로 감사드립니다. 여러 가지 안을 의논하다 마침내 여기까지 왔네요. 일러스트레이터 카카게 선생님, 아스트레아 레코드에 이어 멋지고 귀엽고 아름다운 아르고노트 일행을 그려주셔서 감사합니다. 후장에서는 카카게 선생님의 손에서 어떤 영웅과 히로인들이 태어날지 벌써부터 너무나 기대됩니다. 아르고노트라는 배에 승선해서 힘을 빌려주신 WFS와 관계자 여러분께도 깊이 감사드립니다. 여기까지 읽어주신 독자 여러분께도 최대급의 감사를.

다음 회는 후장『영웅운명』.

광대가 춤추는 희극이 과연 어디로 귀결될지, 부디 지켜봐 주시기 바랍니다.

오모리 후지노

던전에서 만남을 추구하면 안 되는 걸까 영웅담
아르고노트 ~전장 광대행진~

2025년 9월 15일 1판 1쇄 발행

저　　자 오모리 후지노
일 러 스 트 야스다 스즈히토
옮 긴 이 김민재
발 행 인 유재옥
이　　사 조병권
본 부 장 박광운
담 당 편 집 정영길
편 집 1 팀 박광운
편 집 2 팀 정영길 조찬희 박치우
편 집 3 팀 오준영 이소의 권진영 정지원
미　　술 김보라 전세연
라 이 츠 담 당 김정미 이지현 유아현
디 지 털 김지연 윤희진 장혜원
발 행 처 ㈜소미미디어
제 작 처 코리아피앤피
등　　록 제2015-000008호
주　　소 서울시 마포구 토정로 222, 502호 (신수동, 한국출판콘텐츠센터)
판　　매 ㈜소미미디어
마 케 팅 최원석 윤아림
경 영 지 원 최정연
전　　화 편집부 (070)4164-3962, 3963 기획실 (02)567-3388
　　　　　　판매 및 마케팅 (070)4165-6888, Fax (02)322-7665

ISBN 979-11-384-3984-8 (04830)
ISBN 979-11-384-3983-1 (세트)